내가 사랑하는
클래식 2

내가 사랑하는 클래식 2

박종호 지음

시공사

아직도 못다 한 나의 음악 이야기

두 해 전 『내가 사랑하는 클래식 1』이 나왔을 때, 지인을 비롯하여 일반 독자들이 보여주었던 예상을 넘은 관심은 기쁘면서도 한편으로는 쑥스러움으로 다가왔다. 그것은 바로 나 자신을 노출시키는 데에 익숙하지 않은 나의 습성으로서나 자신보다 남을 관찰하는 정신과의사의 태도로서나 편치 않은 일이었다.

그러나 그런 반응은 많은 분들이 그동안 천편일률적인 악곡 해설보다는 음악을 들었던 실제 경험과 음악가들의 아름다운 이야기에 목말라 있었다는 증거이기도 했다. 음악에 관한 이야기는 바로 음악가의 일화다. 예술가의 삶은 작품만큼이나 흥미진진한 이야기를 담고 있다.

인간은 누구나 아름답지만, 그중에서도 내 마음을 가장 사로잡는 것은 예술을 만들어내는 이들이다. 그들의 삶은 우리의 마음을 강렬하게 열어줄 뿐 아니라, 곧 그들이 창작하거나 연주한 작품에 대한 관심으로 이어진다.

나는 지구가 아름다운 이유는 바로 자연과 예술 때문이라고 생각한다. 이 두 가지는 항상 우리의 마음을 따뜻하고 평화롭게 해준다. 위대한 신이 자연을 만들었다면, 나약한 인간은 예술을 만들었다. 사람이 만든 예술 이야기는 가장 인간 본연의 모습을 보여준다.

『내가 사랑하는 클래식 1』의 호응으로, 전편에 미처 다 싣지 못했던 이야기들과 그 이후에 겪었던 음악 이야기들을 더하여 여기 두 번째 책을 내놓는다. 전편에 보내준 적지 않은 분들의 격려, 특히 그 책 때문에 멀어졌던 음악을 다시 가까이 하게 되었다는 편지들이 『내가 사랑하는 클래식 2』를 쓸 용기를 주었다.

여기 실린 이야기들이 사람들을 따뜻하게 위로해 주기를 바라면서, 동시에 음악에 대한 관심과 사랑을 높여줄 것을 기대한다. 이 책에는 음악가들의 이야기 외에도 음악을 들으며 경험했던 나의 사소한 경험담과 음악을 통해 만난 이들과의 이야기도 담겨 있다.

그리고 이번에도 각 작품마다 좋은 음반을 소개하였다. 그중에는 명반으로 이미 유명한 것들도 있고, 최근 연주자들의 신선한 음반들도 있으며, 별로 알려져 있지는 않지만 혼자 듣기에는 아까워 소개하는 음반들도 있다.

이 책으로 음악에 관심이 없었던 분들이나 음악 듣기를 시작하고 싶었지만 계기가 없었던 분들이 음악을 가까이 하게 되고, 음악으로부터 잠시 멀어져 있었던 분들이 다시 음악 곁으로 돌아오는 계기가 된다면 저자로서 더할 나위 없는 기쁨이 될 것이다.

책이 나오기까지 나를 도와서 수고를 아끼지 않았던 시공사의 이동은, 이선화 님, 풍월당의 최성은, 허영미, 송은주 님에게 진심으로 감사를 드린다.

2006년 4월

박종호

책 머 리 에

천 사 의 말 을 들 었 네

나 는   당 신 을   사 랑 했 습 니 다

하 늘 아 래 두 영 혼

덧 없 지 만 아 름 다 운 인 생 이 여

천사의 말을 들었네

이룰 수 없는 사랑을 그린 최고의 연가

바그너 : 베젠동크 가곡집 _ 율리아 바라디

리하르트 바그너 Richard Wagner, 1813~1883

라는 인물에 대해서 사람들이 가지고 있는 인상은 그야말로 극단적이다. 한마디로 사람들은 그에 대해 열광하거나 아니면 혐오한다. 다시 말하자면, 그냥 좋아한다거나 싫어한다는 표현으로는 그들의 극단적인 반응을 제대로 묘사할 수 없다.

열광하는 이들은 그의 음악에, 아니 엄밀히 말하자면 악극樂劇이라고 불리는 그의 무대극에 매료되어 있다. 그들에게 바그너는 최고의 관현악 작곡가이며, 오페라의 새로운 지평을 연 선구자이고, 자신만의 메시지를 가지고 있는 위대한 예술가로 비쳐진다.

그러나 그를 혐오하는 이들에게 바그너는 한마디로 '이상한 사람'이다. 이 경우는 그의 예술세계가 아니라 대부분 성격과 사생활에 관한 인상이다. 바그너는 괴팍하고 이해할 수 없는 인물이며, 더 나아가서는 부도덕한 인물이라는 것이 바그너를 그토록 싫어하고 공격하는 이유다. 그의 사생활을 말할 때 항상 따라다니는 이야기가 바로 돈과 여자에 관한 것이다. 한마디로, 우리네 선비 입장에서는 가장 입에 올리기 곤란하며 더 나아가 지저분하다고까지 여겨지는 문제 아닌가?

바그너는 돈 문제에 있어서 늘 깨끗하지 않았다고 알려져 있다. 물론 그의 형편이 항상 넉넉하지 않았기 때문이기도 하다. 그러나 그는 청빈하지도 않았다. 늘 수입보다 많은 돈을 썼다. 돈이 없으면서도 비싼 물건을 잘 샀고 예산이 없어도 집에 고급 가구 들여놓기를 서슴지 않았다. 따라서 늘 빚에 쪼들렸다. 문제는 그러면서도 그 빚을 갚으려는 노력을 하지 않았다는 것이다.

대신 누군가가 그것을 해결해주기를 바랐다. 주로 은근히, 때로는 노골적으로. 바그너는 자신은 천재적인 위대한 예술가이므로 평범하고 재주 없는 사람들이 그 정도는 당연히 해주어야 한다고 생각했으며, 그것은 예술가의 특권이라고 여겼다. 여유 있는 사람들은 자신에게 돈을 바치고, 대신 자신은 그들에게 예술을 주는 것이다. 실제로 그의 주변에 있던 많은 사람들이 그를 추종하여 그가 바라던 대로 후원해주었다. 일국의 군주에서부터 귀족, 재벌 그리고 평범한 시민들에 이르기까지…….

그리고 여자 문제……. 바그너가 가장 많이 비난받는 이 문제에 있어서, 공격하는 쪽의 결정적인 무기는 로맨스 자체보다도 그와 연애를 한 여성들이 바로 그를 비호하던 지지자들의 부인이라는 점이다. 그리하여 바그너는 은인들에게 부인과의 불륜으로 보답했다는 비난을 들어왔던 것이다. 그렇지 않아도 바그너의 독특하고 자기과시적인 스타일에 눈살을 찌푸리던 사람들은 돈과 여자 문제만 나오면 두 눈을 부라리면서 그를 공격하였다.

바그너 주위에는 늘 그에게 매료된 추종자와 후원자들이 모여들곤 했다.

그런데 바그너를 좋아하지도 싫어하지도 않고, 무엇보다도 호불호를 결정할 정보가 없는 사람이 처음 바그너에 관한 이런 이야기를 듣는다면, 그의 머릿속에 그려지는 바그너라는 남자는 대체 어떤 모습일까? 천재적인 재능을 가진 뛰어난 예술가이면서 괴팍한 성격으로 독특하게 살다 간 한 사람이 그려질 것이다. 그리고 불행하게도 많은 사람들의 머릿속을 채우고 있는 바그너의 이미지란 그것을 별로 벗어나지 않은 모습이다.

과연 그럴까? 어쩌면 우리는 바그너에 대해 너무 과대평가하는 동시에 너무 극단적으로 폄하하고 있는 것은 아닐까? 그를 향한 우리의 태도가 마치 같은 아파트에 사는 이상한 차림새의 노인을 보고 그 인상만으로 근거 없는 소문을 믿어버리거나 퍼뜨리고 다니는 동네 사람과 같은 모습은 아닐까? 한번 큰 맘 먹고 다가가 말을 건네보면 그는 의외로 자상하거나 평범한 소시민일 수도 있을 것이다. 어쩌면 바그너도 평범하고 따뜻하고 외로운 사람이었을지 모르며, 동시에 그의 재능도 천부의 것으로 불릴 정도로 그렇게 대단한 것은 아니었을지도 모른다.

바그너의 이런 모습은 또한 그의 대규모의 악극들과 맞물려서 또 하나의 거대한 이미지의 아성牙城을 구축해버렸다. 그러나 정말 그럴까? 사실 바그너의 작품들은 접근하기가 쉽지 않다. 대부분 길고 규모가 크며 복잡해 보인다. 그래서 더더욱 그의 예술세계는 바깥에서 바라보기만 하면서 피상적인 선입관을 갖기 쉽다. 그런 점이 바그너에 대한 신화를 더욱 부추기고 있는 것이다. 그는 처음에 신화를 가지고 음악을 만들었지만, 지금은 자신이 신화가 되었다. 나는 그것이 그의 영광이 아니라 불행이라고 생각한다.

그런 바그너의 예술세계에도 그의 인간적인 면모와 진실한 인간관계를 엿볼 수 있는 독특한 작품이 있으니, 바로 〈마틸데 베젠동크의 시에 의한 5개의 가곡집Fünf Lieder nach Gedichten von Mathilde Wesendonck〉이다. 이것은 바그너가 주로 열중했던 오페라가 아닌 연가곡집連歌曲集으로, 흔히 줄여서 〈베젠동크 가곡집Wesendonck-Lieder〉이라고 불린다. 마틸데 베젠동크라는 젊은 부인이 쓴 다섯 편의 시詩에 바그너가 일일이 곡을 붙인 것이다. 각각의 곡이 일관된 줄거리를 가지고 있는 것은 아니지만 모두 같은 정서, 같은 처지를 그리고 있는 '스토리의 연가곡'이 아닌 '감정의 연가곡'이다.

바그너는 1852년 스위스 취리히에 도착했다. 빚을 비롯한 금전적인 이유 등 여러 가지 사정으로 독일에 머무르기가 곤란했던 바그너로서는 일종의 도피였지만, 그와 같은 대작곡가를 맞이한 취리히는 그를 망명객으로 우대했다.

바그너는 당시 부인이었던 미나와 함께 취리히에 도착했고, 이 아름 다고 부유한 도시의 많은 음악애호가들이 바그너 부부를 환대했다. 그중 에서도 특히 바그너에게 아낌없는 친절을 베푼 사람은 사업가 오토 베젠 동크였다. 베젠동크는 직물중개업으로 크게 성공했으며 당시에는 금융업 에도 진출한 부유한 남자였다. 그는 여유 있는 자신의 남은 일생 동안 예 술에 많은 관심을 갖고자 했다. 그리고 그에게는 꽃처럼 아름다운 젊은 부인이 있었으니, 그녀가 바로 마틸데였다. 바그너와 마틸데가 처음 만났 을 때 바그너는 39세였으며 마틸데 베젠동크는 24세였다.

베젠동크는 바그너 부부를 환대하는 데 그치지 않고 그들을 위해 아 예 집을 만들어주었다. 바그너 부부의 집은 베젠동크 부부의 집에서 가까 운 곳에 있었으며, 그때부터 두 커플 네 사람의 생활이 시작되었다. 자신 의 집이나 다름없는 곳에 바그너를 모신 베젠동크는 그를 위해 많은 모임 을 주선했는데, 주말마다 작은 콘서트를 열기도 했다. 이런 크고 작은 모 임은 베젠동크에게는 바그너와의 친분을 알리고 자신의 교양을 과시하는 계기가 되었다. 그는 점차 취리히에서 중요한 문화인사로 자리잡아갔다. 바그너로서도 편안한 거처와 재정적인 지원을 제공받아 마음껏 창작활동 에 몰두할 수 있었다.

베젠동크의 집에서 열리는 주말 콘서트는 바그너라는 이름 덕분에 갈수록 인기를 더해, 취리히뿐만 아니라 인근 유럽 지역에서 적지 않은 문화인들이 참가를 희망했다. 그곳에서는 연주뿐 아니라 바그너의 새로 운 작품이나 논문도 발표되었으며, 간혹 마틸데가 직접 지은 자작시를 발 표하기도 했다. 그녀는 문학소녀였던 것이다.

시를 쓰고 예술을 사랑하던 문학소녀가 바그너를 그냥 둘 리 없었다.

그녀는 자신의 시를 바그너에게 보여주었으며, 홍조 띤 얼굴로 대예술가의 비평을 기다리곤 했다. 바그너 역시 음악가일 뿐만 아니라, 원래 문학을 전공했으며 자신의 모든 악극의 대본을 직접 쓴 사람이 아니던가? 둘의 교감은 당연한 것이었고, 두 사람은 매우 높고 고상한 정신적인 차원에서 서로에게 깊이 몰입되었다.

아침에 베젠동크가 출근하면 바그너는 자연스럽게 그의 집으로 가서 마틸데와 만났다. 두 사람은 처음에는 가정교사와 학생 같은 관계였다. 바그너는 자신의 예술과 사상을 그녀에게 웅변했고 새로 쓴 작품을 들려주었다. 마틸데 역시 그녀가 쓴 습작들을 바그너에게 보여주었다. 두 사람은 함께 피아노도 치고 노래도 불렀다.

둘은 점차 사랑하는 사이로 발전해갔다. 아내 미나에게 이미 애정이 식어 결혼생활에 염증을 느끼던 바그너와 감수성이 한창 예민하여 마치 스펀지처럼 바그너의 사상과 정신을 받아들이던 젊고 건강한 부인 마틸데 사이의 이런 관계는 어쩌면 번지는 산불처럼 인력으로는 막기 어려운 것이었을지도 모른다. 이럴 때는 산이 다 탈 때까지 그저 지켜볼 수밖에 없다.

두 사람은 간절하고 열렬한 편지를 교환했다. 물론 둘의 이런 관계를 나쁘게 보는 사람들도 많다. 어찌되었든 바그너는 은인의 아내를 빼앗았다는 비난을 피할 길이 없었다.

베젠동크의 집에서 열린 콘서트에 지휘자 한스 폰 뷜로가 아내 코지마 리스트(훗날 바그너의 두 번째 부인이 된)와 함께 참석한 적이 있었다. 이를 두고 서양의 어느 비평가는 이렇게 꼬집었다. "바그너의 시를 그의 세 명의 애인이 모두 도취되어 함께 듣고 있었다. 하나는 과거의 애인(미나), 두 번째는 현재의 애인(마틸데) 그리고 세 번째는 미래의 애인(코지마)이다."

바그너의 인간적인 면모보다는 대예술가의 풍모가 잘 부각된 석상이다.

자신의 보호자이자 은인의 아내를 빼앗은 바그너의 행동이 미화될
수는 없을 것이다. 어떤 사람들은 바그너가 그 부부를 이용했다고까지 비
난하고, 또 어떤 이는 바그너로서도 어쩔 수 없는 열정이었다고 변호한
다. 그러나 나는 그가 분명 사랑을 했다고 믿는다. 그가 남긴 뜨거운 작품
이 있기 때문이다. 거기에는 거짓으로는 쓸 수 없는 열렬한 진실이 담겨
있다.

〈마틸데 베젠동크의 시에 의한 5개의 가곡집〉은 마틸데의 시 다섯 편
에 바그너가 곡을 붙인 가곡집이다. 여기에는 이루어질 수 없는 두 사람
의 사랑이 절절하게 담겨 있다. 이 음악을 들으면 두 사람이 얼마나 사랑
했는지 충분히 알 수 있다.

그래도 바그너에게 좋은 감정이 생기지 않거나 그를 도저히 용서할수 없다면, 그렇다면 마틸데만을 생각해도 좋다. 그녀가 얼마나 바그너를 사랑했는지, 그녀의 시에는 너무나 처연하게 나타나 있다. 그녀는 간절히 바그너를 원했으며, 그럼에도 이루어질 수 없는 자신의 처지를 죽고 싶을만큼 원망했던 것이다.

한동안 마틸데의 가사歌詞가 높이 평가받지 못한 시절이 있었다. 문학소녀 취향의 아마추어이고 일개 부인婦人의 작시일 뿐이라는 것이다. 하지만 편견 없이 그녀의 시를 읽어보자. 기교와 작법은 서투를지 몰라도 다섯 편의 시에 모두 진하게 묻어 있는 것은 절절함이다. 그것을 정독한 다음에는 그녀를 불쌍히 여길망정 감히 그녀에게 돌을 던지지는 못할 것이다. 진실이기 때문이다.

이 가곡집은 제1곡 〈천사〉 제2곡 〈조용히 멈추어라〉 제3곡 〈온실에서〉 제4곡 〈고통〉 제5곡 〈꿈〉으로 구성되어 있다. 첫 곡인 〈천사Der Engel〉는 너무나 조용하고 진지하게 시작한다. "내 어렸을 때부터 천사의 말을 들었네……. 천사는 내게도 내려왔지. 그는 빛나는 날개 위에 내 영혼을 싣고 모든 고통을 멀리한 채 천국으로 이끌어가네……."라며, 마틸데는 천사가 내려와 자신을 천국으로 데려가기를 원한다. 즉, 이 땅에서 이룰 수 없는 사랑이 천국에 가서라도 이루어지기를 간절히 기도하는 노래다.

제2곡인 〈조용히 멈추어라Stehe still!〉에서는 자신의 의지와 상관없이 돌아가는 시간의 바퀴가 멈추기를 염원한다. 마치 우리가 가끔 "지구여, 멈춰라! 뛰어내리고 싶다"라고 외치는 것과 흡사하다. 얼마나 힘들면 그런 말을 하겠는가? 긴박한 관현악이 노래를 재촉할 때 그녀는 숨가빠하면서 가사를 토해낸다. "내 마음엔 더 이상 바람이 없네. 영원의 흔적을 알게 되었으니 그대의 비밀을 풀어라, 성스러운 자연이여!"

제3곡 〈온실에서 Im Treibhaus〉는 마틸데가 자기 집의 커다란 온실에 들어가 열대식물들에게 건네는 말이다. "먼 곳에서 온 아이들아, 말해보아라. 왜 탄식하는가? 나는 알지, 가엾은 나무들아. 우린 같은 운명이지. 광채가 난다고 하더라도 여기는 우리 고향이 아니란다……." 마틸데는 온실 속의 열대나무들처럼 정작 있어야 할 곳에 있지 못하는 자신의 처지를 한탄한다. "나는 푸른 잎새 끝에 물방울 가득 달린 것을 보네……." 아무리 환경이 좋고 화려하다고 해도 자신은 불행하다면서 식물들에 빗대어 그녀는 운다.

제4곡 〈고통 Schmerzen〉은 자신의 신세를 태양에 비유한 것이다. "태양아, 너는 저녁이면 고운 눈이 붉어지도록 우는구나……." 도입부의 장대한 관현악은 서산을 붉게 물들이며 떨어지는 태양을 묘사한다. "하지만 너는 아침이면 다시 깨어나 자랑스럽게 부활한다." 마틸데는 자신이 차라리 태양이었다면, 내일은 새로운 인생을 시작할 수 있을 것이라며 태양을 부러워한다. 그러다가 그녀는 갑자기 자신에게는 황혼 대신 죽음이 있다고 외친다.

마지막 곡은 〈꿈 Träume〉이다. 너무나 아름다운 이 곡은 노래하는 성악가의 음성이 마치 새벽안개가 되어 가슴에 스미듯이 밀려든다. "꿈은 자라나고 꽃을 피워 향기를 내뿜다가, 그대의 가슴에서 소리없이 시들어가네. 그리고 무덤 속으로 내려앉네……."

이 곡이 처음 만들어졌을 때는 피아노 반주였는데, 지금과 같은 큰 반응을 얻지는 못했다. 장대한 악극을 창시한 바그너인 만큼 관현악에 탁월한 재주를 가지고 있었으니, 관현악에서 실력이 발휘되는 것은 당연하다. 바그너는 마지막 곡 〈꿈〉을 1857년 마틸데의 스물아홉 번째 생일에

바그너의 〈트리스탄과 이졸데〉에 영감을 얻은 장 데빌이 남녀의 사랑을 묘사한 그림이다.

맞춰 관현악으로 직접 편곡했다. 그러나 나머지 네 곡은 바그너 악극의 지휘자로 유명했던 펠릭스 모틀이 편곡했고, 이후에는 주로 관현악으로 반주하는 경우가 많았다.

이 가곡들은 한 번만 제대로 들어보면 절대로 잊을 수 없는 강렬한 마력을 지니고 있다. 무엇보다도 짙은 눈물이 흐르는 시어詩語와 그것을 가슴으로 받아들이는 음악이 화합한, 연애시의 최고봉이 아닐 수 없다.

마틸데와 사랑에 빠진 바그너는 그때까지 작업하던 대규모 악극 〈니벨룽의 반지〉를 중단할 수밖에 없었다. 그리고 그가 새롭게 쓰기 시작한 것은 이룰 수 없는 불륜의 사랑, 그러나 최고의 사랑을 음악으로 표현한 〈트리스탄과 이졸데〉이다. 그런 만큼 이 작품 속에는 마틸데와 나눈 사랑의 감정과 그 사랑을 이룰 수 없는 안타까움이 그대로 응결되어 있다.

바그너는 자신이 직접 쓴 〈트리스탄과 이졸데〉 대본을 그녀에게 헌정했다. 그때 마틸데의 심정은 어땠을까? 아마 터질 것 같았으리라. 〈트리스탄과 이졸데〉의 대본을 읽은 마틸데가 그에 대한 자신의 대답으로 쓴 것이 〈베젠동크 가곡집〉이다. 그래서 그중 〈온실에서〉와 〈꿈〉에는 '트리스탄과 이졸데'를 위한 습작'이라는 부제가 붙어 있다. 즉, 〈온실에서〉는 〈트리스탄과 이졸데〉의 제3막 전주곡으로 변환하며, 〈꿈〉은 〈트리스탄과 이졸데〉 2막에 나오는 〈사랑의 2중창〉의 바탕이 된다. 그러므로 〈베젠동크 가곡집〉은 마틸데와 바그너 두 사람의 이루지 못한 사랑의 결정結晶이며, 이것은 결국 사랑 대신 최고의 악극 〈트리스탄과 이졸데〉를 탄생시킨 것이다.

〈베젠동크 가곡집〉의 최고 음반은 율리아 바라디Julia Varady가 노래한 것(오르페오)이다. 바라디는 독일의 소프라노로서 바그너의 여러 히로인

독일의 소프라노 율리아 바라디는
바그너의 많은 음반을 남겼다.

들을 잘 불렀다. 그녀의 음성은 풍성하고 강인하며 무척이나 극적이다.

또한 바라디가 잘 부른 역 중 하나가 모차르트의 〈돈 조반니〉의 돈나 엘비라 역이다. 엘비라는 사랑을 위해서라면 지구 끝까지라도 따라가는 강인한 의지의 연애지상주의자다. 그녀는 오페라 내내 돈 조반니를 쫓아다닌다.

과거 빈 국립가극장이 도쿄에 와서 〈돈 조반니〉를 공연한 적이 있다. 그때 돈 조반니 역은 유명한 바리톤 디트리히 피셔 디스카우Dietrich Fischer-Dieskau였으며, 돈나 엘비라 역은 율리아 바라디였다. 공연이 끝나고 유럽으로 돌아간 피셔 디스카우는 율리아 바라디와의 결혼을 발표했다.

한동안 슈베르트 가곡의 최고 해석자였던 피셔 디스카우는 요즘 어떻게 지내고 있을까? 그는 자신의 경험을 살려 지휘자로도 활약하고 있다. 소프라노 율리아 바라디가 연주하는 음반에서 지휘는 바로 남편인 디트리히 피셔 디스카우가 맡고 있다. 그가 지휘하는 베를린 도이치 심포니 오케스트라는 유려한 관현악으로 두 사람의 사랑을 기막히게 그려낸다.

아마 마틸데와 바그너의 사랑을 이토록 절실하게 표현해낸 연주는 일찍이 찾아보기 어려웠을 만큼 명연 중의 명연이다.

바그너와 마틸데는 몇 년 간의 뜨거운 사랑을 뒤로하고 헤어진다. 그후 마틸데는 남편의 아이들을 낳고 훌륭한 어머니로서 73세를 일기로 취리히 호숫가에 잠들 때까지 우아하게 살았다.

지금도 많은 사람들은 당시 바그너의 진심을 의심한다. 그러나 그것은 중요하지 않다. 정말 중요한 것은, 마틸데는 그를 믿었다는 것이다. 마틸데는 죽을 때까지 바그너를 마음속에 간직했으리라. 그들은 서로의 육체 대신 영혼을 소유했던 것이다.

바그너가 우리를 속였을지 몰라도, 또는 그가 진짜 사기꾼이었을지 몰라도 나는 상관없다. 만일 그가 우리를 속인 것이라면, 그렇다면 그는 정말 위대한 마술사다. 그만큼 멋지고 완벽한 마술의 예술로 우리를 속일수 있다면, 나는 속아넘어가더라도 전혀 억울하지 않다.

죽어가는 아들이 그려낸 어머니의 마음

페르골레시 : 스타바트 마테르 _ 리날도 알레산드리니

음악가들 중에는 요절夭折한 이들이 많다고 알려져 있다. 실제 그러하다. 슈베르트를 비롯하여 쇼팽, 멘델스존, 모차르트, 비제, 벨리니 등 위대한 작곡가들이 아까운 재능에도 불구하고 30대의 젊은 나이에 세상을 떠났다. 그러나 우리에게 잘 알려진 그들보다도 힘들게 살다가 일찍이 세상을 떠난 불행하고 아쉬운 젊은 영혼이 있다.

그는 그리 널리 알려지지는 않았지만, 바로크음악사상 가장 위대한 작곡가 중 한 명이었던 조반니 바티스타 페르골레시Giovanni Battista Pergolesi, 1710~1736다. 생몰년生沒年에서 알 수 있듯이, 그는 위에서 언급한 유명 작곡가들 중에서 가장 일찍 죽은 슈베르트(31세)보다도 짧은 스물여섯 살 나이로 세상을 마감했다. 하지만 페르골레시는 그 누구보다도 아름답고 훌륭한 음악 하나를 지상에 남겨놓고 떠났다.

나폴리를 떠난 버스는 포추올리의 작은 마을을 지나 산길로 접어들었다. 고도가 점점 높아지면서 경사는 가파르고 길은 조금씩 좁아져가는 기분이었다. 커브를 돌 때마다 약간씩 위태한 상황이 발생했다. 운전석 바로 뒤에 앉은 나는 나도 모르게 손잡이를 꽉 움켜잡았다. 처음에는 아무렇지도 않게 운전하던 자신만만한 운전기사 루카의 얼굴에도 이제는 긴장의 빛이 역력했다.

　　멀리 연회색의 리구리아 바다가 나타났다. 구름이 많아서 바다색이 곱지는 않았지만, 경치는 참으로 절경이었다. 저편 육지 쪽으로는 베수비오 화산火山의 위용이 보인다. 무서운 곡예운전과 아름다운 경치 감상을 번갈아 하는 사이, 버스가 산중턱쯤에 올라왔다. 작은 마을과 함께 평평한 도로가 나타났다. 이곳 마을 사람들은 여기까지 대체 어떻게 올라올까? 이 높은 곳에만 묻혀 살면서 거의 내려가지 않는지 알 수는 없지만, 어쨌거나 이 높은 곳의 마을은 세상일에는 아랑곳없는 듯 평화롭고 조용하다.

　　거리를 나다니는 사람이 거의 보이지 않는 이 마을을 뒤로하고 버스가 조금 내리막을 내려가니 저편에 큰 건물이 나타난다. 이탈리아 시골 어디에서나 볼 수 있는 황토색의 낡은 건물이지만, 그 위에 꽂힌 십자가와 창문이 많은 건물의 규모는 이곳이 수도원임을 말해준다.

　　버스에서 내려 안으로 들어갔다. 아무것도 없는 낡고 조용한 수도원. 정문으로 들어가기 전에 옆에 서 있는 작은 기념탑 하나가 눈에 띈다. 그 탑에 씌어 있는 이름 하나, 조반니 바티스타 페르골레시. 가장 재능 있는 작곡가로 추앙받았으며, 가장 인기 있는 오페라하우스의 스타였으며, 가장 극적인 로맨스의 주인공이었던 페르골레시가 바로 이곳 수도원에서 숨을 거두었다고 씌어 있다. 스물여섯 살 나이로……

한때는 세상에서 가장 아름다운 항구였던 나폴리, 페르골레시는 이곳에서 활동했다.

　그리고 그를 묻은 무덤 또한 바로 이곳에 있었는데, 그후 어떤 연유로 무덤이 유실되었다. 그리하여 수도사들은 나폴리가 낳은 역사상 최고의 작곡가였지만 이제는 무덤조차 없어진 그를 위하여 여기에 작은 탑을 하나 세워놓은 것이다.

　그 누구보다도 화려한 삶을 살았고, 불과 10대의 나이에 최고의 음악가로 대우받았으며, 평민으로서는 올려다보지도 못할 영주부인과 스캔들을 뿌렸던 그가 26세의 나이로 쓸쓸하게 이 수도원에서 죽은 이유는 무엇일까? 사실 페르골레시의 생애는 후세에 거의 알려지지 않았다.

조반니 바티스타 페르골레시는 이탈리아의 작은 시골 예시에서 태어났다. 그의 아버지는 측량기사로서 주로 농지를 측량하는 일을 했다. 일종의 기능직으로서 당시 남부 이탈리아에서 꽤 중요한 직책이었다. 그래서 아버지는 돈은 없었지만 귀족이나 지주들을 많이 알고 있었다. 이것은 자신의 아들이 음악적 재능이 있다는 사실을 알았을 때, 음악선생들을 소개받는 데 유리하게 작용했다.

어린 페르골레시는 처음에는 주로 수도원에서 교육을 받았다. 그에게 음악의 기초와 라틴어를 가르쳐준 것도 프란체스코 수도회의 수도사들이었다. 페르골레시는 아마추어 바이올리니스트인 수사에게 그가 가장 정통했던 악기인 바이올린을 배웠다.

그후 페르골레시는 아직 어린 나이에 나폴리로 나갔는데, 거기서도 구빈원救貧院의 오케스트라에 들어가 바이올린뿐 아니라 다른 음악적 이론들을 더 공부할 수 있었다. 어쨌거나 그는 일찍이 바이올린 연주 재능을 인정받아서, 20세가 되기 전에 이미 바이올리니스트로서 자신의 생활비를 충당할 수 있었다.

우리는 페르골레시라는 이름을 오페라사史에서 발견하게 된다. 사실 그는 당시 오페라 작곡가로서 크게 인정받았다. 그는 20세를 넘기면서부터 여러 오페라를 작곡하였다. 그는 〈사랑에 빠진 수도사〉나 〈콧대 높은 죄수〉 등의 작품으로 바이올리니스트가 아닌 오페라 작곡가로서 자신의 존재를 자리매김해 나갔다. 그러나 그의 명성을 최고로 만든 것은 희가극인 〈마님이 된 하녀〉(흔히 '하녀 마님'이라고들 부른다)로, 이것은 지금도 나폴리학파의 오페라 부파 중에서 가장 대표적인 작품으로 알려져 있다.

그는 이렇게 승승장구하여 큰 성공을 거두었다. 그의 대성공을 증명하는 일례가 있다. 당시 작곡가들의 많은 작품이 그의 명성에 편승해 페르골레시라는 이름으로 출판되었다는 사실이다. 그래서 지금까지도 음악학자들이 페르골레시 작품의 진위를 구별하는 데 애를 먹곤 한다.

그러나 그렇게 큰 성공에도 불구하고 페르골레시는 행복하지 않았다. 평생 그를 따라다닌 병마 때문이었다. 페르골레시는 어려서부터 한쪽 다리를 절었다. 그리고 매우 병약한 아이였다. 그에게 그토록 뛰어난 재능을 준 신이 건강을 함께 주지 않은 것은 안타까운 일이었다.

그런데 몸이 쇠약한 것은 다만 자신만의 결함이 아니었다. 페르골레시의 아버지는 네 명의 아들을 두었는데, 셋은 어려서 병사하고 페르골레시만이 살아서 성년成年을 맞이했다. 그 원인은 모두 결핵으로 알려져 있다. 그것도 척수결핵으로 형제들은 일찍이 숨을 거두었고, 살아남은 페르골레시도 평생 다리를 절며 결핵균과 싸워야 하는 고통을 감내해야만 했다. 페르골레시는 늘 병원을 드나들었고, 가족이나 친구들보다는 수많은 약병과 함께 살았다. 그래서 그 짧은 음악활동기조차도 중간중간 간헐적인 요양생활로 자주 중단되었다.

그리고 음악 활동 이외에 페르골레시의 명성을 장식한 또 하나의 사건이 있었으니, 바로 귀부인과의 로맨스였다. 페르골레시는 자신의 후원자 중 한 명이었던 카리아티 영주의 부인 마리아 스피넬리와 뜨거운 연애 사건을 일으켰다. 그는 이 지체 높고 아름다운 귀부인을 열렬히 사랑했고 그것은 부인도 마찬가지였다. 하지만 두 사람의 사랑은 끝내 이루어지지 못했다. 세간을 떠들썩하게 만들었던 무성한 소문만 남기고 그들의 안타까운 사랑이 끝났을 때, 지친 페르골레시에게 남은 것은 극도로 깊어진 결핵뿐이었다.

그때 페르골레시가 세상의 모든 인연을 끊고 찾아간 곳이 어려서부터 자신을 키워준 프란체스코 수도원이었다. 그는 나폴리에서 멀지 않은 포추올리의 수도원으로 병들고 지친 몸뚱이를 끌고 들어갔으니, 그의 나이 불과 25세였다.

그러나 페르골레시의 생애는 아직 끝나지 않았다. 죽음을 기다리던 그가 수도원 안에서 그 가늘어진 팔로 다시 펜을 들어 생애 최고의 걸작을 남긴 것이다. 사실 오페라로 대중적인 성공을 거둔 페르골레시였지만, 그가 자신의 능력을 가장 잘 나타낸 분야는 오페라보다는 종교음악이었다.

우리는 이미 그가 어려서부터 수도원에서 수도사들을 통해 많은 음악적 경험을 했다는 사실을 알고 있다. 페르골레시의 인생에서 교회의 영향력은 절대적인 것이었다. 그는 익숙한 교회음악 속에서 더욱 편안했고 자연스러웠으며, 거의 하늘이 내린 것 같은 자연스러운 능력으로 뛰어난 곡들을 만들어낼 수 있었다.

페르골레시가 포추올리의 수도원에서 쓴 작품은 바로 〈스타바트 마테르Stabat Mater〉다. '스타바트 마테르'는 흔히 '성모애상聖母哀像'이라고 번역되곤 하는데, 쉽게 말해서 '어머님이 일어서시다'라는 뜻이다. 자신의 아들 예수가 십자가에서 죽자, 성모는 아들이 못박힌 십자가를 올려다본다. 아들의 주검 앞에서 어머니의 심정은 어떠했을까? 이 곡은 바로 그 앞에서 우는 어머니를 그린 것이다.

〈스타바트 마테르〉는 가톨릭교회에서 제례용으로도 쓰이는데, 작곡가는 달라도 내용은 모두 같은 가사다. 그중에서도 가장 유명한 것이 바로 페르골레시의 작품이다. 또 하나의 유명한 〈스타바트 마테르〉는 페르골레시보다 한참 뒤에 나온 로시니의 것이다. 그런데 로시니가 페르골레시의 〈스타바트 마테르〉를 처음 들었을 때, 너무나 감동하여 "나는 〈스타바트 마테르〉를 쓸 수 없을 것이다. 더 필요하지 않다"라고 말했다는 일화가 있다. 이는 페르골레시의 작품이 얼마나 감동적이며 완벽한가를 웅변해주고 있다.

이 곡은 페르골레시가 수도원으로 돌아와 거의 죽어갈 때, 자신도 알 수 없는 어떤 원동력에 의해 정신없이 써내려간 것이다. 그는 어쩌면 죽음의 그림자가 자기를 추격하고 있다는 것을 감지했는지, 그의 자필 악보에는 서두른 필적이 역력하다. 거의 일필휘지—筆揮之로 씌어진 것이다.

그의 〈스타바트 마테르〉를 들어보면 페르골레시가 작곡을 하는 동안 어머니를 생각했음을 누구나 직감할 수 있다. 병든 육신을 이끌고 살아온 그가 무서운 결핵으로 시들어가는 몸뚱이로 수도원에 들어왔을 때, 얼마나 어머니가 그리웠을까? 자신이 죽은 후 아들의 시신을 안고 눈물 흘릴 어머니를 생각하면서—물론 아들이 어머니의 그 고통을 천분의 일이나 짐작할 수 있겠는가마는—그는 이 곡을 썼다. 온 오선지를 눈물로 적셔가면서……. 그리고 이 곡이 완성되자 페르골레시는 마지막 예술혼을 불사른 자신의 짧은 인생을 마감했다.

이 곡은 독특한 악기 편성을 가지고 있다. 현악 합주 위로 노래하는 이는 단 두 명의 여성, 즉 소프라노와 메조소프라노가 전부다. 로시니의 〈스타바트 마테르〉가 비교적 대규모의 관현악단에 남녀 혼성 4인의 독창자들, 그리고 합창으로 화려한 진용을 보이는 데 비하면 지극히 단순하고 담백하다. 그러나 이 간단한 편성이 이토록 가슴을 때릴 줄이야. 들어보아야만 알 수 있다.

이탈리아의 지휘자 리날도 알레산드리니Rinaldo Alessandrini가 콘체르토 이탈리아노를 지휘하는 최신 음반(나이브)은 이미 빛이 바랜 줄 알았던, 270년이나 된 이 작품을 완전히 새로운 빛과 엄청난 감동으로 우리 가슴

렘브란트가 그린 〈성모애상〉은 아들의 주검보다 어머니의 모습이 더욱 슬프다.

리날도 알레산드리니는
고음악 연주의 새로운 기린아로 떠올랐다.

에 던져주고 있다. 알레산드리니는 지금 40대 중반이 된 이탈리아의 고음악 전문가다. 그는 원래 하프시코드를 전공했는데, 고음악古音樂 특히 이탈리아 바로크음악에 깊은 관심을 갖게 되었다.

알레산드리니는 1980년대에 자신이 직접 '콘체르토 이탈리아노 Concerto Italiano' 라는 바로크음악 전문단체를 만들어, 자신이 지휘를 할 뿐만 아니라 건반악기도 연주한다. 콘체르토 이탈리아노는 특유의 투명한 음색과 청아한 연주 그리고 다이내믹한 리듬으로 바로크음악 해석에 새로운 바람을 불러일으켰다. 그들은 벌써 아주 많은 음반을 내놓았는데, 대부분의 음반은 놀라운 반향을 일으켰고, 수많은 음반상賞을 휩쓸었다. 특히 황금 디아파송상을 3년 연속 수상하는 기염을 토하기도 했다.

또한 그들은 기악과 성악곡 외에도 몬테베르디, 카발리, 빈치 그리고 이탈리아어로 된 헨델의 오페라 등 초기 이탈리아 오페라들을 재해석해 내는 진지한 작업도 하고 있다. 혹시 바로크음악의 매력을 아직 느끼지 못했거나 관심이 없었던 분이라도, 콘체르토 이탈리아노의 음반을 들어본다면 바로크세계의 놀라운 열락悅樂에 쉽게 빠져들 것이다.

알레산드리니의 음반 이전에 나온 〈스타바트 마테르〉의 명반으로는 클라우디오 아바도와 런던 심포니의 음반(DG)을 들 수 있다. 소프라노 마가레트 마샬과 메조소프라노 루치아 발렌티니 테라니의 명창이 투명한 오케스트라의 울림과 함께 천상의 공명共鳴을 선사한다. 르네 야콥스(아르모니아 문디)나 로이 핸더슨(데카)의 음반도 뛰어나다.

페르골레시의 〈스타바트 마테르〉가 시작하면, 두 명의 여성 성악가 소프라노와 메조소프라노의 음성이 천천히 들려온다. 그녀들이 번갈아 부르는 노래는 노래가 아니라 통곡이다. 그녀들이 실제로 눈물을 흘리지는 않았을지 몰라도 음반 속에는 눈물이 줄줄 흐른다. 두 여인의 음성은 바로 어머니의 음성이다. 하늘에서 두 어머니가 보이지 않는 눈물을 흘리고 계신 것이다. 죽은 아들을 위해……. 작곡가 페르골레시 또한 이 곡을 쓰면서, 그리고 쓰고 나서 어머니를 그리워하다가 죽어갔다.

이 곡을 들을 때 왜 그렇게 눈물이 났는지……. 원래 사라 밍가르도의 품위 있는 저음을 좋아하던 나지만, 이번에 알레산드리니의 음반을 들으며 유독 어머니 생각이 많이 났다. 힘들어하다가 돌아가신 어머니, 늘 아들만을 생각하면서 힘들게 살다 가신 어머니……. 내가 해드린 것이라곤 당신보다 먼저 떠나지 않았다는 것뿐이다.

가을에 가장 어울리는 음악

브람스 : 클라리넷 5중주곡 _ 자비네 마이어와 알반 베르크 4중주단

가을, 내 청춘 시절에 '가을'이라는
단어는 항상 천국이자 지옥이라는 이중적인 의미로 다가왔다. 나에게 가
을은 결실의 계절이라기보다는 조락凋落의 계절이었으며, 그것은 또한 늘
단풍과 낙엽의 노랗고 붉은 시각적인 이미지였다. 가로수의 잎들이 하나
둘씩 바래기 시작하면, 나의 심장 깊숙한 곳에서는 늘 참을 수 없는 방랑
의 바람이 불기 시작했다. 대체 가을은 나에게 무엇이며, 가을이 어디서
왔는지 생각해볼 겨를도 없이 나는 먼저 가을을 앓기부터 했다.

어느 학교에나 있을 법한 아름드리 큰 나무들은 어린 초등학생 시절
부터 늘 내 마음을 사로잡았다. 하지만 봄에는 아니었다. 가을이 나무의
색깔을 변하게 할 때쯤 비로소 나무는 진짜 나무가 되어 내 눈 속으로 들
어왔다.

그것은 나에게 내가 세상을, 자연을, 지구 위를 걸어가면서 살고 있

음을 말해주는 것이었다. 그래서 언젠가부터 나는 늘 가을을 가슴으로 앓았다. 친구들과 있으면 생활은 즐겁고 세상은 밝고 아름다웠지만, 혼자 있는 시간이면 가을은 또 다른 아련하고 휑한 모습으로 내 가슴 한쪽을 찬바람처럼 파고들어왔다.

그러나 그 찬 가을바람 덕분에 나는 인생을 알게 되었고, 목숨의 가치를 알게 되었고, 사랑도 알게 되었다. 모든 것은 사라질 즈음에 그 진가를 빛내듯이 가을은 나에게 인생의 교사였고 나를 되돌아보게 하는 방위표였다.

그것이 핑계가 될 수는 없겠지만, 대학에 다니는 동안 나는 늘 시험 점수가 좋지 않았다. 특히 가을에 어김없이 치르는 2학기 중간시험은 더더욱 그러하였다. 나에게 가을이라는 계절에 시험준비를 하라는 것은 불가능한 요구였다. 차라리 하와이의 해변이나 라스베이거스의 호텔에서 공부하라는 게 더 나을 것이었다. 나는 원래가 아스팔트 키드였고 아스팔트 위에서 계절을 익히는 데 익숙했다. 잘 포장된 도시의 가을은 당연히 포도鋪道의 가로수에서부터 시작되었다.

의과대학에 다닐 때 학교로 가는 버스는 늘 부산역에 정차했다. 당시 부산역은 그 도시에서 가장 크고 중요한 버스 정류장이었기에, 버스는 그곳에서 특별히 오래 머무르곤 했다. 그러면 나는 버스 창밖으로 역사驛舍를 바라보게 된다. 그곳은 10분이 멀다 하고 열차가 떠나는 곳이다. 열차를 타면 나는 어디론가 갈 수 있는 것이다. 그리고 또한 열차와 함께 가을 속으로 빠져들어갈 수 있는 것이다.

가끔은 역을 바라보지 않으려고 애를 썼다. 한쪽 머릿속에 아직 남아 있는 나의 현실감각이 열심히 시험날짜를 계산해주면, 다른 한쪽 머리는 자꾸만 지우려고 애쓰곤 했다. 종종 나는 그 틈을 참지 못하고 버스가 떠나기 직전 뛰어내린다. 그리고 지하도를 건너 역으로 가면서 나는 점점 현실로부터 멀어져간다.

지하도 안에 들어서면 다양한 잡상인들을 바라보면서 "그래, 저들의 천진하고 아름다운 표정을 보라. 이 아름다운 세상에 꼭 강의실 안에서 청춘을 쭈그리고 있는 것이 최상의 미덕은 아니지 않은가"라면서 스스로를 합리화하고 자위하곤 했다. 그 지하도는 마치 다른 세계로 들어가는 관문이요, 다른 세상으로 넘어가는 망각의 강 레테와 같은 구실을 하였다.

그리고 지하도 반대편 출구로 나설 때면, 그때만 해도 광활했던 부산역 광장은 나에게 별세계였다. 아, 세상은 이렇게 아름답거늘. 광장에 늘어선 저 빛바랜 가로수들과 분수대를 장식한 노란 국화들이 반기는 이 땅을 어찌 외면할 수 있는가? 간혹 저만치 광장 한쪽에서 노인들을 무료 진료하고 있는 나이 지긋한 선배 의사들의 모습이 나를 곤혹스럽게 했지만, 지금은 무척이나 존경하는 그들의 숭고한 봉사행위도 이미 관성에 의해 역사로 돌진하고 있던 내 발걸음을 붙잡지는 못했다.

역사에 들어간 나는 마치 사탕가게에 온 아이가 눈을 크게 뜨고 앞에 늘어선 선택의 여지를 즐기듯이, 천장 높은 홀 위에 붙은 커다란 열차시각표를 바라본다. 오늘은 어디로 갈까? 여러 곳을 가보았지만 나에게 가장 매력적인 곳은 원동이었다. 흔히 사람들이 많이 가는 밀양이나 삼랑진에 못 미쳐 있는 그곳은 이름만으로도 나를 잡아끌곤 했다.

어린 시절 안방에 있을 때에도 손에서 바느질감을 놓는 법이 없었던 어머니는 감성이 예민하신 분이었다. 어머니는 생활로 바빴던 젊은 시절 어쩌면 한 번쯤 가보았을 그곳의 지명을 그리워하듯이 가끔 나에게 말해주곤 하셨다. 어머니의 말씀을 통해 그 지명은 내 머릿속에 오랫동안 각인되어 있었다. 나는 연고緣故도 없고 아는 이도 없는 그곳을 찾아갔다.

편의시설은커녕 가게 하나 보이지 않는 그곳에 완행열차는 나를 덩그렇게 내려놓고 떠났다. 나는 무거운 정형외과 교과서가 든 책가방을 든 채 낙동강을 따라 나 있는 긴 둑을 걸어갔다. 저 멀리 있는 산은 초록과 붉은색이 조화롭게 어우러져 있었고 가까이 있는 나무들은 노랑과 갈색의 잎들로 장식되어 있었다.

아무도 없는 둑을 혼자 걷다가 적당한 곳에 앉아 낙동강의 깊은 물을 바라보고 있노라면 바람이 불 때마다 낙엽들이 눈처럼 날리곤 했다. 지나가는 사람 하나 없고 가끔 보이는 송아지나 염소는 당연히 말 한마디 걸어오지 않는다. 귓전을 스치는 것은 오직 나뭇가지 사이를 스치는 바람소리뿐이다.

먼지 쌓인 과자 몇 개와 삶은 오리알 두어 개가 팔 것의 전부인 작은 가게를 찾아 먹을 것을 찾는다. 할머니가 안내해준 대로 작은 골방에 들어가 시골 특유의 퀴퀴한 냄새를 맡으면서 기다린다. 할머니가 들여넣어준 작은 소반에 올라온 라면 한 냄비. 마치 시골 칼국수처럼 푹 삶아서 다 불은 라면이지만, 맛을 볼 새도 없이 훌훌 정신없이 먹는다.

다시 강둑을 걸어서 돌아올 때쯤 나의 머릿속에 스치는 것은 바로 브람스. 그렇다, 늘 브람스였다. 가을을 그곳에 그냥 두고 허허롭게 돌아오는 나의 마음에 들려오는 것은 늘 브람스다. 나는 다시 집으로 달려간다. 어두워지는 열차의 차창 밖으로 검은 낙동강의 물결을 바라보면서 이제 나는 음악이 고파진다.

집에 돌아오면 어머니는 나에게 아무것도 묻지 않으신다. 나의 땡땡이를 의심하실 만도 한데, 내 행적을 물으신 적이 없다. 지금 생각해보면 내가 학교를 갔다 왔건 원동을 갔다 왔건, 그분에게 중요한 것은 아들이 다시 당신 옆으로 돌아왔다는 것이었으리라. 왜 그때는 그것을 느끼지 못했을까……

나는 중학교 때부터 버스로 통학했다. 그때도 학교가 파하면 곧장 집으로 가지 않고, 종종 집 반대편으로 가는 버스를 타곤 했다. 그 버스 노선이 끝나는 곳은 해운대였다. 나는 몇몇 친구들과 함께 책가방을 백사장에 던져놓고, 모래밭을 뛰어다니면서 장난을 치거나 축구를 하곤 했다. 해운대 백사장은 돈도 들지 않고 가장 즐거운 최고의 놀이터였다.

그렇게 놀다 보면 꽤 어두워져서야 집으로 돌아오게 된다. 집에 온 내가 어머니가 차려주신 늦은 저녁을 먹는 동안, 어머니는 현관에서 내 운동화를 정리하면서 "오늘도 멀리뛰기 연습을 했나 보네"라고 말하곤 하셨다. 당시에는 어머니가 운동화 바닥에 묻은 모래가 학교 운동장 것인지 해운대 것인지 분간하시지 못하나 보다 하고 생각했지만, 그것은 어머니에게 중요한 문제가 아니었던 것이다.

강의와 실습을 빼먹고 하루종일 가을을 느끼고 돌아온 내가 그 가을의 흔적이 아직 몸에 남아 있을 때, 방에 들어가 먼저 집어드는 음반은 브람스였다. 그중에서도 가을의 흔적을 계속 느끼고 싶을 때 어김없이 선택하는 것이 브람스의 클라리넷 5중주곡이었다.

내 방은 북향이었다. 낮에도 어두운 것이 좋았지만, 사실 저녁에는 좀 쓸쓸했다. 그래도 그 적적함이 좋았다. 그리고 어두운 방의 친구는 늘 브람스였다. 북유럽의 해가 부족한 곳에서 씌어진 음악……. 그것들은 늘 가을이었고 늘 북향이었다. 플레이어 위를 돌아가는 레코드에서 브람스는 가을을 노래했다, 클라리넷으로.

브람스는 슈만의 부인인 클라라를
평생 마음속에 두고 살았다.

　내가 가지고 있던 몇 장의 브람스 클라리넷 5중주 음반 가운데 지금
은 구하기 어려운 줄리아드 현악 4중주단의 음반을 무척이나 좋아했다.
그런데 그것은 연주가 좋아서가 아니었다. LP재킷 때문이었다. 줄리아드
4중주단의 LP에는 가을이 있었다. 그것도 무척 진하게. 유심히 살펴보면
매우 독특한 사진이었는데, 가을의 호수 위에 낙엽이 잔뜩 떨어져 수면을
덮고 있는 모습이었다.

　중학교 시절 성지곡 수원지水源池에서 열린 사생대회에 참가한 적이
있었다. 그 엄청난 숲속에 있는 나무들이 모두 가을을 맞고 있었다. 나는

자비네 마이어는 우리 시대 최고의
클라리넷 연주자 중 한 사람이다.

그 많은 나무들과 그 무수한 낙엽들에 압도되었다. 학교에서는 아직 가을
을 느끼지 못하던 시기에 찾은 성지곡의 모습은 깊은 가을의 한가운데였
다. 그리고 그곳에 있는 커다란 수원지는 온통 떨어진 낙엽으로 덮여 있
었다. 낙엽이 너무나 많이 떨어져 물인지 땅인지 알 수 없었다. 그 위에
발을 내딛고 싶을 만큼 눈처럼 쌓여 있었다.

　　그때 나는 낙엽 구경에 정신을 빼앗겨 마감시간까지 그림을 다 그리
지 못했다. 결국 그림을 제출하지도 못하고 내가 제일 좋아하던 미술선생
님께 야단까지 맞았지만, 왜 그랬는지 설명할 수가 없었다.

　　몇 년이 흘러 그때의 낙엽 쌓인 호수를 레코드가게의 재킷에서 만났
을 때, 정말 놀랍고 반가웠다. 나는 그 곡이 무엇인지도 모른 채 레코드를
사가지고 와 집에서 들었다. 그 가을 그 재킷 속에서 나온 검은 플라스틱
원판圓板이 돌아갈 때, 그 안에서 흘러나온 음악은 재킷 이상으로 나를 충
격으로 몰고 갔다. 그것은 바로 가을이었다. 내가 가을마다 느꼈던 그 공

기가 스피커를 통해 흘러나오고 있었던 것이다.

현악 4중주 사이에서 혼자 울음을 우는 클라리넷의 소리는 마치 혼돈된 세상에 잘못 내려와 울부짖는 사슴 같았다. 사슴은 이곳이 슬퍼서, 혼자서 가을을 다 운다. 나는 그렇게 재킷과 음악이 일체를 이룬 판을 본 적이 없다. 줄리아드 4중주단의 재킷은 그렇게 매년 가을이면 내 방 책상 위에 올려져 있었고, 나는 중간고사 때마다 그것을 보면서 벼락치기를 해야 했다. 그후로 더 완벽한 클라리넷 5중주를 찾아 이 LP에서 저 CD로 옮겨다녔지만, 내 마음의 브람스 재킷은 늘 그 낙엽 덮인 호수였다.

1891년 요하네스 브람스Johannes Brahms, 1833~1897는 잘 알고 지내던 마이닝겐 공작의 궁전을 방문했다. 브람스는 거기서 궁정악단의 클라리넷 주자인 리하르트 뮐펠트를 만났는데, 그는 브람스에게 결정적인 인상을 남긴다. 브람스는 그때까지 그렇게 표현력이 넘치는 클라리네티스트를 본 적이 없었으며, 클라리넷이라는 악기가 그토록 깊은 정서를 나타낼 수 있는 줄도 몰랐다.

충격을 받은 브람스는 그때부터 뮐펠트를 염두에 두고 클라리넷을 위한 곡을 네 곡이나 작곡한다. 그것들은 두 개의 클라리넷 소나타와 클라리넷 3중주곡 그리고 클라리넷 5중주곡이다. 이 네 곡은 내용의 깊이는 물론 구조에 있어서도 단연 정상의 실내악곡에 위치한다.

그중에서도 최고는 바로 클라리넷 5중주곡 B단조 op.115이다. 이 곡은 브람스의 많은 곡들 중에서도 가장 정신성이 높고 가장 비통하며 가장 심오하다. 여기에는 완벽한 형식미와 구성의 철저함 그리고 낭만적인 색채성이 넘친다. 그러면서도 가을에 작곡된 곡답게 브람스 특유의 체관諦觀이 깊게 깔려 있다.

브람스의 5중주곡이라면 피아노 5중주곡 F단조 op.34도 유명하지만 그것은 젊은 날 청년의 애수를 그린 곡이고, 클라리넷 5중주곡은 예순을 바라보는 만년의 대가가 노련함으로 완숙미를 담아낸 걸작이다. 제1악장이 시작되면 바로 들려오는 단조短調의 현악 울림은 가을의 스산한 낙엽처럼 가슴에 구멍을 내면서 포르테로 굴러들어온다. 그리고 뮐펠트가 사용했다는 유명한 애기愛器인 회양목 클라리넷 소리가 그 사이로 들려온다. 이것은 음악이 아니라 바로 가을이며, 다섯 악기는 하나씩 낙엽을 떨어뜨린다.

　　내가 웅크리고 앉아 있는 방 안에, 산부인과 교과서 위에, 어느덧 또 빈 커피잔 위에……. 낙엽은 무수히 떨어진다. 그 가을은 제2악장으로 넘어가면서 더더욱 사무쳐온다. 현실의 고뇌와 갈 수 없는 세상에 대한 동경이 회양목 나무통 사이로 꺼질 듯한 아다지오의 피아니시모로 흘러나온다. 그것은 가을의 한숨이다. 이 곡에서 우리는 가장 깊은 가을에, 브람스가 느꼈던 북유럽의 그 을씨년스런 가을에 온 심장을 담그게 된다.

　　나는 처음 줄리아드 4중주단의 음반(BMG)을 들은 이후 더 짙은 가을을 느끼기 위해 음반들을 전전했다. 그중에서도 클라리네티스트 자비네 마이어와 알반 베르크 4중주단이 함께 연주한 음반(EMI)을 가장 즐겨 듣는다.

　　자비네 마이어Sabine Meyer가 누구인가? 그때까지만 해도 금녀禁女의 성역이었던 베를린 필하모니 오케스트라에, 카라얀이 처음으로 그녀를 영입하겠다고 고집하여 화제가 되었던 연주자다. 당시 그녀의 뛰어난 미모와 함께 카라얀은 수많은 구설수에 시달렸다. 결국 마이어는 베를린 필하모니에 들어갔지만, 카라얀은 단원들과 사이가 벌어져 은퇴를 준비하는 대조적인 결과를 초래했다.

알반 베르크 4중주단은 브람스의 체관과 슬픔을 잘 표현하고 있다.

그러나 지금 보면 카라얀이 옳았다. 그녀는 현재 베를린 필을 그만두고 세계 정상의 클라리넷 독주자로서 왕성하게 활동하고 있다. 그녀의 연주는 빼어나다. 기교는 훌륭하고 음색은 짙은 감성이 묻어난다. 그리고 역시 막강한 실력의 알반 베르크 4중주단Alban Berg Quartett은 그녀와의 완벽한 호흡으로 또 하나의 명반을 탄생시켰다.

원래 이 곡의 음반으로는 레오폴트 블라흐의 클라리넷과 빈 콘체르트하우스 4중주단의 음반(웨스트민스터)이 저명했다. 하지만 녹음(1950)이 오래되었고 음질이 모노며 깨끗하지 못하다.

그외의 좋은 CD로는 클라리네티스트 카를 라이스터와 아마데우스 4중주단(DG), 베를린 필하모니의 8중주 멤버들(필립스), 데이비드 쉬프린과 에머슨 4중주단(DG) 그리고 멜로스 앙상블(EMI)의 음반이 있다.

금년에도 가을은 어김없이 찾아온다. 그러나 나는 더 이상 원동을 가지 않는다. 공부하라고 재촉하는 사람도 없다. 늦은 저녁밥상을 차려줄 어머니도 계시지 않다. 하지만 가을이 오면 나는 버릇처럼 클라리넷 5중주곡을 찾는다.

이제 클라리넷은 나에게 가을만 들려주는 것이 아니다. 그것을 들을 때마다 나를 스쳐간 그 많은 가을의 기억들을 되살려준다. 나는 브람스의 클라리넷과 함께 쓸쓸했던, 그러나 너무나 되돌아가고 싶은 그 가을로 돌아간다.

당신의 한 손을 위하여

라벨 : 왼손을 위한 협주곡 _ 레온 플라이셔

2002년 미국 신경과학회 학술대회장. 미국 신경과 의사들의 모임인 이곳에서, 세계에서 가장 권위 있는 신경과 학회는 공로상을 시상할 예정이었다. 그날의 수상자는 의사도 의학자도 아닌 피아니스트였다. 레온 플라이셔, 그는 만장의 기립박수 속에서 상을 받았다. 그는 피아니스트로서도 예술가로서도 아닌 위대한 한 인간으로서 크게 웃었다.

미국의 음악팬이라면 잊지 못할 추억 속의 이름 하나가 레온 플라이셔Leon Fleisher다. 그는 1928년 샌프란시스코에서 러시아계 아버지와 폴란드계 어머니 사이에서 태어났다. 플라이셔는 네 살이라는 어린 나이에 어머니로부터 피아노를 배우기 시작했다. 피아노를 습득하는 그의 빠른 손은 뭇사람을 놀라게 하였고, 여덟 살 때 최초의 리사이틀을 열게 된다.

피아노는 플라이서에게 인생의 고통과 의미를 동시에 가르쳐 주었다.

그가 보여준 천재적인 연주는 매스컴에 대서특필되었으며, 당시 최고의 지휘자 중 한 사람이었던 피에르 몽퇴가 그를 기억하게 된다. 몽퇴는 이 소년을 보고 "100년에 한 번 나올 만한 신동 피아니스트"라고 격찬했다. 그리고 소년을 위대한 피아니스트 아르투르 슈나벨에게 추천했다.

플라이셔를 본 슈나벨은 제자를 두지 않는다는 철칙을 깨고 소년을 제자로 받아들인다. 슈나벨은 플라이셔에게 기술보다는 예술을 받아들이는 정신을 가르쳤다. 진정한 스승이란 그런 것일 게다. 나중에 플라이셔도 스승에 대해 이렇게 회고했다.

"제가 그로부터 배운 것은 바로 열정이었습니다."

그리하여 플라이셔는 16세의 나이로 뉴욕 필하모니 오케스트라와 협연하였고, 이듬해에는 카네기홀에서 독주회를 하는 등 미국 음악계의 희망으로서 기염을 토했다. 결국 그는 1952년 벨기에의 퀸엘리자베스 콩쿠르에서 우승하기에 이른다.

금의환향한 플라이셔는 컬럼비아사社와 전속계약을 맺었다. 그는 컬럼비아 레이블로 지휘자 조지 셀과 많은 협연을 하였다. 그들이 만든 음반 중 베토벤의 피아노 협주곡 전집과 브람스의 피아노 협주곡 전집 등은 지금도 올드팬들에게 명반으로 남아 있다. 당시 플라이셔와 셀의 협연은 피아노와 오케스트라를 위한 명곡들을 거의 다 아우르다시피 하였다. 플라이셔는 미국을 대표하는 피아니스트로서, 당분간 미국 음악계는 그의 차지가 될 것이 자명해 보였다.

그러나 삶은 그렇게 호락호락하지 않았다. 아니, 그토록 잔인할 줄 누가 상상이나 했을까? 플라이셔는 30대 초반에 오른손이 이전처럼 움직이지 않는다는 것을 알았다. 특히 오른쪽 넷째와 다섯째 손가락의 움직임이 현저히 나빠졌다. 처음에는 부인하려고 했지만, 음악회에서의 이전 같지 않은 연주는 더 이상 속일 수 없는 상황이 되었다. 결국 그는 36세의 젊은 나이에 손가락이 움직이지 않아서 은퇴하고, 평생 자신과 동의어나 다름없었던 음악을 떠났다.

그것은 그에게 깊은 정신적인 충격과 좌절을 안겨주었다. 그 참담한 심정으로 어찌 정상적인 삶을 살아갈 수 있었겠는가? 그는 좌절과 고통의 나락에서 헤매었다. 급기야는 이혼까지 하는 등 그의 가정과 생활은 풍비박산이 되었다. 그런데 이런 경우를 당한 피아니스트는 그가 처음이 아니었다.

오스트리아 출신의 유명한 분석철학자 루트비히 비트겐슈타인Ludwig Wittgenstein, 1889~1951은 음악적으로도 뛰어난 자질을 가지고 있었다. 부호의 아들로 태어난 그는 어린 시절부터 아버지가 집 안에서 열어준 살롱 음악회에서, 세계적인 지성인들에게 자신의 소질을 선보이곤 했다. 그 모임에는 당대 최고의 명사들이 참석했는데, 그중에는 브람스와 말러 그리고 브루노 발터 같은 이들도 있었다.

그리고 비트겐슈타인에게는 파울이라는 이름의 형이 있었는데, 두 형제의 음악적 재능은 사교계의 큰 관심거리였다. 형 파울 비트겐슈타인은 특히 피아노를 잘 쳐서 모차르트의 재래再來라고까지 불렸다. 어린 시절 형 파울의 장래희망은 당연히 피아니스트였고, 동생 루트비히의 희망은 지휘자였다. 결국 동생은 철학자가 되었지만, 형은 바람대로 피아니스트가 되었다. 그는 오스트리아의 희망을 등에 짊어진 젊은 피아니스트였다. 그러나 전쟁은 모든 것을 앗아갔다.

파울은 제1차 세계대전에 참전했다. 그리고 전장에서 팔에 총탄을 맞는 부상을 당했고, 결국 오른팔을 절단해야 했다. 오른팔이 없는 상태로 귀향한 피아니스트……. 그는 10여 년의 세월을 좌절 속에서 방황했다. 그러나 굴복하지 않았다.

그는 자신이 아는 작곡가들을 찾아나섰다. 그대로 주저앉을 수가 없었던 것이다. 그는 자신을 위한, 아니 자신의 한쪽 팔을 위한 새로운 곡을 작곡해달라고 부탁했다. 즉, 왼손만으로도 피아노를 치고 싶다는 말이었다. 그는 리하르트 슈트라우스, 브리튼, 힌데미트, 프로코피예프 등에게 작곡을 의뢰했다. 그런 파울에게 왼손만을 위한 피아노곡을 만들어준 사람은 프랑스의 작곡가 모리스 라벨이었다.

1931년 빈에서 모리스 라벨Maurice Ravel, 1875~1937의 새로운 곡, 즉 왼손을 위한 피아노 협주곡 D장조가 초연되었다. 물론 피아니스트는 파울 비트겐슈타인이었으며 빈 심포니 오케스트라가 관현악을 맡았다. 결과는 대성공이었으며, 2년 후에는 파리에서도 역시 비트겐슈타인에 의해 곡이 연주되었다. 이제 비트겐슈타인은 한 손을 가진 피아니스트로, 아니 위대한 승리를 이룬 의지의 표상으로 세상에 우뚝 섰다. 이보다 더 위대한 피아니스트가 세상에 또 있을까? 작곡가는 이 곡을 비트겐슈타인에게 헌정했다.

〈왼손을 위한 협주곡〉은 단 한 손으로 치는 왼손의 성부聲部가 매우 화려하고 기교적이다. 그래서 만일 이것이 한 손으로 치는 곡이라는 것을 모르고 듣는다면, 그 사실을 알아채지 못할 정도로 화려하고 명인名人적 기교로 넘친다.

그리고 라벨은 한 손만의 약점을 보완해주기 위해 독특하고 두터운 악기들로 곡을 구성했다. 일단 동원되는 금관악기들이 다양하고 그 수가 많다. 잉글리시 호른과 작은 클라리넷, 베이스 클라리넷, 두 개의 바순,

콘트라 바순, 튜바 등이 동원되고 트럼펫과 트럼본은 세 개씩이나 포진한다. 오른손을 보완하기 위한 타악기군의 배치는 더욱 배려 깊다. 즉 팀파니와 큰북, 작은북 같은 기본 악기 외에도 탐탐, 우드블록, 트라이앵글, 심벌즈 등이 총동원된다. 라벨은 이 곡에 대해 다음과 같은 주석을 달아놓았다.

> 이 곡은 두 손을 위한 곡보다 그 직조織造가 얇다는 인상을 주지 않는 것이 중요합니다. 그래서 일부러 가장 둔중한 협주곡 스타일에 접근하려고 합니다. 그리고 이 부분이 끝나면 곡은 일변하여 재즈 스타일로 바뀝니다.

한마디로 왼손에 대한 깊은 애정에서 우러난 철저한 배려에 다름아니다. 라벨 역시 한 손이라는 놀라운 조건에서, 어쩌면 작곡가에게 무리한 도박일지도 모르는 일을 애정과 관심으로 완성하여 결국 성공작을 내놓은 것이다. 연주 역시 대성공이어서 라벨의 위대한 업적을 보고는, 이후에 많은 작곡가들이 비트겐슈타인을 위해 왼손만을 위한 곡들을 다투어 작곡해주었다.

이 곡은 전통적인 협주곡들처럼 3악장으로 나뉘어 있지 않고, 전체가 하나로 이어져 있는 단악장의 곡이다. 형식은 렌토-알레그로-렌토의 느리고 빠르고 다시 느린 형태를 이루고 있어서, 전형적인 빠르고 느리고 빠른 협주곡들과는 정반대 구조를 가지고 있다. 왼손만으로 친다지만 그 기교는 현란하다. 느리게 시작한 왼손은 관현악과 함께 일단 클라이맥스에까지 올랐다가, 그 배턴을 알레그로에게 넘겨준다.

알레그로 부분이 라벨이 설명했던 재즈 부분이다. 파격적인 리듬은 마치 춤을 추듯이 화려하게 노래한다. 피아노와 관현악이 주고받는 과정을 되풀이한다. 그리고 다시 나타나는 렌토 부분, 이것은 첫 부분의 재연에 해당된다. 결국 왼손만의 카덴차가 나타나고, 이어 마지막에 다시 재즈풍의 코다가 나타나면서 격렬하게 끝을 맺는다.

〈왼손을 위한 협주곡〉 전체를 관통하는 이미지는 '블루'다. 그것은 투명하며 또한 우울한 블루다. 곡은 뛰어나면서도 독특한 느낌을 풍긴다. 푸른 잉크가 현란하게 번져가는 모습이 머릿속에 형상화될 때면, 우리는 그것이 아무리 아름답다 하더라도 그것의 근본적인 우울과 고독의 색채를 떨치지는 못한다. 그건 원래부터 오른손의 반주를 위해 자신을 낮추는 데 길들여져왔고 그래서 항상 어두웠던 왼손이 오랜 세월 동안 익숙해 있던 기질일까? 아니, 라벨이 일부러 떨쳐버리지 않았을 것이다. 자신도 모르게 푸른 잉크로 손이 가는 사람처럼……

모리스 라벨.

〈왼손을 위한 협주곡〉이 유명해진 이후로 놀랍게도 많은 피아니스트들의 사랑을 받아왔다. 물론 그들은 멀쩡하게 오른손이 있는 사람들이다. 그들은 오른손을 놔두고 한 손만으로 이 곡을 연주한다. 이 곡을 마주 대할 때 그들은 오른손이 거추장스럽다고 한다. 처지가 뒤바뀐 것이다.

라벨의 피아노 협주곡은 〈왼손을 위한 협주곡〉 외에도 두 손을 모두 사용하는 피아노 협주곡 G장조도 무척이나 유명하고 아름답다. 많은 음반에 D장조의 곡과 G장조의 곡이 함께 수록되어 있기도 하다.

이 〈왼손을 위한 협주곡〉을 연주한 최고의 피아니스트로 상송 프랑

다시 피아노 앞으로 돌아온 플라이셔. 그에게 이 순간은 얼마나 소중했을까.

수아Samson François, 1924~1970를 꼽고 싶다. 프랑수아는 20세기 프랑스의 가장 위대한 피아니스트였으나 46세의 전성기에 요절한 천재로서, 특히 프랑스 피아노 음악에 타의 추종을 불허하는 세련미와 여유 넘치는 감각을 불어넣었던 사람이다. 그는 앙드레 클뤼탕스가 지휘하는 파리 음악원 오케스트라와 함께 라벨의 피아노 협주곡 두 곡을 모두 녹음(EMI)했는데, 둘 다 진정한 명반으로서 오랫동안 사랑받고 있다.

　그외에 모니크 하스의 음반(DG)도 널리 알려져 있는데, 폴 패레이의 지휘로 RTF 국립오케스트라가 함께하고 있다. 베르너 하스의 녹음(필립스)은 알체오 갈리에라의 지휘에 몬테카를로 가극장 오케스트라가 협연한다.

이제 한 손을 쓰지 못하게 된 또 한 명의 피아니스트에게로 돌아와보자. 레온 플라이셔는 어느 날 갑자기 "두 손으로 연주할 수 있느냐 없느냐가 인생에서 가장 중요한 문제는 아니다"라는 결론에 이른다. 그리고 그는 다시 일어선다. 피아니스트가 아닌 세상을 살아가는 한 인간으로서.

플라이셔는 다시 음악을 사랑하기 시작했다. 그는 처음에는 지휘자로서 오케스트라를 지휘하였고, 나중에는 오랜 경험과 높은 식견을 살려 교육자로서의 길을 가기 시작했다. 다시 많은 사람들이 주위에 모여들었고, 그들은 플라이셔를 사랑하고 플라이셔는 다시 남을 도와줄 기회를 갖게 되었다.

그는 미국의 대표적인 피아니스트 대신 미국에서 가장 중요한 피아노 교수가 되었다. 그는 피바디 음대와 커티스 음대 등의 교수가 되어 수많은 제자들을 길러냈다. 우리나라에서 활동하는 중견 음악가들 중에도 그의 가르침을 받은 이들이 적지 않다. 그는 미국 클래식음악의 명예의 전당에 오른 음악가들 중에서 유일한 생존인이라는 영광을 누렸다.

그의 이야기는 아직 끝나지 않았다. 그는 다시 피아노 의자에 앉았다. 비트겐슈타인이 그랬던 것처럼. 그리고 위대한 선배 비트겐슈타인 덕분에 많은 유명 작곡가들이 만들어놓은, 적지 않은 왼손을 위한 곡들을 치기 시작했다. 물론 가장 중요한 것은 라벨의 〈왼손을 위한 협주곡〉이었다. 그 연주는 음반(뱅가드 클래식)으로도 나와 있는데, 세르지우 코미시오나의 지휘로 볼티모어 심포니 오케스트라와 함께 녹음한 것이다.

또한 그는 왼손을 위한 피아노곡들을 하나하나 발굴하여 재연하기 시작했다. 그동안 잊혀졌던 곡들도 플라이셔의 왼손에 의해 다시 빛을 보았다.

그리고 플라이셔의 이런 열정적인 활동에 고무된 작곡가들이 다투어 왼손을 위한 곡들을 쓰기 시작했다. 플라이셔의 말에 따르면, 지금 세상에는 왼손만을 위한 피아노곡이 무려 천여 곡이나 있다고 한다. 그러나 이 모든 것은 이것을 처음 일구었던 비트겐슈타인과 플라이셔 두 사람의 예술에 대한 헌신과 사랑 그리고 역경에도 굴하지 않은 의지가 없었다면 불가능했을 것이다.

놀랍게도 플라이셔는 1995년 오른손으로도 연주할 수 있게 되었다. 그는 그동안 잠시도 쉬지 않고 백방으로 다니면서 별별 치료법을 다 시험해보았고, 몇 번의 재기 콘서트도 열었지만 번번이 실패했다.

그러다가 이긴장증Dystonia이라는 진단을 새로이 받고, 신경과 의사들이 권한 최첨단 치료법으로 치료를 받았다. 결국 그는 두 손으로 연주하는 데 성공하였고, 이어 〈두 손Two Hands〉이라는 음반(뱅가드 클래식)을 내놓는다. 두 손, 우리는 아무렇지도 않게 쓰는 말이지만 그는 얼마나 감격스러웠을까? 40여 년 만의 일이었다.

플라이셔는 그후 연주도 연주지만 일반인들에게 이긴장증을 비롯한 신경계통 질환을 올바르게 인식시키는 홍보대사 일을 자청했다. 그를 통해 미국에서는 신경계 질병에 대한 인식이 새로워졌고, 많은 사람들이 그의 굽힐 줄 모르는 의지와 치료를 귀감으로 삼게 되었다. 플라이셔는 이제 두 손과 음악은 물론이고 자신감과 행복도 되찾았다.

플라이셔의 두 손은
주인에게 인생의 모든
비탄과 영광을 함께 주었다.

2005년 모란이 흐드러지게 핀 6월의 첫날 플라이셔가 서울에서 내한 독주회를 가졌다. 자신의 왼손을 위해 작곡된 조지 펄과 레온 커쉬너의 작품에서부터 슈베르트의 피아노 소나타 제21번 D.960에 이르기까지 모든 프로그램을 훌륭히 소화했다.

긴장 속에서 음악회가 끝나고 로비로 나가니 2층 계단에서 한 피아니스트가 상기된 얼굴로 내려왔다. 나는 그가 왼손잡이라는 것을 알고 있었다. "아, 대단합니다. 눈물이 났어요. 전 늘 왼손의 소리가 커질까 봐 신경이 쓰여 제가 왼손잡이인 것을 원망하며 살았는데, 그건 정말 아무것도 아니지요."

그렇다. 레온 플라이셔나 파울 비트겐슈타인의 삶을 떠올릴 때, 우리가 지금 가진 불만은 아무것도 아닐 수 있다.

악기의 역사를 바꾼 위대한 음악인

브루흐 : 콜 니드라이 _ 게리 카

'콘트라베이스' 라는 제목의 연극이 있다. 우리나라에도 많은 팬을 가지고 있는 독일 출신의 인기작가 파트리크 쥐스킨트가 희곡을 쓴 것으로, 서울에서도 공연되었던 모노드라마다. 이 드라마는 독일어권에서는 가장 자주 무대에 올려지는 연극 중 하나로, 지금은 세계적으로 널리 사랑받고 있다.

어느 오케스트라의 평범한 콘트라베이스 주자의 이야기다. 그는 꿈의 전당이라고 할 만한 극장에서 오케스트라 단원으로 일한다. 하지만 화려하기는커녕 거의 주목을 받지 못하는 악기의, 그것도 평범한 연주자로서 어깨는 잔뜩 움츠러들어 있다. 주로 자신의 낮은 처지와 소외된 생활 그리고 짝사랑하는 여성에게 말도 걸지 못할 정도로 소심한 성격 등에 대해 불만으로 가득 찬 한 남자의 이야기가 넋두리조로 펼쳐진다.

그러나 독자나 관객의 입장에서 이 희곡을 읽거나 연극을 보면, 분명

이 관심 없던 악기에 대해 흥미가 생길 것이다.

콘트라베이스 주자는 늘 열등감에 사로잡혀 있다. 그는 작곡가들조차 콘트라베이스라는 악기에는 관심이 없다고 믿고 있다. "그들은 베이스(콘트라베이스라는 긴 이름을 종종 이렇게 줄여서 부른다)가 어떤 음을 내는지조차 관심이 없습니다. 그들에게 베이스는 그저 그것을 기본으로 그 위에 아름다운 심포니를 올려놓을 수 있는 양탄자에 불과합니다."

그리고 심포니에서 연주할 때도 사람들은 베이스에 대해서는 관심을 기울이지 않는다. 콘트라베이스는 주로 다른 악기의 소리에 휩싸여버리기 때문에 어떤 관객도 음악을 들으면서 "아, 콘트라베이스다!"라고 말하지 않는다. 그렇게 이 악기는 "음정이 네 개밖에 되지 않는 팀파니보다도 아래 서열로 취급받는다"고 그는 투덜거린다. 사실 팀파니 소리는 청중들에게 인상적이다 못해 강렬하지 않은가?

대부분의 작곡가들은 사실 콘트라베이스를 위한 곡을 쓰지 않았다. 콘트라베이스를 독주 악기로 하여 곡을 쓴 작곡가는 몇 사람 되지 않아서 쉽게 나열할 수 있을 정도인데다, 보통 음악애호가가 기억할 만한 명곡은 전혀 없는 것이 사실이다.

쥐스킨트의 이 희곡 안에서 우리 주인공은 이탈리아의 보테시니를 "최고의 베이스 작곡가"라고 추앙하면서 그의 협주곡을 거론하고 있지만, 사실 이 작곡가의 이름을 기억하는 사람은 거의 없을 것이다. 유명한 실내악곡들 중에서도 베이스가 참여하는 곡은 베토벤의 7중주곡이나 슈베르트의 5중주곡 〈송어〉 정도인데, 이 정도가 콘트라베이스가 대우받는 최고 레벨인 것이다.

그렇다면 콘트라베이스 주자들은 스스로에 대해서 어떻게 생각할까?

베를린 필하모니의 콘트라베이스 주자들. 그들 역시 훌륭한 음악가들이다.

그들 역시 자기 악기에 대해서 자랑스럽게 생각하지 않는 것은 마찬가지였다. "처음부터 콘트라베이스로 음악을 시작한 사람은 절대 없습니다. 베이스를 악기로 선택하기까지 그들은 다들 어떤 과정을 겪게 됩니다. 그것은 우연과 실망입니다……."

주인공이 소속되어 있는 국립교향악단의 여덟 명의 베이스 주자들 가운데 산전수전을 겪지 않은 사람은 한 사람도 없고, 그들은 모두 자신이 한때 당했던 차가운 질책들을 아직까지도 생생히 기억하고 있다면서, 그는 스스로를 조소한다.

그는 이 악기를 정신분석학적으로도 해석한다. 대부분의 비올Viol 족族 악기들은 여성의 모습과 흡사한데, 그중에서 콘트라베이스가 가장 크다. 그러나 사실 베이스의 모양은 예쁘지 않다. 그는 이렇게 투덜댄다.

"이 악기는 꼭 살이 피둥피둥한 아줌마 같지 않습니까? 엉덩이는 축 처졌고, 허리는 잘록하지도 못한 것이 지나치게 높아서 이상합니다. 게다가 어깨는 가늘고 축 늘어져 꼭 곱사등이 같지요. 도대체가 영 못마땅합니다."

그렇게 여성이긴 하지만 아름답지도 않고 게다가 큰 체격의 여자는 무엇을 연상시키는가? 바로 가장 큰 여성, 즉 어린 아들의 머릿속에 각인되어 있는 어머니의 모습이다. 그는 자신의 악기를 어머니로 여긴다. 그리고 베이스를 연주하는 것을 '사랑하는 것' 다시 말해서 성행위로 생각한다. 그는 "콘트라베이스의 형상에 어머니의 모습을 떠올리면서 우리는 수도 없이 어머니를 겁탈해왔습니다"라고 말한다. 그래서 그는 오케스트라 한쪽 뒤편에 웅크리고 서 있는 베이스 주자들의 얼굴을 이렇게 묘사한다. "그들의 근친상간적인 폭행은 그때마다 도덕적인 대혼란을 초래하였고, 그런 비윤리적인 혼란은 베이스 주자들의 얼굴마다에 적나라하게 씌어 있습니다."

그의 설명이 심한 것일 수도 있지만, 그런 말이 나올 정도로 베이스 주자들은 한때 혼란스럽고 힘든 경로를 거쳐 그 자리에 서 있는 것이라고 말하고 싶은 것이다. 유치원이나 초등학교 때부터 학교에서 가장 음악을 잘하고 늘 칭찬을 받았으며 일류 음대에도 무난히 들어갔고 성인이 되어서도 하고 싶었던 악기를 쥐고 있는, 날렵한 차림의 제1바이올린 주자들과 비교한다면 콘트라베이스 주자들은 과연 인생의 곡절을 겪은 사람들이라고 할 수 있다. 그의 말을 빌린다면, 오케스트라 단원 126명 중 절반이 넘는 수가 정신분석 치료를 받고 있다고 하니, 꼭 베이스 주자에게만 해당되는 말은 아닐지도 모르지만…….

결국 그는 오케스트라의 구성도 인간 사회와 닮아서, 어떤 세계에도 리더가 있기 마련이고 또한 쓰레기 같은 사람들도 있기 마련이라며 자조적인 결론을 내린다. 그는 "어떻게 살펴보아도 콘트라베이스는 최후의 쓰레기 같은 존재"라고 처절하게 비웃는다.

그런 콘트라베이스에도 세계적으로 유명하고 뛰어난 주자가 있을까? 쥐스킨트의 말을 그대로 따른다면 그것은 불가능해 보인다. 우리는 이제 베이스 주자라고 하면, 오케스트라에서 연미복은 제공해주지만 셔츠는 제공해주지 않아서 꾀죄죄한 싸구려 셔츠를 구겨진 채로 입고 항상 큰 악기에 짓눌려 살아가는, 예술가라기보다는 생활인 같은 중년 남자를 상상할 수밖에 없다.

꼭 쥐스킨트뿐이 아니었다. 러시아의 문호 안톤 체호프도 그렇게 묘사했다. 그의 단편소설 '콘트라베이스와 로맨스'에 등장하는 베이스 주자는 너무나 커다란 악기 케이스를 들고 다니는 덕분에 옷을 잃어버린 처녀를 그 케이스에 넣어 지고 가며, 모처럼 짜릿함을 기대하는 불쌍한 남자로 그려졌다.

그러나 실제로는, 놀랍게도 콘트라베이스 연주자 중 스타는 있었다. 바이올린이나 첼로의 명인적인 스타들에 못지않게, 콘트라베이스 주자로서 명성을 떨친 이는 역사상 다섯 명 정도로 기록되고 있다. 도메니코 드라고네티, 조반니 보테시니, 프란츠 지만들, 세르게이 쿠세비츠키가 바로 그들이다. 그리고 마지막 다섯 번째 자리는 우리와 동시대를 살고 있는 위대한 콘트라베이시스트 게리 카다. 만일 쥐스킨트가 그의 존재를 알았다면 그 냉소적인 희곡은 탄생하지 않았을지도 모른다. 카는 화려함과 초절超絶적인 기교를 두루 갖춘 콘트라베이스 주자이기 때문이다.

게리 카Gary Karr는 1941년 미국 로스앤젤레스에서 태어났다. 그가 아

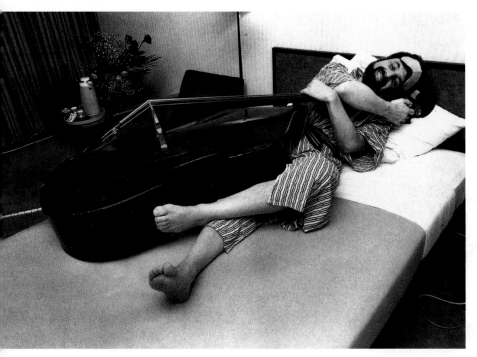

카는 여행 중에도 아마티를 자신의 분신처럼 아끼며 들고 다닌다.

홉 살 때부터 콘트라베이스를 배웠다는 사실은, 다른 악기에서 실패한 사
람들이 주로 이 악기를 잡는다는 쥐스킨트의 설정에는 처음부터 벗어난
것이었다. 아니, 그 나이에 악기를 잡았다는 것은 그의 환경으로 본다면
오히려 늦은 것으로 여겨질 정도다. 카의 가문은 7대에 걸쳐서 콘트라베
이스를 연주해온 이 악기 최고의 명문가였다. 뿐만 아니라 카 당대에도 증
조할아버지, 아버지, 삼촌 그리고 두 명의 사촌까지 모두 다섯 명이 캘리
포니아의 오케스트라에서 동시에 콘트라베이스 주자로 활동하고 있었다.

　　따라서 자연스럽게 콘트라베이스와 접한 카는 UCLA와 노스웨스턴
대학교 그리고 다음에는 뉴욕으로 옮겨 줄리아드 음대에서 콘트라베이스

를 전공했다. 그는 스무 살 때 데뷔했고, 다음해에는 레너드 번스타인의 청소년 음악회에도 출연했다. 그리고 그해에 콘트라베이스 주자로서는 드물게 카네기홀에서 결정적인 콘서트를 가졌다.

그런데 콘서트가 끝난 후 카에게 한 통의 전화가 걸려왔다. 전화를 건 사람은 나이 많은 할머니였는데, 그녀는 카 이전에 최고의 콘트라베이스 주자였던 쿠세비츠키의 미망인이었다. 할머니는 어린 카의 연주회에 직접 갔었는데 크게 감동했다고 하면서 "나는 당신이 내 남편의 뒤를 잇는 위대한 콘트라베이스 주자가 될 것을 믿어 의심치 않는다"고 말했다. 그리고 남편의 유산인, 그가 사용하던 악기를 카에게 주겠다고 했다. 물론 돈을 받는 것도 아니었다.

그것은 가격을 산정할 수도 없는 전설적인 악기, 1611년 산産 아마티였다. 그것은 다만 쿠세비츠키의 악기만은 아니었다. 바로 앞에서 언급한 5인의 대가들 중 최초의 비르투오소였던 드라고네티가 쓰던 역사적인 악기이기도 했다.

카는 400년 된 이 악기를 맡음으로써 전설적인 대가들의 전통을 계승하는 최고의 콘트라베이스 명인으로 공인된 셈이었다. 그의 나이 스물한 살에…….

이후 카는 아마티를 가지고 40여 년 동안 음악사상 그 유례를 찾아보기 어려울 만큼 맹활약을 펼쳤다. 수많은 독주회와 협주 그리고 실내악에 참여하였고, 레코딩 역시 수를 헤아리기 어려울 정도로 많이 남겼다.

그의 연주와 음반들은 지금까지 일반인들이 가지고 있던 이 악기에 대한 편견을 완전히 바꾸어버렸다. 카는 그 무거운 악기 콘트라베이스를 가지고 마치 첼로처럼, 때로는 바이올린의 기교를 연상케 할 정도로 무궁무진한 테크닉을 선보였다. 아마티의 저음은 첼로가 주는 저음과는 또 다른 깊이와 매력을 맛보게 해주었다.

그는 잊혀졌던 콘트라베이스곡들을 다시 세상에 선보였을 뿐 아니라, 콘트라베이스를 위한 곡이 적다는 단점을 보완하기 위해 다른 악기들을 위해 씌어진 많은 곡을 편곡해 연주했다. 간혹 어떤 곡들은 원래 악기에 못지않은 또는 종종 그 이상의 인기를 얻기도 했다. 그리고 카의 명인기名人技적인 연주를 듣고 반한 많은 작곡가가 콘트라베이스곡을 작곡하기 시작하여, 그에게 헌정된 콘트라베이스곡이 무려 50곡이 넘는다.

그러나 카의 가장 큰 공적 중 하나는 후학들의 교육에 대한 지대한 관심이다. 사상 유례가 없는 최고의 콘트라베이스 테크니션인 카는 이 악기의 기교에 관한 세 권의 책을 집필했으며 직접 강의를 했다. 특히 그는 캐나다 서해안의 그림처럼 아름다운 도시 빅토리아에서 매년 여름캠프를 연다. 빅토리아 대학에서 매년 여름에 4주 동안 열리는 카의 캠프는 전세계 콘트라베이스 지망생들은 빠짐없이 참가하는 명문 코스가 되었다.

게다가 그는 1983년부터 콘트라베이스 악기 재단을 설립하여 세계적으로 좋은 콘트라베이스들을 모으기 시작했다. 그리고 자신이 컬렉션한 그 많은 악기를 자신의 캠프를 통해 발굴한 가능성 있는 후배들에게 아낌없이 무료로 희사하고 있다. 자신이 스물한 살에 아마티를 선물받았던 것처럼……. 이렇게 선의의 전통은 다시 전통을 만들어가면서, 투박한 악기 콘트라베이스의 아름다운 역사는 계속 이어져가고 있다.

카가 남긴 수많은 음반들 가운데 가장 인기 있을 뿐만 아니라 또한 뛰어난 연주 중 하나가 브루흐의 〈콜 니드라이Kol Nidrei〉다. 막스 브루흐Max Bruch, 1838~1920는 후기 낭만파 시대에 독일에서 음대 교수 겸 작곡가로 활약한 인물이다. 두 개의 바이올린 협주곡이나 역시 바이올린 독주와 오케스트라를 위한 스코틀랜드 환상곡 등은 이미 명곡의 반열에 올라서 많은 이들의 사랑을 받고 있다. 그러나 브루흐의 작품들 중에서 최고의 인기를 얻고 있는 것은 아마 〈콜 니드라이〉 op.47일 것이다.

이전에는 음악감상실이라는 것이 있어서, 코트 깃을 세운 초로의 신사가 들어와 한 잔의 커피와 함께 브람스를 신청하던 낭만적인 시절이 있었다. 그 음악감상실 고객들 중에는 당연히 데이트를 하는 젊은 커플도 있기 마련이었다. 그런데 재미있는 현상 중 하나는 커플일 경우 십중팔구는 남자가 곡을 신청한다는 것이다. 즉, 남학생이 여학생에게 음악을 들려주기 위해서, 때로는 자신이 이런 고전음악을 좋아한다는 것을 과시하기 위해서 음악감상실을 찾는 경우가 적지 않았던 것이다. 그럴 경우 그들이 신청하는 곡명은 보통 열 곡의 상비곡常備曲 리스트를 넘지 못한다. 이건 무슨 뜻일까?

클래식을 처음 듣는 여학생이 듣고 감동할 만한 곡에 편중되다 보니, 쉬우면서도 아름답고 감동적이면서도 일반인에게 많이 알려진 곡이어서는 안 된다. 즉, 아르페지오네 소나타는 좀 길고 말러의 교향곡은 어렵다. 〈운명〉 교향곡은 너무 알려졌고 〈겨울 나그네〉는 가사의 뜻을 모르면 지루하다. 그렇다고 매번 엘가의 〈사랑의 인사〉만 들려주기는 낯간지럽다.

그래서였을까? 길지도 않으면서 짧은 시간에 감동을 주고 그리 널리 알려지지도 않아서 그랬는지, 감상실에서 가장 많이 신청되는 곡 특히 초보자에게 들려주고 싶어하는 곡 중 하나가 〈콜 니드라이〉였다. 방학 때별 할 일도 없어서 감상실에 종일 죽치고 앉아 책이나 읽노라면, 거의 매일 아니 밥 먹고 돌아올 때마다 들어야 하는 곡 가운데 하나가 바로 〈콜 니드라이〉였다.

이 곡은 분명 명곡이다. 첼로 독주와 오케스트라를 위한 형태로, 한

마디로 단악장의 첼로 협주곡과 흡사한 형태인데, 10분 정도밖에 되지 않는 작은 곡 안에 마치 크고 깊은 호수가 들어 있는 것만 같다. '콜 니드라이'는 히브리어로 '신神의 날'이라는 뜻으로, 유대교회의 찬송가에서 차용한 것이다. 즉, 이스라엘 사람들이 유대교에서 '속죄의 날'로 규정한 날에 모여서 신을 향해 부르던 오래된 전통 멜로디에서 따온 것이다.

막스 브루흐.

그러나 굳이 유대인이 아니라도 상관없다. 누구나 이 곡을 들으면 우리 나약한 인간이 절대자나 대자연 앞에서 한없이 작고 겸손해지는 것을 느끼게 된다. 마치 우리의 마음을 씻고 우리의 몸을 정화하는 느낌을 받게 되는 것이다.

곡은 단악장이지만 내용상 두 부분으로 나뉜다. 첫 부분은 첼로의 조용한 선율로 진지한 멜로디를 담담하게 이어간다. 아름다우면서도 명상적이다. 그러다가 두 번째 부분에 이르면 오케스트라가 밝아지고 커진다. 그리고 마치 무릎을 꿇고 있던 신도들이 모두 일어나 두 팔을 벌리듯이, 하늘을 향해 뚜렷이 외친다. 절대자의 용서와 그에 대한 감사를……

이 곡은 가장 인기 있는 첼로 레퍼토리의 하나로, 첼로곡을 좋아하는 사람들에게는 오랫동안 필청必聽 악곡으로 여겨져왔다. 그런 만큼 명반도 많다. 그중에서 가장 널리 알려진 것은, 우리나라에 처음 라이선스 음반이라는 것이 생겼던 시절 나온 몇 개의 음반 가운데 끼어 있었던, 그래서 우리 팬들에게 가장 익숙해졌을 야노스 슈타르케르의 음반(머큐리)이다.

카는 콘트라베이스를 독주 악기로 만들어서 이 악기의 역사를 바꾼 음악가다.

    슈타르케르 특유의 깊이 있고 어두운 음향의 첼로에 안탈 도라티가
지휘하는 런던 심포니 오케스트라가 함께 연주하는 이 음반에는 〈콜 니드
라이〉 외에도 드보르자크의 첼로 협주곡 B단조 op.104와 차이콥스키의
〈로코코 주제에 의한 변주곡〉 op.33 등, 첼로와 오케스트라를 위한 최고
의 인기작품 세 곡이 모두 들어 있어, 명반 중의 명반이라고 할 수 있다.
    특히 이 레코드는 당시 머큐리레코드사에서 특별히 개발한 '35밀리
리빙 스테레오 시리즈'의 하나로, 획기적으로 향상된 음향을 담아 주목받

기도 했다. 지금은 그것이 CD와 또한 음질이 더욱 개선된 SACD로도 나와 첼로 음향의 정수를 들려준다.

그외에 〈콜 니드라이〉의 명반으로는, 무려 70년 전에 파블로 카잘스가 연주한 음반(EMI)을 비롯하여 피에르 푸르니에(DG), 자클린 뒤 프레(EMI) 등이 연주한 것들이 있다.

그러나 이번에는 첼로가 아닌 콘트라베이스로 연주한 〈콜 니드라이〉(킹레코드)를 들어보자. 이 커다란 악기가 어쩌면 첼로보다도 더욱 멋진 연주를 해줄지 모른다. 〈콜 니드라이〉의 매력이 저음이라면 콘트라베이스가 더욱 앞설 것이며, 진지함이라고 해도 콘트라베이스가 더욱 어울릴 것이다.

당대 최고의 콘트라베이시스트 게리 카는 다른 악기를 위한 곡을 재미삼아 편곡해 연주하는 것이 아니라, 많은 사람들이 이미 사랑하는 이 곡을 통해 콘트라베이스라는 악기의 매력을 제대로 세상에 알려야 한다는 치열한 사명감으로 연주한다. 그런 만큼 그의 음반은 명연이다. 콘트라베이스가 가진 최대한의 음역과 최고의 음장감은 우리를 휘어잡는다. 이 음반에는 〈콜 니드라이〉 외에도 블로흐의 〈유대인의 생활정경〉 쿠세비츠키의 〈슬픈 노래〉 흑인영가 〈깊은 강〉 와일더의 〈낭만적으로〉 등이 함께 녹음되어 있다.

게리 카의 많은 음반들 중에는 〈콜 니드라이〉 외에도 꼭 추천하고 싶은 음반이 적지 않다. 그중에서도 가장 눈에 띄는 것은 그가 10여 년에 걸쳐서 전곡을 완성한 바흐의 무반주 첼로 모음곡 전곡(킹레코드)이다. 그리고 첼로를 위한 곡인 드보르자크의 첼로 협주곡 역시 놀라운 녹음(킹레코드)이다. 첼로로써도 난곡인 이 곡을 그는 아사히나 다카시의 지휘로 오사카 필하모니 오케스트라와 함께 멋지게 연주한다.

그외에는 쿠세비츠키를 비롯해 스크리아빈, 라흐마니노프 등 러시아 작곡가들의 소품으로 꾸민 〈쿠세비츠키의 정신을 기리며〉 〈더블베이스로 연주하는 명오페라 아리아〉 〈알비노니의 아다지오〉 〈게리 카가 연주하는 바흐〉 〈게리 카가 불러주는 자장가〉 그리고 〈게리 카의 모든 것—어메이징 그레이스〉(모두 킹레코드) 등이 있다.

게리 카, 그는 아무도 거들떠보지 않는 악기를 가지고도 최고의 위치에 올랐을 뿐 아니라, 그 악기의 역사마저 바꾼 위대한 음악인이다.

불꽃 튀는 경쟁이 빚어낸 완벽한 균형

베토벤 : 3중 협주곡 _ 리흐테르, 오이스트라흐, 로스트로포비치, 카라얀

학창 시절을 돌이켜보면, 내 가슴속에 이글거리는 내면의 호기심을 억제하지 못해 산만한 시절이었다는 느낌이 든다. 어쩌면 그렇게 하고 싶은 것도 많고 궁금한 것도 많았는지. 마치 화선지가 물감을 빨아들이듯이, 붉은색이든 푸른색이든 갖다 대기만 하면 왕성하게 흡수했던 것 같다. 음악이든 미술이든 철학이든 역사든, 눈앞에 보이는 책은 닥치는 대로 읽으려 했고, 그 많은 신간 소설이나 새로 발매된 레코드들조차 다 따라서 읽고 들어야만 할 것 같은 의무감에 쫓기기까지 했다. 그러면서 의대 공부를 따라간다는 것은 결코 쉬운 일이 아니었다.

대학 시절에는 매주 목요일 저녁이면 학교에서 열리는 고전음악감상회에 참석하곤 했다. 낡고 좁은 대학병원 한구석의 빈 강의실에서 열리는 조촐한 감상회였지만 참 열심히도 다녔던 것 같다. 의학공부엔 특별한 관

심이 없어서 다른 길을 찾아보려고 방황하던 동안에도, 그 모임만은 빠지지 않았다.

여느 작은 동아리들처럼 겨우 몇 사람의 열성회원들 덕분에 유지되던 모임이었다. 하지만 적막한 저녁의 병원에서 울려퍼지는 관현악 소리는 도서관 앞 벤치에서 머리를 식히던 학생들을 끌어들이기도 했고, 종일 흰 벽에 갇혀 고생하던 전공의나 현미경과 씨름하던 조교들도 음악에 이끌려 가운을 입은 채 들르곤 했다. 그건 사방이 콘크리트벽으로 막혀 탈출구도 보이지 않았던 의과대학의 유일한 숨통이었다.

목요일 그 시간이면 딱히 누구라고 할 것 없이 그 강의실에 들어가서 준비를 한다. 생리학실험실을 빌려 한구석에 숨겨놓았던, 지금은 없어진 별표 전축을 들고 나와 강의실에 설치한다. 그리고 계단식 강의실의 책상 위에 사람 수만큼 양초를 켜놓는다. 준비한 한 학생이 곡에 대한 해설을 하고는, 다 함께 목마른 강아지들처럼 목을 내밀고 음악을 듣는다.

그 모임에서 얻은 가장 큰 소득의 하나는 여러 가지 고전음악 지식으로 무장된 좋은 선배들을 만났다는 점이다. 의예과 때까지 거의 혼자 음악을 들으면서 나만의 성城을 쌓았던 나는 선배들의 새로운 이야기와 다양한 취향을 접하면서, 그동안의 편식버릇을 조금씩 고쳐나갔다.

동아리에는 거의 '스타' 라고 할 만큼 항상 좌중을 압도하던 선배가 있었다. H라는 그 선배는 정말 아는 것이 많아서 모르는 음악이 거의 없었다. 게다가 이름마저 '유식' 이라서, 토론중에 유식有識은 당연히 자기 차지고 다른 회원들은 자칫 무식無識의 위기에 몰리곤 했다.

물론 나도 그 선배의 얘기를 듣는 것이 좋았다. 선배를 정말 존경했으며 선배에게 열심히 듣고 배우며, 나 스스로도 꾸준히 음악을 들었다. 게다가 그 선배와는 집도 같은 동네인지라, 동네의 버스 정류장에 내리면 다시 선배의 손에 이끌려 작은 맥주집에서 심층 과외를 받곤 했다.

　　그러다가 H선배가 해설을 하는, 기대에 찬 날이 돌아왔다. 선배가 준비한 곡은 바로 베토벤의 〈3중 협주곡〉이었다. 그때 감상회에서 들은 녹음은 당시 국내에 유일한 라이선스 LP로 나와 있던 엘리아우 인발 지휘의 음반(필립스)이었다.

　　선배의 해설은 멋졌고 설득력이 있었다. 하나의 협주곡에 세 명의 독주자가 같이 협연한다는 것 자체가 분명 익사이팅한 일이었다. 게다가 그 곡에 대한 선배의 개인적인 추억 때문에, H선배는 그 곡에 더욱 호감을 가지고 있었다. 선배는 자신의 멋진 해설에 도취되어 더욱 열정적으로 해설을 했다. 그의 논지는 결국 그 곡은 최고라는 것이었다.

　　선배가 들려준 앨범의 연주 역시 뛰어났던 것 같다. 클라우디오 아라우(피아노), 헨릭 쉐링(바이올린), 야노스 슈타르케르(첼로)라는 필립스사가 보유한 쟁쟁한 멤버 3인의 훌륭한 연주였다.

　　그런데 그것을 듣던 나는 괜한 오기가 발동했다. 감상이 끝난 후 나는 선배의 해설에 조목조목 시비를 걸었다. 예술의 세계에서 완벽한 또는 최고의 작품이란 것이 있을 수 있나? 이 곡은 최고라고 했지만 다른 협주곡에 비해 산만하지 않냐? 협주자가 많은 것이 미덕이 될 수 있는가? 이 형태가 성공했다면 왜 후대에는 이 형식을 잇는 후발작품이 더 이상 나오지 않았느냐? 등등……. 물론 나로서는 큰 모험이었다. 그렇게 말하면서 나도 떨고 있었다. 이제 선배에게 좀 배웠다고 머리가 커진 것일까? 나도 선배처럼 되고 싶다는 어린 치기의 발로였으리라.

　　그렇게 선배에게 직격탄을 날린 후 나는 마음속으로 이제 어쩔 수 없이 다가올 불리한 전쟁에 대비하고 있었다. 하지만 논쟁을 준비하던 나는

대가들의 삼중협주곡 연주는 그 과정조차도 당시 음악계의 비상한 관심을 끌었다.

선배의 의외의 반응에 놀랐다. 선배는 갑자기 기세가 꺾인 듯 아주 선선히 나왔다. 선배는 나의 응대를 수용했고 나의 공격에 수긍하는 말을 하면서 긍정적인 태도를 취하는 것이 아닌가? 앗, 이건 예상했던 결과가 아니었다. 나는 그만 미안해졌다.

집으로 돌아와서 나는 생각했다. 사람들 앞에서 선배를 공박한 것이 자꾸 마음에 걸렸다. 사실 그 곡을 몇 번 듣지 않았으며 잘 알지도 못하면서 그런 말을 한 것이 아닌가?

그때부터 나는 이 곡을 아주 진지하게 열심히 듣기 시작했다. 그러자 서서히 좋아지는 것이 아닌가? 뿐만 아니라 곡의 구성이 대단히 치밀하며 각 악기의 조화가 참으로 놀랍다는 느낌이 점점 더 강해졌다.

그후로 몇 년이 지나 어느덧 내가 고학년이 되었다. 봄축제 기간에 감상모임에서는 공개감상회를 열었다. 이제는 과거 H선배와 비슷한 위치에서 내가 해설을 맡게 되었다. 회원들뿐 아니라 외부 손님들도 왔고, 졸업한 선배들도 많이 참석했다. 그때 내가 고른 곡은 바로 베토벤의 〈3중 협주곡〉이었다.

나는 당시 그 음악의 최고 음반이라고 해외 서적에 소개되었으면서도 아직 우리나라에서는 구할 수 없었던, 카라얀이 지휘한 LP(EMI)를 어렵사리 구했다. 그리고 그 음악을 틀고 말했다. "이건 정말 대단한 곡입니다. 당시 저는 이 곡의 진가를 알기에는 너무 어려웠던 것 같습니다."

그리고 사람들 앞에서 선배에게 정중히 사과했다. "그리고 지금 제 생각에 이것은 모든 협주곡 중에서 최고의 왕좌에 있는 곡입니다……."

루트비히 판 베토벤Ludwig van Beethoven, 1770~1827이 작곡한 이 곡은 이름 그대로 협주를 하는 독주 악기 세 가지가 함께 나오는 곡이다. 흔히 〈3중 협주곡Triple Concerto〉이라고들 부르지만, 원제는 피아노, 바이올린, 첼로 그리고 오케스트라를 위한 협주곡 C장조 op.56이다.

즉, 피아노 · 바이올린 · 첼로 세 악기가 오케스트라와 함께 협연을 펼치는 것인데, 세 악기는 함께 때로는 교대로 독주부를 연주한다. 베토벤 당시의 상황에서 이런 형태는 분명 독특한 것이었다. 물론 이전에는 '합주 협주곡'이라는 것이 있어서 여러 악기나 여러 악기군##이 서로 협연하는 경우가 많았다. 그러나 당시에는 하나의 악기가 오케스트라를 상대로 대등한 1대1의 연주를 하는 것이 협주곡의 일반적인 관행이었다.

〈3중 협주곡〉의 내용은 작곡할 때 베토벤이 상당히 고심했음을 보여준다. 모두 네 파트가 서로 조우해야 하는 복잡한 구성 때문에 베토벤의 다른 피아노 협주곡이나 바이올린 협주곡들에 비해, 전개나 구조가 그리 매끄럽지 않은 것이 사실이다. 그러나 세 악기를 다루는 독주자들이 뛰어난 기량으로 서로 불꽃 튀는 대결을 보인다면, 매력을 한층 더 살릴 수 있는 명곡이기도 하다.

이 곡을 처음 들으면 마치 베토벤의 바이올린 협주곡과 피아노 협주곡을 함께 듣는 것 같기도 하고, 피아노 3중주곡에 관현악 반주부가 덧붙여져 나오는 듯한 느낌을 받기도 한다. 주체가 제시될 때도 세 악기는 같은 멜로디를 한 사람씩 순서대로 연주한다. 그러고는 관현악에 의해서 다시 함께 연주되는 그런 구성을 취하고 있다.

그러나 이 곡의 가장 큰 매력은 역시 첼로에 있다. 첼로가 이 곡을 사실상 리드하고 있다는 느낌이 드는 것이다. 세 가지 악기가 함께 협연을 한다고 하지만 비중은 아무래도 첼로 쪽으로 기운다. 베토벤은 첼로 협주곡을 남기지 않았다. 그러나 그의 첼로 소나타를 들으면, 베토벤이 첼로 협주곡을 썼다면 얼마나 멋졌을까 하는 생각을 하게 된다. 만일 그랬다면

이 분야에서 서열 제1위의 자리에 있는 드보르자크의 첼로 협주곡의 위치가 위태로웠을지도 모를 일이다.

H선배에게 죄송한 마음을 가진 채 해설을 준비하는 동안, 나는 이 곡의 음반들 중에서 구할 수 있는 것은 거의 다 들어보았다. 그러나 해설 때 내가 고른 카라얀의 음반만큼 큰 감동을 준 것은 없었다. 이제 그것은 CD(EMI)로 나와 있다.

헤르베르트 폰 카라얀Herbert von Karajan, 1908~1989의 음반은 1969년 런던에서 녹음을 준비할 때부터 화제를 모았던 판이다. 카라얀과 베를린 필하모니 외에도 구소련 출신의 3인의 대가로 구성된 협연진은 그 어느 팀도 따라오기 어려울 엄청난 중량감을 지니고 있었다. 그들은 바로 바이올린의 다비트 오이스트라흐David Oistrakh, 1908~1974, 첼로의 므스티슬라프 로스트로포비치Mstislav Rostropovich 그리고 피아노의 스비야토슬라프 리흐테르Sviatoslav Richter, 1915~1997다. 모두 자신의 분야에서 최고의 거장들이 아니던가! 이 가공할 만한 독주자들이 한자리에 모인 것 자체가 놀라운 이슈였다.

그런데 그들이 녹음을 할 때의 분위기는 결코 협조적이지 못했다. 사공이 많으면 배가 산으로 간다고 했던가? 네 사람의 대가는 다들 하나같이 음악성이 뛰어나며, 자신들만의 독특한 예술관으로 무장된 사람들이었다. 모처럼 결성된 드림팀의 화합은 결코 쉽지 않았다. 모두 스타플레이어였고 모두 스트라이커였던 것이다.

결국 녹음 전에 네 사람은 곡의 해석과 템포 등에 대해 이견을 보이며, 두 팀으로 나누어지고 말았다. 카라얀과 로스트로포비치가 같은 입장을, 오이스트라흐와 리흐테르는 반대되는 노선을 견지했다. 마치 거인 프로레슬러들의 2대2 태그매치를 연상시켰다. 특히 세 협연자는 서로에게

네 명의 대가가 함께 웃고 있지만, 물러설 수 없는 치열한 자존심이 느껴진다.

밀리지 않기 위해 처절한 사투를 펼쳤다. 각자의 활과 건반을 가지고.

녹음할 때부터 주위 사람들은 이 음반이 과연 제대로 만들어질까 하는 우려를 하지 않을 수 없었다. 네 거장은 모두 서로 골을 넣으려고만 했지 다른 사람이 골을 넣도록 기회를 만들어줄 것 같지 않았다.

그러나 이 음반이 완성되었을 때 사람들은 다시는 만들어질 수 없는 환상의 결합이라고들 격찬했다. 실로 불꽃 튀는 독주자들의 치열한 연주는 듣는 이들로 하여금 손에 땀을 쥐게 하기에 충분하다. 그러나 이들 중 누구 하나도 처짐이 없다는 이 팽팽한 결합이 바로 상호간의 눈에 보이지 않는 경쟁심에서 만들어졌다는 사실은 참으로 재미있는 일이다. 그래서 네 사람이 모두 터질 것 같은 긴장감 속에서 한 치도 물러설 수 없는 균형을 유지하고 있는 고금의 명반이 나온 것이다. 이것은 매우 독특한 경쟁과 대단한 열정으로 만들어진 최고의 음반이다.

이 음반의 표지재킷에는 네 사람이 함께 피아노 옆에 둘러서서 기분 좋게 파안破顔하는 사진이 실려 있다. 이들은 참으로 기분 좋아 보이고 서로 아주 가까워 보인다. 그러나 실은 사투의 경쟁을 벌이고 있던 이들의 사진을 찍는 사진사가 네 사람을 이렇게 웃도록 하기 위해 이루 말할 수 없이 고생을 했다는 후일담이 전한다.

예술의 발전에도 역시 지지 않으려는 경쟁심과 영웅심이 어느 정도는 필요한가 보다. 이들의 연주를 들으면 가슴을 때리는 감동과 함께 네 사람의 아이 같은 경쟁심도 나를 미소짓게 한다. 그리고 또한 나를 자극하여 많은 음악을 듣게 한 고마운 선배가 떠오른다. H선배는 요즘도 이 음악을 그렇게 좋아할까? 중년이 된 지금 선배와 술 한잔 나누면서 다시 한 번 이 CD를 함께 들어보고 싶다.

겨울도 녹이는 대지의 목소리

크리스마스 캐럴집 _ 레온타인 프라이스

미국 최대의 도시이자 세계 문화의 중심인 뉴욕, 그중에서도 클래식공연을 주도하는 곳은 단연 링컨센터다. 링컨센터에는 육중한 세 개의 현대식 건물이 버티고 서 있다. 왼쪽은 뉴욕 시티 오페라단이, 오른쪽은 뉴욕 필하모니 오케스트라가 사용한다. 그리고 그 두 건물의 한가운데를 차지하고 있는 것이 바로 메트로폴리탄 극장이다.

흔히 줄여서 '메트'라고 부르는 이 극장은 이미 100년 전에 최고의 테너 엔리코 카루소를 비롯한 세계 정상급 예술가들이 공연을 펼쳤던 미국 오페라의 중심이다. 이곳으로 들어가보자. 메인 로비에서 계단으로 올라가 1층 객석으로 들어가는 중앙 출입구 양쪽에는 화려한 공연의상 두 벌이 걸려 있어 눈길을 끈다. 그 밑에는 이 두 벌의 의상이 모두 레온타인 프라이스가 오페라에서 입었던 것이라고 적혀 있다.

레온타인 프라이스가 누구인가? 그녀는 미국 역사상 가장 뛰어난 오페라 가수이자, 위대한 흑인 예술가요, 어쩌면 미국에서 노래를 가장 잘 부른 사람일 것이다.

그때까지 미국 음악계에서는 많은 세계적인 거장들이 활약했으나, 대부분이 유럽인이었다. 오페라로는 레나타 테발디를 위시해서 프랑코 코렐리, 비르기트 닐손, 징카 밀라노프, 유시 비욜링 등이 있었으며, 지휘계에서도 아르투로 토스카니니를 비롯하여 아르투르 로진스키, 레오폴트 스토코프스키, 프리츠 라이너, 유진 오르만디, 에리히 라인스도르프 등 쟁쟁한 인물들이 미국을 휩쓸고 있었다. 미국인 지휘자로는 겨우 레너드 번스타인 정도가 있었을 뿐이다.

성악가 중에서는 미국인이라고 해도 사실 유럽에서 교육을 받은 사람들이 대부분이었다. 즉, 미국은 낳았을 뿐, 그들을 예술가로 만든 것은 유럽이라는 인식이 팽배한 분위기였다. 그런데 프라이스는 순수 미국 혈통으로 미국에서 태어나, 미국에서 교육받아 세계 정상에까지 오른 드문 경우였다.

그리고 당시까지 흑인 여성은 오페라에서 금기시되고 있었다. 흑인이 오페라 무대에 선다는 것은 상상조차 할 수 없는 시절이었다. 물론 그 전에 알토 메리언 앤더슨이 오페라 무대에 섰지만, 그녀의 메트 출연은 〈가면무도회〉라는 작품의 울리카라는 조역으로 단 5회에 그쳤을 뿐이다. 물론 앤더슨의 업적은 큰 것이었으며 흑인에 대한 오페라의 장벽을 무너뜨린 대사건이었지만, 진정한 프리마 돈나로서 메트를 정복한 흑인은 프라이스가 처음이었다.

레온타인 프라이스Leontyne Price는 1927년에 미시시피주의 로럴에서 아프리카계 흑인의 딸로 태어났다. 아버지는 목수였으며 어머니는 조산부였다. 집안형편이 넉넉지 못해 레온타인은 어려서부터 다른 가정에서 도우미로 일했다. 그녀의 음악적 자질을 알아본 것은 그 집안의 가족들이었다. 그들은 그녀가 피아노와 성악을 공부할 수 있도록 도와주었다.

원래 프라이스의 소망은 교사가 되는 것이었다. 사범대학에 진학하여 흑인이지만 당당한 직업을 갖고 싶었다. 하지만 그녀가 노래 부르는 것을 우연히 본 전문가에 의해 그녀는 본격적인 성악수업을 받게 되었다.

그녀는 자질을 인정받아 결국 교사의 길을 포기하고 뉴욕으로 갔다. 전액 장학금으로 줄리아드 음대에 진학한 것이다. 졸업 후 그녀는 미국의 여러 음악회와 방송에서 실력을 인정받는다.

그녀의 오페라 커리어를 열어준 것은 거슈윈의 오페라 〈포기와 베스〉였다. 미국 흑인들의 이야기를 다룬 이 20세기 오페라는 모든 주인공 배역이 흑인인 만큼 이 작품의 캐스팅만큼은 당연히 흑인들의 차지였다. 프라이스는 25세 때 〈포기와 베스〉의 전국 순회공연에 베스 역으로 발탁되었다. 그 공연은 성공을 거두어 그후 3년 동안이나 미주는 물론이고 유럽 공연까지 하게 되었다. 또한 프라이스는 이 공연에서 포기 역을 맡았던 흑인 바리톤 윌리엄 워필드와 결혼하게 된다.

이 순회공연으로 자신의 실력을 세상에 알린 그녀가 미국으로 돌아왔을 때, 또 다른 행운이 그녀를 기다리고 있었다. 1955년에 NBC-TV가 방영한 푸치니의 〈토스카〉 TV용 영화에서 흑인으로서는 이례적으로 주역을 맡는 영광을 누리게 된 것이다.

그리고 같은 해에 그녀에게 결정적인 기회가 찾아왔다. 영국 런던의 로열 오페라하우스에서 세계적인 이탈리아 소프라노인 아니타 체르퀴티가 베르디의 〈아이다〉를 부를 예정이었는데, 그녀가 그만 고장이 나버린

젊은 날의 프라이스는 타고난 재능과 지극히 매력적인 음성으로 이미 가능성을 인정받았다.

것이다. 그러자 프라이스의 실력을 눈여겨 봐두었던 사람이 극장장에게 연락해, 그녀는 흑인으로서는 사상 최초로 유럽의 메이저 극장에 주역으로 데뷔하게 되었다. 비록 아직도 흑인 배역이었지만……

    그러나 누구보다도 그녀를 적극적으로 후원한 사람은 헤르베르트 폰 카라얀이었다. 이 대지휘자는 피부색에 관계없이 그녀를 세계 최고의 성악가로 인정했는데, 이것은 카라얀이 행한 미덕 중 하나였다. 프라이스가 세계 메이저 오페라하우스에 주역으로 서게 된 데에는 카라얀의 고집이 절대적으로 작용했다. 카라얀은 보수적인 사람들의 곱지 않은 시선에도 불구하고 그녀를 1956년 빈 국립가극장에, 1960년에는 오페라의 메카인 밀라노의 스칼라 극장에 〈아이다〉의 주역으로 데뷔시켰다. 그러나 공연의 성공은 당연히 프라이스 자신의 실력과 매력에 의한 것이었다.

    이렇게 유럽에서 놀랍고도 확고한 명성을 군힌 그녀는 1961년 뉴욕으로 금의환향했다. 그녀는 메트에서 공연된 푸치니의 〈서부의 아가씨〉에 미니 역으로 출연했다. 그녀의 선배격인 메리언 앤더슨이 흑인으로서는 최초로 메트로폴리탄 오페라의 문을 연 직후에 그녀는 이렇게 당당하게 프리마 돈나로 돌아온 것이다.

그후 프라이스의 가도는 거침이 없었다. 그녀는 엄청난 성량과 완벽한 호흡 그리고 압도적인 스타일로 세계의 오페라 무대를 평정했다. 그녀는 베르디의 〈아이다〉뿐 아니라 〈일 트로바토레〉〈가면무도회〉〈운명의 힘〉〈에르나니〉등 당연히 백인 프리마 돈나가 적합하다고 생각되었던 궁정의 귀부인(〈일 트로바토레〉와 〈에르나니〉), 백작부인(〈가면무도회〉), 백작의 딸(〈운명의 힘〉) 등의 배역으로도 최고의 프리마 돈나가 되었다. 심지어 푸치니의 〈나비부인〉에서는 초초상으로도 성공을 거두었다.

프라이스의 거칠 것 없는 행보가 거둔 또 하나의 음악적 성과는 모차르트에서 나타났다. 그녀는 〈돈 조반니〉의 돈나 안나, 〈코지 판 투테〉의 피오르딜리지, 〈마술피리〉의 파미나 등에서도 뛰어난 연주를 보여주었다. 또한 카라얀이 그녀를 기용하여 녹음한 비제의 〈카르멘〉(BMG)은 지금도 이 작품의 최고 음반 중 하나로 기억되고 있다.

이후 그녀는 평생 미국을 대표하는 예술가로 대우받았다. 링컨센터가 오픈하여 메트가 이곳으로 이전했을 때, 개관을 기념해 작곡된 바버의 대작 오페라 〈안토니우스와 클레오파트라〉도 프라이스를 주역으로 설정하여 작곡된 것이었다.

그녀는 최초의 흑인 프리마 돈나로서도 의미가 있었지만, 또한 미국 사람을 미국이 키워냈다는 점에서도 그들은 대단한 의미를 부여했다.

1985년 그녀는 은퇴를 선언하고 자신의 마지막 공연으로 〈아이다〉를

프라이스의 성공 뒤에는
그녀를 절대적으로 지지한
카라얀이 있었다.

메트에서 불렀다. 가장 아름다운 3막이 열리고 프라이스가 여주인공이
부르는 마지막 아리아 〈오, 나의 고향이여〉를 마치자, 장내는 떠나갈 듯
한 환호와 눈물로 뒤덮였다. 오페라가 끝나지 않았음에도 모든 관객이 일
어나 기립박수를 보냈다. 박수가 끊일 줄을 몰라서 공연은 30분간이나 중
단되었다.

레온타인 프라이스의 목소리는 정말 독특하다. 누구나 그녀의 소리
를 한번 들으면 잊기 어려울 것이다. 내가 처음으로 오페라에 관심을 갖
게 된 계기 중 하나도 그녀 때문이었다. 중학교 때 그녀의 LP 아리아집
(BMG)에 수록되어 있던 베르디의 〈맥베스〉 중 〈몽유병의 장면〉을 우연히

듣게 되었다. 그녀의 음성은 노래한다기보다는 속삭임이었으며, 어떤 문학보다도 더 소름끼치는 오싹함을 들려주었다. 가사를 몰라도 그녀가 무엇을 노래하는지는 그 빨아들일 듯한 음성의 카리스마로 알아들을 수 있을 것만 같았다.

　　그녀의 음색은 무척 거칠다. 한마디로 얼굴 앞에 여과지를 한 장 쳐놓고 부르는 것처럼 허스키한 느낌마저 든다. 결코 청아하고 고운 목소리는 아니다. 그녀의 목소리를 미국에서는 '먼지가 가득 낀 소리(Dusty)'라고 부르기도 하는데, 사실 먼지라기보다는 자욱한 안개 속에서 부르는 것 같다. 그리고 그 질감은 매우 두텁고 거칠다. 그러면서도 가창은 미끄러지듯이 유연한 프레이징을 보인다. 고음과 저음을 자유자재로 오르내린다. 젊은 날의 녹음을 들어보면 콜로라투라 소프라노에 지지 않는 고음과 기민함을 과시한다.

　　그러면서도 또한 성량이 엄청나다. 나는 불행하게도 그녀의 노래를 실제 무대에서는 들어볼 기회가 없었는데, 들어본 사람들의 말에 의하면 음반으로는 그녀의 목소리를 절반도 전달하지 못한다고 한다. 실제로 당시 녹음기술자들에게 그녀의 음성은 하나의 과제였다고 한다. 한마디로 마이크에 담기는 것보다 마이크 밖으로 흘리는 소리가 더 많았다는 것이다. 오디오는 그녀 성량의 절반 정도만 담아냈다고 보면 될 것이다. 그런 전설 같은 일화에도 불구하고 그녀의 음반들은 늘 엄청난 감동을 안겨준다. 인간의 목소리가 이토록 푹신하고 이토록 열정적이며 이렇게 클 수 있을까? 거의 대포처럼 쏘아댄다.

　　오페라 속의 그녀를 제대로 들어보고 싶으면, 가장 대표적인 두 개의 레퍼토리인 〈일 트로바토레〉와 〈아이다〉를 들어보아야 한다. 〈아이다〉는 게오르크 솔티의 지휘로 연주된 음반(데카)이 있고, 〈일 트로바토레〉는 주빈 메타가 지휘한 음반(BMG), 카라얀의 스튜디오 음반(EMI), 카라얀의 잘츠부르크 페스티벌 실황음반(DG) 등이 있다.

그러나 여기에 그녀의 잊을 수 없는 최고 음반이 있다. 내가 가장 소중하게 여기는 음반의 하나로서, LP시대에는 절판되었지만 고맙게도 최근에 다시 CD로 발매되었다. 이것은 '레온타인 프라이스와의 크리스마스Christmas with Leontyne Price'라는 제목에서 알 수 있듯이 크리스마스 앨범(데카)이다.

하지만 이것은 여타의 크리스마스 앨범들과는 다르다. 많은 크리스마스 앨범들이 연말 특수를 노리고 급조되거나, 아예 있던 곡들을 짜깁기해서 내놓은 것들이다. 이는 클래식 시장에서도 마찬가지다. 그러나 이 음반은 당시 34세의 젊디젊은 목소리를 가진 프라이스를 내세워 최고의 예술가들과 최고의 엔지니어들이 참여한, 세상에서 가장 공들인 크리스마스 음반이다.

그녀의 진가를 가장 잘 알고 있는 카라얀이 지휘를 맡았으며, 그 대단한 빈 필하모니 오케스트라가 반주를 하고 있는데, 앞으로 이런 일은 다시 보기 어려울 것이다. 40년이 지났어도 이것을 능가할 크리스마스 앨범은 없다고 단언할 수 있다.

음반은 대표적인 캐럴인 그루버의 〈고요한 밤〉으로 시작된다. 프라이스는 정말 고요하기 그지없는 음성으로 첫 곡을 시작한다. 이 음반에는 대표적인 크리스마스 캐럴과 성가곡이 열세 곡 수록되어 있는데, 모두 격조와 품위를 갖춘 곡들이다. 그중 내가 가장 좋아하는 것은 소년합창단과 함께 부르는, 동심을 자극하는 〈오, 전나무〉다.

프라이스의 음성은 천상의 그것처럼 우아하고 평화로운 분위기를 자

미국이 키워낸 흑인 최초의 소프라노인 프라이스는 천상의 음성을 지녔다.

아내는데, 오페라에서의 정열적인 음성과는 완전히 대조적이다. 그녀의 풍성한 음량과 깊은 음색은 소리 자체로 겨울의 대지를 덮어주는 것처럼 포근하게 와닿는다. 숭고하기 그지없는 노래들은 이 땅에 구원과 평화를 주듯이 감동적으로 다가오는데, 이 음반의 클라이맥스는 바로 슈베르트의 〈아베 마리아〉와 구노의 〈아베 마리아〉 그리고 아당의 〈오, 거룩한 밤〉 세 곡이다.

군이 교회를 다니지 않더라도, 크리스마스가 아니더라도 위안과 평화를 얻고 싶으면 이 음반을 들어보라. 특히 쓸쓸한 계절에 그녀의 풍성한 음성은 우리의 얼어붙은 가슴을 따뜻하게 녹여줄 것이다.

쓸쓸한 어느 초겨울, 흐린 날이 계속되어 누구나 기분이 가라앉을 그런 오후였다. 진료실의 문을 열고 한 사내가 쭈뼛거리며 들어왔다. 외국인이었다. 그는 얼마 전에 방글라데시에서 취업을 위해 한국에 왔다고 한다. 공장장이라는 분이 동행했다.

그는 공항에 도착했을 때부터, 날씨는 을씨년스럽고 도시는 복잡하여, 게다가 말도 통하지 않아 한국에 영 적응을 하지 못하고 있었다. 회사에서 낯선 일을 제대로 해내지도 못하고 친구도 사귀지 못한 그는 공황장애에까지 이르러 나를 찾아온 것이다. 그는 방글라데시에서 대학까지 다녔고 철학과 정치학을 전공했다고 했다. 고향에는 10여 명의 가족이 그를 기다리고 있단다. 그는 그들을 위해 한국에서 콘크리트로 직경이 어른 두 팔로도 닿지 않는 큰 하수관을 만든다. 처음 해보는 일에 두 손이 심하게 부르터 있었다.

정기적으로 치료를 하기로 했는데, 눈이 오는 어느 날 그가 다시 찾아왔다. 기분이 많이 좋아져 있었다. 그는 한국에 처음 왔을 때 가장 힘들었던 것이 11월의 쓸쓸하고 암울한 날씨였다고 했다. "……그것은 꼭 무엇인가를 기다리는 것 같았습니다. 저는 그게 무엇인지 알 길이 없었죠. 그런데 알았습니다. 그건 눈이었습니다. 눈이 오니까 한국은 훨씬 아름답고 저도 차라리 견디기가 나은 것 같습니다. 겨울은 눈이 와야 해요."

생전 처음 보는 눈은 그에게 삭막한 세상을 적셔주고 채워주는 것으로 보였다. 고향에서는 보지 못했던 눈이지만, 그것은 생각처럼 추운 것이 아니라 대지와 마음을 감싸주는 것이었다.

이슬람교도인 그에게 성탄절 선물로 레온타인 프라이스의 크리스마스 CD를 주었다. 새것도 아니고 CD플레이어에서 돌아가고 있던 것을 그냥 꺼내서 건넸다. 그는 그것을 들어보니 겨울과 너무나 잘 어울린다고 말했다. 세상에 이렇게 포근한 음악은 들어본 적이 없다고 한다. 그는 '공장장님'에게 빌린 워크맨으로 프라이스의 노래를 난로처럼 옆에 두고 들으며 서울에서의 첫 겨울을 났다.

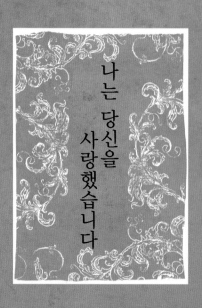

나는 당신을 사랑했습니다

떠나간 사랑에게 띄우는 연서

러시아 로망스 _ 박경숙

얼마 전에 대구의 한 모임으로부터 간단한 강연을 해달라는 요청을 받았다. 그렇지 않아도 의사로서 교수로서 바쁜 와중에도 해박한 지식과 열정으로 『르네상스 음악의 즐거움』이라는 책을 써내 나를 감동시킨 K선생님이 회장으로 있는 모임이라, 일부러라도 한번 찾아뵙고 인사를 드릴까 했는데, 잘되었다 싶어서 흔쾌히 승낙을 하였다.

오랜만에 타보는 기차 여행은 즐거웠다. 차창으로 보이는 추수가 끝난 들판의 낭만적인 풍경은 잠시나마 나를 진정시켜주었다. 어머니가 계실 때는 정신없이 비행기로 오가던 경부선을 49제를 이틀 앞두고 다시 내려가는 것이다.

대구에 내렸을 때 나를 맞이한 분들의 고마운 접대도 잊을 수 없다. 오직 서로 클래식을 좋아한다는 공통적인 취미가 있다는 이유만으로 처음부터 편하게 친해질 수 있었다. 그리고 거기서 K선생님을 비롯한 여러 분을 만나게 되었는데, 모두 자신들의 분야에서 열심히 일하면서도 음악 감상 활동을 하고 있었다. 그들은 대구악우회大邱樂友會라는, 이름조차 클래식한 진짜 클래식음악 모임을 성공적으로 이끌고 있었다.

도착하자마자 식사를 대접받고, 강연에 앞서 차를 마시며 환담을 나누고, 이어서 강연……. 강연이 끝난 후에는 마치 정해진 수순인 듯 음악실 건물 아래층에 있는 식당으로 자리를 옮겼다.

그런데 함께 감상모임과 음악에 대해 얘기하는 동안 그들이 한결같이 언급하는 이름이 있었다. 한 첼리스트가 이 모임에서 중요한 역할을 한다는 것이었다. 처음에는 그 이름에 귀를 기울일 겨를도 없었는데, 소주가 몇 순배 돌고 자리를 몇 번 바꾼 후에 나는 그분과 마주앉게 되었다.

여성 첼리스트 박경숙……. 인상은 해맑았다. 독특한 분위기를 가진 담백한 인상의 얼굴에 군살 없는 체격. 서울에서 수많은 첼리스트를 보아온 나에게 그녀는 신기할 것도 대단할 것도 없는 한 사람의 음악인이었다. 그야말로 평범하게, 지방대학을 나와서 외국서 공부하고 귀국하여 지방 오케스트라의 단원으로 있는 사람이었다.

그러나 무언가 다른 느낌이었다. 무엇보다도 감상모임에 연주자가 나온다는 것은 나의 20년 넘는, 많은 음악감상회 운영 경험으로 보아도 이례적인 일이었다. 사실 세계적인 연주자들의 명반만을 듣는 그런 모임에 어지간한 연주자가 어울리기는 쉽지 않다.

카라얀도 로스트로포비치도 호사가들의 도마 위에 오르는데, 주변의 음악가임에랴……. 애호가는 보통 자신들의 귀가 무척 수준 높다고 생각하기 쉽고, 반대로 연주자들은 그런 애호가들의 취향을 무시 내지는 편협한 것으로 여기거나 자신이 추구하는 길과는 다르다고 보기 쉽다. 그런데

박경숙이 니나 코간을 만난 그 겨울의 모스크바는 무척이나 추웠다고 한다.

도 연주자가 나온다는 것은 그 모임의 애호가들이 실연實演에도 높은 호의를 나타내거나, 아니면 연주자가 무척이나 음악을 사랑하는 경우여야 가능하다.

사실 음악을 직업으로 할 때 그것은 생활의 방편이기도 하다. 따라서 연주자들이 일이 끝난 이후에도 감상회에 나간다는 것은 쉽지 않은 일이다. 정신적으로 휴식할 수 없기 때문이다. 도리어 스트레스를 받고 돌아가는 일도 허다할 것이다. 그런 만큼 감상회의 애호가들 한가운데에 즐거운 표정으로 앉아서 천연덕스럽게 닭갈비를 먹고 있는 그녀가 나에게는 몹시 흥미롭게 보였다.

다음날 아침에 나는 서울로 올라왔다. 올라오며 생각하니 아무래도 어디선가 본 듯한 이름인 것 같아서, 도착하자마자 풍월당의 선반을 뒤져 보았다. 그렇다. 가물가물한 기억이었지만 그녀의 음반이 있었다.

놀라운 일이었다. 사실 국내 연주자들의 첼로 음반이 많지 않은 현실이고 게다가 대부분 국내에서 기획해 그것도 비상업용으로 녹음한 것들이 대부분이다. 그런데 그녀의 음반은 러시아에서, 그것도 세계적인 바이올리니스트 레오니트 코간의 딸이자 유명한 피아니스트인 니나 코간의 반주로 녹음한 것이었다. 당장 음반 값을 계산하고 포장을 북북 뜯었다. 그 안에는 알고 지내는 클래식방송의 Y형 글이 들어 있었다.

박경숙은 누구나 알아주는 소위 유명 연주자가 아니다. 더구나 서울이 아니면 눈길 한번 제대로 주지 않는 우리 음악계에서 대구 시립교향악단의 수석 첼리스트로 지방에서 거주하고 있는, 언뜻 보기에는 지극히 평범한 연주자에 불과하다. 그러나 그녀는 일찍이 지방대 출신이라는 이유로 동아 · 중앙 콩쿠르에서 2위에 입상하고 빈 국립음대로 떠났다…….

대부분의 연주자들이 그러하듯이 공부를 마친 그녀는 귀국했다. 그리고 다시 자신의 고향인 대구로 내려가서 지방 오케스트라의 첼리스트가 되었다. 사실 음악가들이 그리 선망하지도 주목하지도 않는 그런 자리였다.

대구에서 늦게까지 벌어졌던 술자리 때문에 그때까지도 내 머리는 얼얼했다. 저녁에 집에 와서 씻고 사방이 조용해졌을 때, 나는 불현듯이 기억난 듯 박경숙의 CD(굿 인터내셔널)를 플레이어에 걸었다.

울려나오는 피아노 그리고 이어지는 첼로의 굵은 보잉……. 라흐마니노프의 첼로 소나타도 있었지만, 대부분은 이번 박경숙과의 녹음을 위해 니나 코간이 일부러 편곡한 러시아 음악들이었다. 친숙한 곡들도 있었지만 낯선 곡들도 있었다. 그중에서 한 곡이 내 마음 깊숙이 스며들었다. 바로 〈나는 당신을 사랑했습니다〉.

"나는 당신을 사랑합니다"라는 말은 숱하게 들어왔지만 "나는 당신을 사랑했다"니? 그 과거형을 보는 순간 내 가슴이 철렁했다. 그것은 러시아의 대문호 푸시킨이 쓴 시였다.

나는 당신을 사랑했습니다.
사랑은 내 영혼 속에서 아직 완전히 꺼지지 않았습니다.
그러나 내 사랑 더 이상 당신을 괴롭히지 않겠습니다.
어떻게든 당신을 슬프게 하고 싶지도 않습니다.
나는 당신을 사랑했습니다.
아무런 말도 없이 희망도 없이 때론 수줍음에 때론 질투에 가슴 저리며
나는 당신을 사랑했습니다.
그토록 진실하게 그토록 부드럽게 신의 섭리로 다른 이들이
당신을 사랑한 그만큼.

어머니가 돌아가신 후 그쳤던 눈물이 다시 쏟아졌다. 가사는 있지만 노래는 하지 않는다. 다만 첼로가, 가사를 말하지 못하는 첼로가 벙어리 냉가슴 앓듯이 그렇게 자신의 온몸을 울면서 긁어대고 있었다. 첼로는 무

러시아의 많은 가곡들과 오페라는
푸시킨에게서 지대한 영향을 받았다.

슨 곡절이 있는 것일까?

이 음반에는 다른 곡들도 있는데, 거의 러시아 가곡들이다. 러시아의 정서를 깊이 담고 있는, 러시아어로 된 시詩에 의한 가곡들을 흔히 '러시아 로망스'라고들 부른다. 이 말은 다분히 민속음악적인 경향이 있으며 또한 감상적인 특징이 있다는 뜻을 내포하고 있다. 그러한 러시아 로망스들을 여기서는 노래를 빼고 대신 첼로와 피아노가 연주한다. 그중에는 차이콥스키의 〈오직 그리움을 아는 자만이〉나 글린카의 〈의심〉 등 대작곡가의 곡들도 있고, 민요도 있다. 하지만 그들은 한결같이 러시아적인 슬픈 사랑을 노래한다. 그중에서도 단연 가슴을 때리는 곡은 〈나는 당신을 사랑했습니다〉이다. 이것은 곡도 곡이지만 푸시킨의 절절한 시어가 큰 몫을 하고 있다.

알렉산드르 푸시킨Alexandr Pushkin, 1799~1837은 수많은 시를 통해 러시아 사람들에게 가장 많은 영향을 끼친 예술가다. 그의 문학은 이제 러시아의 문화와 생활 곳곳에 스며들어 아예 러시아라는 나라와 국민들의 성정性情의 일부를 규정하고 있다. 그가 남긴 수많은 운문소설은 오페라로 만들어졌는데, 우리가 알고 있는 대부분의 러시아 오페라들은 푸시킨의 작품을 원작으로 하고 있다.

예를 들면 차이콥스키의 3대 오페라인 〈예브게니 오네긴〉〈스페이드 여왕〉〈마제파〉를 필두로, 무소륵스키의 〈보리스 고두노프〉, 글린카의 〈루슬란과 류드밀라〉, 림스키 코르사코프의 〈금계〉와 〈술탄 황제 이야기〉, 라흐마니노프의 〈알레코〉, 퀴의 〈대위의 딸〉, 다르고미슈스키의 〈루살카〉와 〈석상石像 손님〉, 스트라빈스키의 〈마브라〉 등이 모두 푸시킨을 원작으로 하고 있다.

푸시킨은 서정시도 많이 썼는데, 그중 단연 탁월한 연가가 바로 〈나는 당신을 사랑했습니다〉이다. 푸시킨의 젊은 날을 장식했던 몇 건의 연애사건이 있었는데, 그는 안나 올레니나라는 명문가의 처녀를 사랑했다. 그는 목숨을 걸 정도로 그녀를 사랑했지만, 그녀 아버지의 완강한 반대로 그들은 헤어졌다.

그녀가 떠난 다음, 푸시킨은 가버린 사랑에게 절절한 연서를 남겼다. 그것이 〈나는 당신을 사랑했습니다〉이다. 이 시는 러시아의 작곡가 쉐레

메체프에 의해 곡이 붙여져, 지금은 러시아인들이 사랑하는 로망스로 남아 있다.

이 음반에 수록된 러시아 로망스들을 보면 하나같이 아름답고 가슴에 와닿는 곡들인데, 제목만으로도 하나의 스토리를 만들 수 있을 것 같다. 이야기는 먼저 '나는 당신을 만났습니다'로 시작하며, '오직 그리움을 아는 자만이'로 사랑을 하다가, '빛나라 빛나라, 나의 별이여'로 고조된 다음, '의심'을 거쳐 '나 홀로 길을 가네'로 돌아온다. 그리고 마지막에 과거형 '나는 당신을 사랑했습니다'로 한 사련思戀이 마감되는 것이다.

이 음반에는 러시아 로망스뿐만 아니라 첼로와 피아노를 위한 제대로 된 대곡, 라흐마니노프의 첼로 소나타 G단조 op.19도 함께 수록되어 있다. 피아노의 명수였던 세르게이 라흐마니노프Sergei Rakhmaninov, 1873~1943는 당시의 뛰어난 첼리스트 아나톨리 브란두코프에게 감명을 받아, 그의 첼로와 자신의 피아노를 위해 곡을 쓰게 되었다.

흔히 첼로 소나타가 3악장으로 이루어지는 데 반하여 이 곡은 4악장으로 구성되었으며, 제1악장의 빠른 부분 앞에 느린 서주가 있다든지, 제2악장에 스케르초를 넣는다든지, 제3악장을 느리게 하는 등 새로운 시도가 이루어졌다. 또한 라흐마니노프의 다른 곡들에서 보이는 화려함이나 사치스런 맛은 거의 없고, 대신 어둡고 쓸쓸한 감정이 짙게 표현된 진짜 러시아의 연가가 만들어졌다.

이 곡의 연주에서 박경숙과 니나 코간은 팽팽한 실력을 겨루면서도 서로에게 귀를 기울이며, 섬세하고 따뜻한 듀엣을 성공적으로 완성하고 있다. 무엇보다도 러시아의 정서가 제대로 표현된 귀한 녹음이 탄생한 것이다.

음반 속의 모든 곡들은 니나 코간의 편곡과 반주로 이루어져 있다.

이외에 라흐마니노프의 첼로 소나타 녹음으로는 몇몇 러시아 첼리스트들의 음반이 있지만, 가장 뛰어난 연주로는 요요 마와 엠마누엘 엑스가 함께한 음반(소니)이 돋보인다.

또한 박경숙의 음반이 녹음된 지 3년 후에 러시아 출신의 첼리스트 미샤 마이스키가 박경숙이 먼저 했던 작업을 뒤늦게 다시 시도했다. 그역시 노래로 불리던 러시아 로망스들을 첼로와 피아노로 녹음한 것이다. 이 음반(DG)에는 작자를 알 수 없는 〈당신을 만났을 때, K.B.〉를 비롯하여 구릴료프의 〈나는 지치고 슬프네〉, 글린카의 〈아름답던 한때를 추억하며〉, 차이콥스키의 〈오직 그리움을 아는 자만이〉, 림스키 코르사코프의 〈구름이 흩어지네〉, 무소륵스키의 〈눈물〉 등이 절절한 첼로에 실려 노래되고 있다.

2003년 국내의 한 레코드사가 기획하여 박경숙을 위한 음반 제작이 시작되었다. 모스크바에서는 니나 코간이 러시아 로망스들을 선별하여, 박경숙과 자신의 2중주를 위해 편곡하는 작업이 진행되었다. 그녀 자신의 말을 빌리자면 박경숙은 성격도 음울한 편이고 첼로의 음색도 암울하다고 한다. 어쨌거나 러시아 음악은 그녀에게 어울릴 것 같았다.

박경숙은 크리스마스를 이틀 앞두고 난생 처음 혼자서 모스크바로 갔다. 어디나 눈으로 덮인 벌판이었고 사람이나 차나 다니기가 힘들 정도였다. 게다가 혹한까지 겹쳐서 영하 40도를 오르내리는 얼어붙은 도시에 그녀는 첼로케이스 하나 달랑 들고 혼자 서 있었다.

그녀는 일부러 호텔이 아닌 민박을 선택했다. 러시아 사람들의 체취를 조금이라도 가까이에서 빨리 느껴보기 위해서였다. 한 노동자 아저씨가 혼자 사는 집에 들어간 그녀. 말도 통하지 않는 주인과 손짓 발짓을 해가면서 홈스테이가 시작되었다.

그녀는 무엇보다도 러시아 로망스의 시詩를 꼼꼼히 읽고 음미하기 시작했다. 그녀는 하루종일 그것을 중얼거리며 다녔다. 진정한 자신의 느낌을 만들기 위해서. 그녀는 거리에서도 버스에서도 식당에서도 검은 코트로 몸을 두른 채 처음 겪는 모스크바의 겨울을 벌벌 떨면서 계속 중얼거렸던 것이다. 끊임없이 시를 낭독하고 그 맛을 조율하였다. 그리고 그 속의 정서를 모스크바 거리에서 다시 발견하려고 했다.

혼자 가는 것이 무서웠지만 모스크바의 지하철도 타보고 모르는 길을 무작정 걸어도 보았다. 사람 많은 시장에도 갔고 홀로 강둑도 걸었다. 그리고 집으로 돌아오면 러시아 주인아저씨를 거실에 앉혀놓고 그 앞에서 연주를 해보이곤 했다. 그렇게 끊임없이 경험하고 느끼고 연습하면서 3주가 지나갔다. 그녀는 그 3주 동안은 온전히 '러시아 여자'였다고 회상한다.

멜로디아 레이블의 수많은 명반을 만들어냈던 유서 깊은 모스크바 라디오 제1스튜디오에서 녹음이 시작되었다. 니나 코간과의 작업은 힘들었다고 한다. 전설적인 아버지와 음악집안 출신이며 스스로도 어려서부터 유명했던 코간은 너무 자부심이 강해 접근하기 어려운 사람이었다. 그럴 경우 그쪽에서 먼저 손을 내밀지 않으면, 사실 함께 작업하기가 쉽지 않다. 게다가 그녀는 이미 예순에 가까운 나이였다.

하지만 연주가 시작되었을 때 박경숙은 최선을 다하였고, 니나 코간 역시 뛰어난 피아노 실력과 러시아적인 정서로 첼로를 잘 받쳐주었다. 그렇게 훌륭한 러시아 음악 음반이 또 하나 탄생했다.

당시 작업을 참관했던 Y형은 니나 코간과 그녀의 아버지 레오니트 코간의 묘지를 찾았을 때 니나가 이렇게 말했다고 적고 있다. "이제 저도 아버지가 돌아가셨던 나이에 가까워지는군요. 돌아가신 지 20년이 넘었지만 하루도 아버지를 생각하지 않은 날이 없습니다."

그렇다. 쌀쌀맞던 그녀도 연주 내내 아버지를 생각하고 있었던 것이다. 그녀는 사랑했던 그를 추억하면서 연주했던 것이다. 그래서 뛰어난 음반이 탄생할 수 있었을 것이다.

박경숙은 다시 대구로 돌아왔다. 그녀가 세계적인 찬사를 바랐던 것

박경숙은 러시아의 정서를 체득하기 위해 가사를 중얼거리며 모스크바를 돌아다녔다.

은 아니다. 그녀는 원래의 자리에서 다시 열심히 연주하고 가르치고 있을
뿐이다. 앞으로의 계획을 묻자, 그녀는 소탈하게 말한다.

"그냥 여기가 좋아요. 뉴요커든 시골사람이든 자기가 있는 그곳 그
자리에서 최선을 다할 뿐이죠. 그게 저의 신조입니다."

살아남은 자에게는 아무도 묻지 않았다
멘델스존 : 무언가 _ 다니엘 바렌보임

자클린 뒤 프레Jacqueline Du Pré, 1945~1987
는 이미 음악팬들에게 하나의 전설이 되었다. 그녀가 다발성 경화증이라
는 불치의 병으로 세상을 떠난 지 벌써 20년이 되어가고 있다. 하지만 많
은 음악팬들은 여전히 그녀를 젊은 시절의 모습으로 추억하고 있다. 또한
그녀가 남긴 음반은 지금도 인기 리스트에 올라 있다. 그리고 지금도 세
계 곳곳의 레코드가게에는 긴 머리를 늘어뜨린 청순한 자태의 뒤 프레가
커다란 브로마이드 속에서 웃고 있다. 그녀는 아직도 팬들의 사랑을 받는
살아 있는 음악가인 것이다.

하지만 사진 속의 그녀 뒤에 서 있던 무표정한 얼굴의 전남편, 다니
엘 바렌보임. 그녀가 죽기 전에 그녀와 이혼했던 그 남자, 만인의 사랑을
받았던 그녀를 독차지하고서는 병든 그녀를 병상에 둔 채 버렸다고 여겨
졌던 그 남자. 그는 대체 어떻게 되었을까?

바렌보임은 지금 우리나라 사람들 대부분의 상상을 초월하는 세계 음악계 최고의 위치에 올라 있다. 그러나 대부분의 사람들이, 아니 내가 아는 한 거의 모든 사람이 바렌보임을, 아니 뒤 프레의 전남편을 철저히 외면 내지는 무시하고 있다. 그는 과연 어떻게 지냈을까? 궁금하지 않은가? 하지만 우리 주위의 그 누구도 최소한 겉으로는 그의 심정이나 슬픔을 짐작하려 하지 않는다.

세계 음악계를 리드하던 두 거장 지휘자 카라얀과 번스타인이 타계한 이후, 지휘계는 많은 후배 지휘자들의 춘추전국시대와 같은 형국으로 접어들었다. 이것은 당시 대부분의 사람들이 예상한 대로였다. 물론 지금 많은 지휘자들이 뛰어난 기량과 영향력 그리고 예술적인 성과를 보이고 있지만, 다들 이전의 두 대가의 중량감에는 필적하지 못하고 있다.

즉, 자기만의 색깔을 뚜렷하게 보여주던 절대권력자가 사라진 이후에, 다양한 색채들이 각기 나름대로의 미학을 보여주고 있는 것이다. 자신들의 확실한 개성은 갖고 있지만 또한 다른 이를 능가하거나 압도하지는 않는, 더불어 이제는 그럴 필요도 없는 다양한 지휘자의 시대에 접어든 것이다.

그들 중에서도 세계 정상급의 지휘자로 대우받아온 사람들로는 이미 고인이 된 카를로 마리아 줄리니, 게오르크 솔티, 카를로스 클라이버, 주세페 시노폴리 등이 있었다. 그리고 지금도 생존해 음악계의 지도자급으로 활동하고 있는 최고의 현역은 역시 클라우디오 아바도, 리카르도 무티, 로린 마젤, 주빈 메타, 베르나르트 하이팅크, 니콜라스 아르농쿠르, 제임스 러바인, 마리스 얀손스, 발레리 게르기예프, 리카르도 샤이, 사이먼 래틀 정도일 것이다. 이들은 각기 나름대로 자신들이 장기로 하는 영

바렌보임과 뒤 프레의 결혼은 드문 예술적 결합으로 화제를 일으켰다.

역과 개성이 있고, 우리나라에도 각각의 팬들을 확보하고 있다.

그러나 그들 중에서도 유럽과 미국의 음악계를 함께 아우르면서 가장 활발하게 활동하고 높은 영향력을 갖고 있는 사람은 다니엘 바렌보임이다. 그는 베를린 슈타츠오퍼(국립가극장)의 음악감독이자 시카고 심포니 오케스트라의 지휘자로서 두 대륙을 오가며 활발한 활동을 하고 있다. 또한 베를린 필하모니 오케스트라를 정기적으로 가장 많이 객원 지휘하는 지휘자이며, 파리 샤틀레 극장의 감독이기도 하다.

그는 바그너를 중심으로 한 독일 낭만 오페라와 모차르트나 베토벤을 위시한 고전적인 오케스트라곡에서 뛰어난 해석을 보이며 수많은 명반을 남겼다. 뿐만 아니라 피아니스트로서도 여전히 최고 수준의 기량으로 놀랍도록 열정적인 연주활동을 펼치고 있다.

한마디로 유럽에서의 그의 입김은 절대적인 수준이다. 왕성한 활동은 놀라울 정도이며, 사실 많은 콘서트에도 불구하고 그가 지휘한 대부분의 콘서트들은 늘 최고의 경지를 보여주었다. 또 있다. 우리 시대의 많은 지휘자들이 피아니스트 출신이다. 하지만 지휘자로서만큼이나 왕성한 피아노 레퍼토리를 가지고 수많은 독주와 협연을 여전히 펼치고 있는 사람으로는 바렌보임을 따라갈 자가 없다. 대체 그 많은 피아노곡들을 언제 연습하는지 궁금할 정도로, 그는 오늘은 포디엄에 서고 내일은 다시 피아노에 앉기를 즐겨한다.

그럼에도 불구하고 바렌보임에 대한 우리나라 음악팬들의 관심은 냉혹이 아니라 차라리 철저한 무관심에 가까울 정도다. 그 많은 활동에 비해서 그처럼 우리나라 사람들이 외면하는 사람도 없다. 국내의 거의 모든 디스크 추천에서도 그의 음반은 처음부터 제외된다. 그것은 그의 연주가 좋지 않다고 판단되어서가 아니다. 그냥 무시되는 것이다. 사람들은 그에 대하여 관심도 없고 알려고 하지도 않는다. 나는 그의 수많은 연주를 보고 음반을 들을 때마다 항상 그것을 나눌 사람이 적은 것에 놀란다. 분명 참으로 안타까운 현상이다.

역시 그를 아끼는 한 음악친구가 말했다. "우리나라 사람들이 싫어하는 요소를 그가 많이 가지고 있어서가 아닐까?" 첫째로 그는 어려서부터 천재로 주목받은 사람이고, 둘째로 유대인이며, 셋째로 아내를 버린 사람이다.

세 번째 것은 그렇다고 치고, 앞의 두 가지는 무슨 말인가? 우리나라 음악팬들의 성향을 보면, 어려서부터 천부의 재능을 보인 신동神童보다는 평생 구도자의 길을 걸어온 학자풍의 노대가를 선호하는 경향이 짙다. 또한 유대인 연주자에 대해서는 실력보다는 세계 음악계를 휘어잡고 있는 유대인 세력의 힘을 업고 입신立身한다는 편견을 가지고 있다. 거기에 마지막 이유가 그를 자신이 좋아하는 음악가 리스트에서 빼도 무방하다는 결정적인 원인을 제공했을 것이다.

다니엘 바렌보임Daniel Barenboim은 1942년 아르헨티나의 부에노스아이레스에서 태어났다. 조상은 유대계 러시아인이며, 부모는 두 사람 모두 피아니스트였다. 그런 까닭에 그의 집에는 지휘자 이고르 마르케비치 같은 대가들이 드나들었다. 어린 바렌보임이 피아노를 친 것은 너무나 자연스러운 일이었다.

바렌보임은 나중에 당시 주위 사람들이 모두 피아노를 치고 있었기 때문에, 자신에게 피아노는 선택의 문제가 아니라 아이가 걸음마를 배우듯 당연한 것이었다고 회고했다.

이렇게 부모에 의해 자연스럽게 피아니스트로서의 인생이 시작된 것은 일곱 살 세 때였다. 그 어린 나이에 데뷔한 그는 데뷔 리사이틀의 전곡을 베토벤만으로 꾸며 비범함을 드러냈다. 하지만 마르케비치는 아이의 음악성으로 보아 지휘자로서 대성할 것이라고 점쳤다. 그리하여 바렌보임은 마르케비치로부터 지휘수업도 받게 되었다.

바렌보임 일가는 그가 열 살 때 이스라엘의 텔아비브로 이주하였다. 이스라엘로 돌아간 바렌보임은 장래성을 인정받아 미국-이스라엘 재단의 장학금으로 잘츠부르크의 모차르트 음악원에서 유학하게 된다. 이곳에서 그는 피아노·지휘·실내악 등을 배웠는데, 학창 시절에 이미 푸르트벵글러에게 인정받아 협연까지 했다. 바렌보임은 이어 파리, 로마 등지에서도 유학하여 다양한 자양분을 섭취했다.

바렌보임은 이스라엘과 팔레스타인의 젊은이들로 서동시집 오케스트라를 결성했다.

　　15세에 학업을 마친 그는 스토코프스키의 지휘로 미국 무대에 데뷔했다. 지휘자로 데뷔한 것은 20세 때였다. 그는 1965년부터 영국의 잉글리시 체임버 오케스트라를 맡아 지휘하면서 일련의 음반들을 세상에 내놓기 시작했다. 그는 이 오케스트라와 호흡을 유지하면서 모차르트와 베토벤 등의 피아노 협주곡 음반들을 연달아 내놓았다. 이것들은 자신이 지휘와 피아노를 모두 맡은 것들로서, 그의 젊은 나이를 생각하면 놀라운 작업들이었다.

　　그때부터 바렌보임에게는 세계 유수의 오케스트라들로부터 지휘 신청이 쇄도하기 시작했고, 그는 피아노 연주와 지휘를 동시에 하면서 유명 무대를 누비고 다녔다. 그는 26세의 나이에 베를린 필하모니의 지휘대에 섰으며, 29세 때의 뉴욕 필하모니 데뷔는 센세이셔널한 성공이었다.

　　그 즈음에 그는 자클린 뒤 프레와 결혼했다. 뒤 프레와의 결혼은 자연스럽게 그가 2중주를 비롯한 실내악에 다시 관심을 갖는 계기를 만들어주었으며, 젊은 부부는 많은 실내악곡을 녹음했다. 그러나 뒤 프레는 인기 절정에서 다발성 경화증을 앓게 되었고, 곧 음악계를 떠나고 말았다. 그리고 그녀의 오랜 투병 끝에 나온 소식은 두 사람의 이혼이었다. 이때부터 세간의 관심은 급속도로 뒤 프레 쪽으로 기울 수밖에 없었고, 1987년 그녀가 세상을 떠났다는 소식과 함께 바렌보임은 가해자와 같은 신세가 되고 말았다.

하지만 바렌보임의 경력은 그 이후 더욱 화려해졌다. 그는 파리 오케스트라의 음악감독으로 취임했는데, 이것은 오케스트라를 맡는 것 이상의 의미였다. 세계 수준의 음악가들을 보유하고 있음에도, 오케스트라에서는 독일이나 영국에 비해 열세를 면치 못하던 프랑스였다. 그래서 문화부 장관 앙드레 말로가 프랑스의 자존심을 걸고 기존의 파리 음악원 오케스트라를 해산하고 그것을 모태로 다시 만든 것이 파리 오케스트라였다. 그러므로 음악감독에는 항상 최고의 지휘자만 영입했다.

샤를 뮌슈가 초대 감독을 맡은 이래 카라얀, 솔티 등 최고만이 음악감독을 맡아왔다. 그리고 33세의 유대인 청년이 전격적으로 제4대 음악감독이 된 것이다. 이후 바렌보임은 바스티유 오페라의 초대 감독이 되었고(곧 사임했지만), 이어서 시카고 심포니 오케스트라의 지휘자가 되었다. 지금 그는 베를린 슈타츠오퍼의 음악감독으로서 독일 오페라계에서 가장 영향력 있는 인물로 군림하고 있으며, 그에 대한 파리의 구애는 계속되어 파리 샤틀레 극장의 감독까지 겸하고 있다.

바렌보임은 푸르트뱅글러를 정신적인 스승으로 표방하고 있는데, 지휘자로서의 그의 음악세계는 낭만적이며 스케일이 크다. 젊은 날에는 간혹 거칠고 자기중심적이기도 하였으나, 이제는 관록과 경험이 더해져 오케스트라를 다루는 솜씨가 출중하다. 그는 특히 대곡의 전체를 숲으로 파악하는 능력이 뛰어나고, 복잡하고 긴 곡이라 하더라도 맥을 짚어서 확실한 구도를 만들어낸다.

그가 가장 잘하는 분야라면 역시 첫째가 독일 후기 낭만음악이고, 둘째가 독일 고전음악이며, 셋째는 프랑스 음악이라고 할 수 있다. 첫 번째 카테고리에는 바그너가 들어가는데, 1992년 바이로이트 축제 실황인 〈니벨룽의 반지〉는 명반으로서 지금도 인기를 누리고 있다. 그리고 빼놓을 수 없는 것이 브루크너의 교향곡들이다. 특히 제5번, 제7번, 제8번, 제9번 등은 명반으로, 어떤 이들은 이를 바렌보임의 최대 업적으로 꼽는다. 그러나 우리나라에서는 팬들의 철저한 외면 속에 묻혀 있다.

두 번째 분야의 경우, 역시 그의 젊은 날의 명연 중에서 모차르트 피아노 협주곡들을 빼놓을 수 없다. 그리고 세 번째에는 생 상스의 〈삼손과 들릴라〉나 베를리오즈의 〈로메오와 줄리엣〉 등이 있다.

이렇듯 최고의 위치에 오른 바렌보임, 최근 그의 활동은 연주 자체뿐만이 아니라 의미에서도 더욱 예술가적인 면모가 돋보이고 있다.

그는 자신의 오케스트라인 베를린 슈타츠카펠레(슈타츠오퍼 오케스트라가 오페라가 아닌 단독 콘서트를 할 때는 이 이름을 사용한다)와 함께 2004년 예루살렘에서 공연을 했다. 제2차대전 이후 독일 오케스트라가 이스라엘을 방문한다는 것 자체가 이례적인 일이었다.

그때까지 이스라엘에서는 여전히 바그너의 음악은 연주되지 않고 있었다. 히틀러가 바그너를 좋아하여 정치선전에 이용했을 뿐 아니라, 수용소의 유대인 악단은 총칼 앞에서 죽어가면서도 독일군을 위해 바그너를 연주했던 기억이 있었기 때문이다. 그리하여 바그너는 이스라엘 땅에서 한 번도 연주된 적이 없었다.

그런데 예루살렘 콘서트가 끝났을 때, 바렌보임은 앙코르곡으로 바그너를 연주하겠다고 말했다. 관객들은 웅성거림에 이어 고함을 치면서 연주를 막았다. 연주장은 곧 아수라장으로 변했다. 그러자 바렌보임은 차분하게 설명하기 시작했다.

"바그너는 전쟁과 무관한 사람입니다. 바그너의 음악은 단지 예술일 뿐, 그것에 우리가 정치적인 의미를 두어서는 안 됩니다."

그는 인내심을 갖고 40분 동안 관객들을 설득했다. 결국 그래도 싫은 사람들이 연주장을 떠난 후, 이스라엘에서 최초로 바그너의 음악(〈트리스탄과 이졸데〉)이 연주되었다. 바렌보임은 정치가 할 수 없는 일을 예술가가 해야 한다는 신념을 갖고 있다. 그는 예술은 정치와 국가를 뛰어넘어 사람의 마음을 열 수 있다고 생각한다. 그가 유대인이면서도 바그너 악극의 가장 뛰어난 지휘자라는 것은 도리어 필연일지도 모른다.

그런 신념이 가장 잘 나타난 행동이 서동시집西東詩集, West-East Divan 오케스트라의 결성이다. 바렌보임은 이스라엘과 팔레스타인 두 민족의 첨예한 대립과 피비린내 나는 전쟁의 와중에서 두 민족의 젊은이들로 구성된 서동시집 오케스트라를 결성했다.

이 오케스트라의 독특한 이름은 독일의 대문호 괴테가 만년에 쓴 시집 『서동시집』에서 유래한다. 이 시집에서 괴테는 서유럽의 노시인이 동양, 즉 중동을 거쳐 페르시아 등으로 떠나는 상상 속의 여행을 노래했다. 이 시집의 의미는 서양인들이 편견에 사로잡혀 오해하고 있던 동양의 참모습과 가치를 발견하고자 했다는 것이다. 그리하여 이 시집은 서양 중심

바렌보임은 진정한 천재일 뿐 아니라,
그의 재능을 세상을 위해 쓸 줄도 안다.

의 사고로만 일관하던 그들의 세계관을 돌아보는 중요한 계기가 되었다.
바로 그런 점에서, 첨예하게 대치하고 있는 이스라엘과 아랍이 서로를 다
시 바라보고 상대방의 입장을 이해해보자는 의미에서, 위대한 시집의 이
름을 따온 것이다.

서동시집 오케스트라는 1998년 바렌보임과 팔레스타인 출신의 미국
대학자 에드워드 사이드Edward Said, 1935~2003 두 사람에 의해 창설되었다. 당
시 사이드는 백혈병으로 투병중이었다. 그런 사이드와 바렌보임, 팔레스
타인과 이스라엘을 대표하는 두 예술가는 정치인들이 하지 못한 예술의
교류를 시도했다. 이스라엘과 팔레스타인, 시리아, 이집트, 요르단 등의
24세 이하 젊은이들로 역사적인 서동시집 오케스트라를 결성한 것이다.

그러나 그들은 정작 팔레스타인에는 몇 년 동안 들어가지 못했다. 서
동시집 오케스트라가 팔레스타인의 수도인 라말라에 들어가 역사적인 콘
서트를 할 수 있었던 것은 2005년 여름이었다.

8월 염천의 중동, 포성이 들리는 라말라의 인민예술궁전에는 다니엘

바렌보임의 지휘로 유대와 아랍의 젊은이들이 함께 연주하는 베토벤의 〈운명〉 교향곡이 울려퍼졌다. 콘서트가 끝났다. 끝으로 화합과 이해를 역설하는 바렌보임의 인사말이 이어졌다. 비록 비디오를 통해서였지만 나는 음악가가 이렇게 강렬하게 웅변하는 것을 일찍이 보지 못하였다.

모든 순서가 끝나자 각 나라의 젊은이들은 아무 말도 하지 못하고 가만히 서로를 껴안았다. 그리고 이스라엘의 젊은 연주자들은 군인들이 호송하는 군용차를 나누어타고 철조망이 쳐진 전선 속으로 사라져갔다. 그들은 함께 연습하는 며칠 동안 음악이라는 공통의 언어로 함께 〈운명〉을 노래했고 서로를 이해했을 것이다. 그리고 이제 그들은 다시 만나지 못할지도 모른다. 그들을 태운 군용차가 철조망 너머로 사라져갔다. 눈물 없이는 볼 수 없는 대목이었다.

그동안 서동시집 오케스트라를 거쳐간 젊은이들은 지금 이스라엘 필하모니에서, 다마스쿠스 심포니에서, 카이로 오페라하우스에서 연주하고 있다. 그들의 수가 점차 많아질 때 언젠가 중동에서 서로를 이해하는 날이 올지 모른다. 그것이 바렌보임의 생각이었다. 그는 자신에게 주어진 재능을 가지고 다만 연주를 할 뿐 아니라, 진정 사회와 인류를 위해 행동하는 우리 시대의 자랑스러운 예술가다.

그리고 또 하나 잊지 말아야 할 것이 바렌보임의 피아노세계다. 아무리 천재라고 하지만 지휘활동으로 그렇게 바쁜 와중에도, 상당량의 피아노 독주와 협연을 소화해내고 있는 것은 놀라울 수밖에 없다. 그의 피아노 소리는 참으로 아름답고 영롱하기 그지없는데, 그는 모차르트를 비롯해 베토벤의 피아노 협주곡과 소나타의 많은 곡을 녹음으로 남기고 있다. 음색은 확실히 고급스럽고 음악을 조탁하는 솜씨는 대가의 그것이다.

그중에서도 그가 남긴 놀라운 업적의 하나는 멘델스존의 〈무언가無言歌〉 전곡을 피아노 연주로 남겼다는 것이다. 많은 피아니스트가 리사이틀에서 〈무언가〉를 연주하지만, 전곡을 연주하기는 쉽지 않다. 또한 전곡은 녹음도 귀하다.

　바렌보임이 30세의 젊은 나이에 녹음한 〈무언가〉 전곡(DG)은 그의 섬세하고 감각적이며 탁월한 피아니즘이 잘 나타나 있는 대표적인 녹음이다. 그는 100여 년 전 같은 유대 청년이 작곡한 곡을 기막히게 재연해 냈다. 이 연주는 듣는 이를 아득한 동화의 세계로 인도하는데, 마치 어린 날의 그림책을 한 장씩 넘기듯 향기롭고 아련하다.

　그외 〈무언가〉의 전곡 녹음으로는 크리스토프 에셴바흐(DG)와 리비아 레브(하이페리온)가 남긴 것이 있으며, 전곡은 아니지만 17곡을 수록한 발터 기제킹의 연주(EMI)도 유명하다.

　펠릭스 멘델스존Felix Mendelssohn-Bartholdy, 1809~1847은 뛰어난 작품을 많이 남겼지만, 그중에서도 독특한 피아노곡집이 바로 〈무언가〉 op.109이다. 〈무언가〉는 이름 그대로 '가사歌詞가 없는 노래'라는 뜻이다. 우리가 노래를 부를 때는 당연히 가사가 있다고 생각하는데, 멘델스존은 이를 뒤집어 생각한 것이다. 즉, 우리가 사물이나 감정을 표현하는 데 있어서 굳이 가사가 없어도 음악만으로 충분히 표현될 수 있다는 것이다. 진정 뛰어난 곡이라면 가사가 거추장스러울 수도 있다. 어쩌면 이것은 옳은 말일 뿐 아니라 원래 음악의 기능을 제대로 간파한 것이다. 어쨌든 가사가 없는 노래는 여기서 사람의 목소리가 아닌 피아노로 연주된다. 즉, 이것은 피아노 독주곡이다.

　멘델스존은 평생 동안 이 제목으로 여러 곡을 작곡했다. 정확히 말하자면 그는 1830년부터 36세의 젊은 나이로 죽기 2년 전까지 15년 동안 꾸준히 이 곡을 작곡하여, 모두 49개의 〈무언가〉를 썼다. 이 곡들은 각각 6곡씩 나뉘어 모두 8권으로 출반되었고, 특별히 〈피아노와 첼로를 위한 무언가〉 D장조 하나는 별도로 편집되어 있다.

곡들은 모두 2분 내지 3분 정도의 아주 작은 소품들이다. 그러나 이 작은 곡들을 모두 감정을 살려 연주한다는 것은 쉬운 일이 아니다. 이 곡들에서 피아니스트는 상쾌함에서 적막함까지, 기대에서 절망까지를 건반만으로 표현해야 한다. 그런 점에서 이 〈무언가〉는 무척이나 중요하고 또한 훌륭한 곡이다.

펠릭스 멘델스존.

이제 다시 바렌보임으로 돌아가자. 그가 이렇듯 활발한 활동을 하고 있지만, 아무도 뒤 프레가 죽은 후 그의 심정을 묻지 않는다. 우리는 모두 그녀를 잃어버린 것에 대해서만 안타까워했을 뿐, 어쩌면 가장 슬펐을지 모르는 그 남자 바렌보임에게는 관심을 갖지 않았다. 그를 아는 어떤 분의 말로는, 바렌보임은 우리의 오해와는 달리 끝까지 뒤프레를 돌보았으며, 그녀가 죽자 진정으로 힘들어했다고 한다.

바렌보임이 연주하는 〈무언가〉를 들어보라. 그 곡에는 행복했던 빛나는 날이 있다. 사랑이 넘친다. 그는 정말 사랑했을 것이다. 어쩌면 떠나간 사람보다 살아남은 자가 더 슬펐을 것이다. 그러나 아무도 그에게 묻지 않았다.

민중이 외치는 환희의 송가

라미레스 : 미사 크리올라 _ 호세 카레라스

이른바 '3테너'의 열풍을 일으킨 것
이 1990년 로마 월드컵이었다. 그때 결승전을 앞두고 처음으로 '3테너 콘
서트'라는 것이 마련되었다. 당시 노래를 부른 세 명의 테너, 즉 루치아노
파바로티와 플라시도 도밍고 그리고 호세 카레라스도 널리 알려졌을 뿐
아니라, 세계적으로 대중적인 오페라 아리아 붐을 일으킨 작은 사건이었
다. 그후로 3테너 콘서트는 세계의 각 도시에서 리바이벌되었을 뿐 아니
라, 유사한 콘서트들이 무분별하게 양산되는 단초를 제공하기도 했다.

당시 3테너 콘서트에서 키가 큰 파바로티와 도밍고 사이에서, 키가
작고 유난히 왜소해 보이는 외모로 쓰러질 듯이 힘들여 노래하던 이가 바
로 스페인의 테너 호세 카레라스다.

그리고 2년 후인 1992년 스페인 바르셀로나 올림픽의 개막식을 지켜
본 사람들은 올림픽사상 전무후무하게 오페라 아리아들로만 꾸며졌던 개

막공연을 기억할 것이다. 거기에는 스페인이 자랑하는 자국의 성악가들이 모두 등장했는데 알프레도 크라우스, 빅토리아 데 로스 앙헬레스, 테레사 베르간사, 필라 로렌가르, 플라시도 도밍고, 하코모 아라갈 등 세계 정상급의 쟁쟁한 가수들이 모두 나왔다. 그중에서도 가장 눈에 띄게 활약한 이가 바로 카레라스였다. 그는 당시 개막식의 감독을 맡아 모든 것을 기획하고 지휘했다. 왜 카레라스였을까? 그는 사실 그 도시 바르셀로나와 뗄 수 없는 관계에 있었기 때문이다.

호세 카레라스Jose Carreras는 1946년 바르셀로나에서 태어나 거기서 성장했고, 바르셀로나 음악원에서 공부했다. 그는 여섯 살 때부터 성악을 공부했다고 하여 화제가 되기도 했는데, 지금도 여섯 살 때 부른 오페라 〈리골레토〉 중의 테너 아리아 〈여자의 마음〉이 녹음으로 남아 있다.

바르셀로나가 있는 카탈루냐 지방은 스페인 내에서도 유독 지방색이 강하여, 마드리드를 중심으로 하는 스페인 중심부와는 또 다른 문화를 보유하고 있다. 그들은 언어도 자신들만의 카탈루냐어를 쓰고, 결집력도 유달리 강하며, 자부심 역시 놀랍다. 스페인이 자랑하는 예술가들인 파블로 피카소, 안토니오 가우디, 파블로 카잘스 등이 모두 이 카탈루냐 출신이다. 바르셀로나 올림픽 역시 중앙정부의 지원이 거의 없이, 스페인에서 가장 부유한 바르셀로나시와 카탈루냐정부가 만들어낸 작품이다.

그런 바르셀로나가 가장 자랑스러워하는 성악가가 바로 호세 카레라스다. 동향인 카레라스에 대한 그들의 애정은 대단하며, 카레라스 역시 바르셀로나와 밀접한 관계를 유지하고 있다. 열렬한 축구광이기도 한 그는 고향의 축구 명문 'FC 바르셀로나' 팀의 후원자로도 유명하다.

카레라스의 입신 이야기를 할 때 빼놓을 수 없는 여인이 있으니, 그

베르디의 작품 〈스티펠리오〉의 주인공은 카레라스에게 절묘하게 어울리는 캐릭터였다.

녀가 바로 유명한 소프라노로서 같은 바르셀로나 출신인 몽세라 카바예 Montserrat Caballé다. 올림픽 개막식에서 카레라스와 함께 노래하던 검은 머리, 검은 드레스의 거대한 체구에 당당한 풍모를 지닌 여인이 바로 그녀다. 카바예는 영국의 팝가수 프레디 머큐리와 함께 올림픽찬가를 녹음하기도 했다.

그녀는 오페라계에서 여신이라 할 만한 전설적인 대가수 마리아 칼라스가 사라진 이후, 그 뒤를 계승할 만한 거의 유일한 소프라노로 지목된 인물이다. 현재 그녀는 세계 성악계의 가장 큰 별 중 하나다.

그런 카바예가 한눈에 신인 테너인 카레라스를 알아본 것이다. 카레라스의 재능과 매력을 바로 간파한 카바예는 자신이 주역을 부르기로 되어 있던 벨리니의 오페라 〈노르마〉에 카레라스를 추천했다. 그리하여 비록 플라비오라는 단역이었지만, 카레라스는 23세에 큰 오페라 무대에 서게 된 것이다.

이후 카바예는 공연 때마다 카레라스를 자신의 상대역으로 적극적으로 추천하곤 했다. 그리하여 카레라스는 물론 실력도 있었지만, 젊은 나이에 계속해서 큰 공연의 주역을 맡는 행운을 거머쥐게 된다. 두 사람의 나이 차이는 13년이나 되었지만, 인간적으로나 음악적으로 훌륭한 콤비의 관계를 유지했다. 둘의 밀월관계는 10년 이상이나 지속되었다.

카레라스는 단시간에 선배 파바로티나 도밍고와 비견되는 세계적인 테너로 성장했다. 특히 1976년 잘츠부르크 음악제에서 거장 카라얀의 지휘로 베르디의 〈돈 카를로〉 공연이 올려졌을 때, 카라얀은 가장 이상적인 〈돈 카를로〉의 캐스팅을 만들겠다면서 타이틀롤에 도밍고나 파바로티를 제치고 카레라스를 기용했다. 이로써 카레라스는 두 선배 테너와 어깨를 나란히 하는, 세계 오페라계 트로이카의 일원으로 등극하게 되었다.

카레라스가 데뷔할 때의 첫 독집 앨범을 나는 지금도 기억한다. 국내에 몇 장 들어오지 않은 그 오리지널 LP판을 가게의 쇼윈도에서 보고 들어갔지만, 돈이 모자라서 사지 못하고 빈손으로 돌아왔다. 그러나 지금도 만지작거리기만 했던 그 수입판 앨범 재킷 뒷면에 적혀 있던 광고문구가 또렷이 떠오른다. '성적 흥분이 느껴지는 목소리'라는 참 재미있는 문구였다. 당시 그의 소리가 대체 어떤 것일까 퍽이나 궁금했던 것 같다.

카레라스의 음색은 서정적이다. 그러나 가창법은 격정이 가득 차고 놀라운 집중력과 호소력을 갖고 있다. 파바로티처럼 자연스럽고 편안하게 부르는 타입은 아니지만, 이런 스타일이 바로 엄청난 인기의 요인이었다. 게다가 카레라스는 여성팬들에게 인기 있는 세련되고 예민한 분위기로, 인기는 날로 치솟았다. 더불어 그의 친여성적인 스타일은 적지 않은 스캔들을 일으켰고, 카바예는 자꾸만 속이 상했다.

그러던 중 이탈리아에서 푸치니의 〈라 보엠〉 영화를 촬영하던 카레라스가 영화의 상대역이었던 이탈리아의 신진 소프라노 카티아 리차렐리와 함께 베네치아로 달아나 일대 스캔들을 일으켰다. 그 금발 미녀와의 도피행각 이후 카레라스와 카바예는 마침내 절교하게 된다. 마치 에디트 피아프의 후광으로 스타가 된 이브 몽탕이 할리우드의 화려함을 맛본 후 피아프를 버린 경우를 연상시켰다.

그러나 그로부터 얼마 지나지 않은 1986년, 카레라스가 리허설 도중에 갑자기 쓰러졌다. 진단은 백혈병이었다. 사람들은 모두 그가 죽을 것이라고 생각했다. 카레라스는 곧 일체의 활동을 중단하고 병원에 입원했다. 시애틀에서 1년 이상 항암치료와 골수이식을 받은 그에게 전세계의 팬들이 팬레터를 보내왔다. 우체국에서는 매일 아침 트럭으로 팬레터를 싣고 와서 병원 마당에 쏟아놓고 갔다. 지루하고 힘든 투병생활 끝에 드

카레라스에게
가장 어울리는 배역 중 하나가
푸치니의 〈라 보엠〉이다.

디어 퇴원했지만, 병원문을 나서는 카레라스의 얼굴은 너무나 초췌했다. 과연 그가 다시 노래할 수 있을까? 모두들 회의적이었다.

하지만 그의 생명에 대한 의지와 무대에 대한 집념은 대단했다. 그는 기적적으로 재기했다. 1988년 7월, 고향 바르셀로나에서 승리의 재기 콘서트를 올림으로써 자신을 기억하는 모든 이들을 감동시켰다. 그날 밤 15만 명의 바르셀로나 시민들이 시내로 쏟아져나왔다. 그들은 횃불을 밝힌 채 카레라스를 무등 태우고 가두행진을 했다.

카레라스의 재기는 TV로 콘서트를 지켜본 전세계 백혈병 환자들에게 희망과 용기를 심어주었다. 카레라스는 다시 오페라하우스에 섰으며, 계속해서 콘서트와 오페라 무대에 올랐고, 많은 수익금을 백혈병 연구를 위해 기증했다. '카레라스 백혈병 재단'은 지금 세계에서 가장 유수한 백혈병 연구 후원기관의 하나다. 그는 이러한 공로(음악적 공로뿐만이 아닌 사회적 공로)로 이탈리아 대통령이 수여하는 대십자大十字 훈장을 받기도 했다.

카레라스가 병실에 있는 동안 한 여인이 그를 면회왔다. 카바예였다. 두 사람은 아무 말 없이 눈물 가득한 눈빛만으로 서로의 손을 잡았다. 그 것으로 충분했다. 그리고 자선 콘서트에서 두 사람은 나란히 손을 잡고 다시 대중 앞에서 노래했다. 관객들은 모두 기립하여 두 사람에게 뜨거운 박수를 보냈다.

그는 병마를 이겨낸 후 비록 이전과 같은 부드러운 음성은 잃었지만, 혼신을 다하는 가창으로 더욱 진지한 예술가가 되었다. 이제 그는 매번 무대에 설 때마다 자신에게 한 번 더 주어진 그날의 무대가 얼마나 소중 한지 절감하게 된 것이다.

카레라스의 본령은 당연히 오페라다. 많은 오페라 작품에 출연했지 만, 특히 그가 잘 부른다고 평가되는 작품은 베르디의 〈돈 카를로〉(EMI) 의 카를로와 〈시몬 보카네그라〉(DG)의 가브리엘레, 푸치니의 〈라 보엠〉 (소니)의 로돌포와 〈토스카〉(필립스)의 카바라도시, 조르다노의 〈안드레 아 셰니에〉(소니)의 셰니에와 〈페도라〉(소니)의 로리스 등 이탈리아 오페 라의 19세기 후반 작품들이다.

그리고 그만의 진가가 빛나는 명반으로, 카라얀이 지휘한 비제의 〈카 르멘〉(DG)이 있다. 그외에도 그는 이탈리아 가곡(필립스)과 스페인 가곡 (필립스)에서 특유의 낭만과 격정을 유감없이 발휘하고 있다. 그런 카레 라스가 오페라가 아닌 것으로 녹음한 독특하고 의미 있는 명반이 있으니,

그것이 바로 〈미사 크리올라Misa Criolla〉다.

원래 미사곡은 가톨릭교회에서 올리는 미사의 집전을 위해 작곡된 의식용儀式用 음악이다. 그러나 종교적 심성의 고양과 신에 대한 찬미뿐 아니라, 음악적으로도 많은 명곡을 남긴 장르이기도 하다. 그럼에도 미사곡은 여전히 가톨릭교회 고유의 전례문典禮文이라는 라틴어 가사에 따라야만 했다. 물론 그간 작곡가들이 종종 라틴어가 아닌 자신들의 모국어로 번역된 가사나, 심지어는 임의로 창작된 가사를 쓴 경우도 있긴 했다.

그런데 1964년 제2차 바티칸 공의회에서 라틴어 가사가 아닌 자국어 가사로도 미사를 집전할 수 있게 허용했다. 그리하여 민족적인 미사곡들이 출현할 수 있는 길을 공식적으로 열어준 것이다. 이에 가장 먼저 기뻐한 사람은 이미 민족음악으로 된 미사곡의 필요성을 절감하고 있던 아리엘 라미레스였다.

아리엘 라미레스Ariel Ramirez는 1921년 아르헨티나의 산타페에서 태어난 작곡가로, 드물게 클래식과 대중음악 두 부문에서 모두 크게 인정받았다. 그는 남미의 민속음악에 깊은 관심을 가져, 인디오와 가우초를 비롯한 남미 모든 원주민의 음악을 몸소 다니면서 체득했다. 그런 후에 유럽의 마드리드와 빈으로 가서 클래식음악도 연구했다. 그는 무려 400곡이 넘는 대중가요를 작곡했으며, 그중 몇 곡은 큰 히트를 쳤다.

그러나 그의 생애 최고의 히트작은 〈미사 크리올라〉다. 라미레스는 1967년에 새로운 미사곡 〈미사 크리올라〉를 공식적으로 발표한다. 이것은 라틴아메리카가 처음으로 탄생시킨 민족적인 미사곡이었다. 이 곡의 형태는 우리가 잘 아는 키리에-글로리아-크레도-상크투스-아뉴스 데이의 순서로 진행되지만, 그동안 우리에게 익숙했던 서구의 고전음악과는 다르다.

백혈병을 이겨낸 후 빈 국립가극장의 재기 콘서트에서
카레라스가 보여준 불굴의 의지에 관객들이 기립박수를 보내고 있다.

지구상에서 가톨릭인구가 가장 많으면서도 자국어로 미사를 올릴 수 없었던 라틴아메리카의 민중들은 자신들의 미사곡에 목말라 있었다. 그들은 스페인 이민移民과 아프리카의 흑인 노예 그리고 아메리카의 토착 인디오 사이의 혼혈로서, 자신들의 영혼의 정체성을 확립시켜야 할 절실한 필요성을 가지고 있었던 것이다.

그런 염원 속에서 탄생한 〈미사 크리올라〉는 아르헨티나, 볼리비아, 페루 그리고 안데스 산맥에서 전해내려오는 라틴아메리카 민족음악의 색채를 강렬하게 내뿜고 있다. 뿐만 아니라 남미 민속무용곡의 가락이 들어가, 이 미사곡은 거의 춤곡처럼 리드미컬하다. 이 곡의 노래는 테너 독창에 혼성 합창으로 불린다. 그리고 기타 · 피아노 · 차랑고 · 아코디언과 많은 라틴아메리카 악기들이 가세하여, 명실공히 소외받아온 라틴아메리카 민초들의 미사곡으로 탄생했다.

클래식음악계로서는 매우 독특한, 하지만 라틴아메리카로서는 너무나 소중한 〈미사 크리올라〉는 네덜란드의 세계적인 음반사 필립스에 의해 음반으로 제작되었다. 호세 루이스 오체호가 지휘하는 〈미사 크리올라〉의 세계 최초의 음반(필립스)은 무엇보다도 호세 카레라스라는 걸출한 성악가가 테너 파트를 맡음으로써, 제3세계 민초들의 소망을 전세계에 알리는 데 결정적인 기여를 하고 있다.

카레라스는 이 〈미사 크리올라〉의 녹음에서 참으로 진지한 노래를 선보인다. 그는 불치병을 딛고 다시 태어난 자신의 소중한 생명에 대한 감사를 고향의 언어로 감동적으로 노래하고 있다.

서른한 살의 비문

슈베르트 : 현악 4중주곡 제14번 죽음과 소녀 _ 알반 베르크 4중주단

그날따라 훈련이 있었다. 전방에 자리잡은 야전병원에서 대량전상자大量戰傷者 훈련이란 늘상 있는 특별히 새로울 것도 없는 일이었지만, 그날은 영 기분이 내키지 않았다. 종일 야외로 나가 이동하고 다시 복귀해야 하니 먼지도 잔뜩 뒤집어쓸 것이고, 부대로의 귀환은 예정보다 늦어질 게 분명했다.

게다가 나는 원래 그날 오전부터 휴가를 가기로 되어 있었다. '사실 뭐 전시戰時도 아닌데…….' 날라리 군의관의 마음은 이미 콩밭에 가 있었다. 나는 점심때가 훨씬 지나서야 사복으로 갈아입고 겨우 부대를 빠져나올 수 있었다.

부대를 나온 자동차는 서울과는 반대로 방향을 잡는다. 이동계곡과 백암계곡을 넘고 사창리를 지나 화천으로 가는 국도로 접어든다. 11월 늦가을의 풍경은 참으로 아름다웠다. 북한강 상류를 따라가는 이곳의 지형

은 일동이나 춘천과는 또 다르다. 길 왼쪽은 누렇게 변색한 빽빽한 가을 숲이고 오른쪽은 가파른 낭떠러지다. 그 아래로 북한강이 흐르는데, 꽤 깊어서 감히 내려다볼 엄두도 나지 않는다. 그러다가 앞에서 시외버스라도 나타나면 그야말로 정신을 바짝 차려야만 한다. 그 좁은 길의 커브에서 긴 버스와 교행하는 것은 늘 손에 땀을 쥐게 한다.

이제 자동차가 겨우 평지로 들어선다. 상당한 산악지형 속에 자리잡은 분지가 나타난 것이다. 저쪽에 조그마하고 하얗고 낮은 건물들이 늘어선 작은 마을이 보인다. 화천이다. 군청 소재지라지만 다른 데라면 면사무소 소재지나 될까 싶은 작은 규모다. 처음 들어가본 화천 시내를 자동차로 돌아다닌다. 그리고 식당이 보이자 들어가서 늦은 밥을 사먹는다.

다시 나와서 화천댐 쪽으로 차를 몰았다. 댐으로 가는 길은 어렵지 않았다. 자동차가 다시 가파른 길을, 그러나 이번에는 시멘트 포장이 잘된 길을 헐떡이며 오르면, 이윽고 댐이 나타난다.

파로호, 참으로 거대하고 시커먼 담수호가 눈앞에 펼쳐졌다. 그건 산위의 바다였다. 유달리 바다를 좋아하는 나지만, 바다가 아닌 내륙 깊숙한 곳의 호수에서 이런 느낌을 받는다는 것은 놀라운 경험이었다. 그 옆의 정자에 올라가니 호수가 더욱 크게 잘 보였다. 그곳에는 '파로호破虜湖'라고 쓴 이승만 대통령의 친필 휘호가 바위에 새겨져 있다. 그가 직접 지었다는 이 이름은 과거 한국전 때 오랑캐, 즉 당시 중공군을 물리치고 거기에 댐을 세우고 물을 담았다는 뜻이었다.

그 거창한 뜻도 거대하지만 파로호라는 한글 발음의 어감이 아주 독특하게 다가왔다. 수많은 중국 군인들이 머나먼 타향에서 목숨을 잃고 이 호수 속에 수장되었다고 생각하니 감회가 유별났다.

슈베르트에게는 분신과도 같은 친구들이 있었다.

　벌써 어스름이 다가왔다. 가을의 호수 주변은 이내 추워지기 시작했고, 거대한 호수는 순식간에 시커멓게 변해갔다. 그 크고 검은 호수를 바라보면서 산에 홀로 서 있는 느낌은 참으로 무섭고 고독하고 또한 낯선 것이었다.

　나는 부대 앞의 '할아버지 가게'에서 사가지고 온 싸구려 캘리포니아산 20/20 포도주(그때 그 군대마을에서 구할 수 있는 가장 좋은 포도주였다)를 꺼내 잔에 따랐다. 그리고 자동차의 카세트데크에 테이프를 집어넣었다. 슈베르트의 현악 4중주곡 제14번 〈죽음과 소녀〉였다. 바이올린과 첼로의 우수 띤 멜로디가 흘러나오기 시작했다. 차문을 열자 산바람이 제법 을

씨년스럽게 들어왔다. 열린 문으로 호수를 바라보면서 음악을 들었다.

　　그날은 바로 슈베르트가 31세의 나이로 세상을 떠난 기일 11월 19일이었다. 그때까지 슈베르트는 나의 우상이었다. 아니 더 엄밀히 말하자면 그는 나의 모델이었고, 내가 가장 아끼는 남자였고, 가장 불쌍하다고 생각하는 사람이었으며, 가장 고독한 생활인이었다. 그리고 그해, 나도 슈베르트가 죽은 나이와 같은 31세였다. 그리하여 휴가를 가던 도중에 혼자만의, 지금 생각하면 치기어린 간단한 세러머니를 준비했던 것이다.

　　항공점퍼 안으로 냉기가 엄습해 들어왔지만, 자동차 문을 닫고 싶지 않았다. 그 파로호에 슈베르트가 울려퍼지게 하고 싶었다. 그의 죽음에 가장 어울린다고 생각했던 그 곡, 〈죽음과 소녀〉는 늦가을의 침엽수림이 우거진 검고 깊은 호수 위로 그 강렬한 울음을 내뿜었다.

　　'슈베르트' 하면 항상 '가곡의 왕'이라는 말이 꼬리표처럼 따라다녔다. '피아노의 시인'은 쇼팽이요, '음악의 아버지'는 바흐며, '왈츠의 왕'은 요한 슈트라우스라는, 이 음악시간 줄긋기 문제용의 천편일률적인 별명들 때문에 우리는 얼마나 쉽게 음악시험을 치렀던가!

　　중학교 교과서에, 심지어는 초등학교 음악책에도 나오는 이 말 덕분에 우리들은 모두 슈베르트의 가곡에 대해서는 확실히 기억하게 되었다. 대부분의 교과서에 〈보리수〉 정도는 실려 있고, 심지어는 〈홍수〉가 있는 어려운 책도 있으며, 하다못해 〈들장미〉는 거의 다 들어 있었다. 그러나 그 덕분에 슈베르트가 가곡 외에도 얼마나 뛰어난 기악곡들을 썼는지는 쉽게 간과되어온 것도 사실이다.

　　그것은 어렸을 때의 나로서는 참 억울한 일이었다. 나는 슈베르트의 기악곡들을 처음 접하면서 감동에 전율할 때마다, 왜 진작 그의 많은 기악곡들을 몰랐던가 하고 아쉬워하곤 했다. 슈베르트는 자신의 트레이드 마크 같은 600여 곡의 가곡을 모두 버린다 하더라도, 나머지 기악곡들만 으로도 여전히 독일 음악사에서 베토벤을 잇는 가장 위대한 작곡가이며, 낭만음악사상 가장 중요한 음악가이다.

프란츠 슈베르트Franz Schubert, 1797~1828는 베토벤과 같은 아홉 곡의 교향 곡과 피아노곡을 비롯한 기악곡, 실내악곡, 관현악곡들을 작곡했다. 게다 가 베토벤보다도 훨씬 많은 열여덟 편의 오페라도 작곡했다. 가끔 그의 위대한 기악곡들이 다른 낭만음악가들의 그것보다 가볍게 다루어지는 경 우를 보면, 짧은 생애를 살면서 그렇게 많은 명곡을 남긴 슈베르트라는 청년에 대해 깊은 연민과 편애가 느껴지곤 한다.

슈베르트의 많은 기악곡과 실내악곡들 중에서 가장 위대하고 가장 훌륭한 곡을 꼽으라면, 나는 주저없이 그의 현악 4중주곡들을 꼽고 싶다. 그는 31년의 짧은 생애 동안 15번까지(실제 정확한 숫자는 알 수 없다) 헤 아리는 현악 4중주곡들을 작곡했다. 그의 현악 4중주곡들은 슬프면서도 따뜻하다. 또한 지극히 낭만적이면서도 견고한 격식의 도를 넘지 않는다. 품격 속에 담긴 자연스럽고 인간적인 멋이 묻어나는 그의 4중주곡들이야 말로 슈베르트가 다만 낭만적인 가객歌客일 뿐만 아니라, 위대한 작곡가 이며 또한 진지한 생활인이었음을 증명한다.

그중에서도 마지막 세 곡의 현악 4중주는 슈베르트 실내악의 총결산 이다. 그것들을 흔히 슈베르트의 '후기 3대 현악 4중주곡'이라고 부르는 데, 제13번은 A단조 D.804이며 제14번은 D단조 D.810이고 제15번은 G 장조로서 D.887이다. 이중 특히 잘 알려져 있는 두 곡, 즉 13번 〈로자문 데Rosamunde〉와 14번 〈죽음과 소녀 Der Tod und das Mädchen〉는 명곡 중의 명곡이

'슈베르티아데'란 서클도 있었듯이 슈베르트 주위에는 늘 사람들이 많았다.

라고 할 수 있다.

　제14번 〈죽음과 소녀〉는 2악장의 변주곡 부분에서 슈베르트의 가곡 〈죽음과 소녀〉의 멜로디를 주제로 사용했기 때문에 붙여진 이름이다. 그러나 그 가곡과는 무관하게 제1악장에서 도리어 더욱 어둡고 짙은 죽음의 그림자가 배어나온다. 이것은 이미 죽음을 앞둔 슈베르트가 자신이 육체적 · 정신적으로 쇠잔해가고 있음을 직감하고 있었기 때문이다. 그리하여 30세에 벌써 인생의 허무함을 깨달은 그가 자신의 생활을 뒤덮고 있는 회색빛의 비극성을 여지없이 드러낸 걸작이다.

제2악장은 암울한 느낌으로 가곡 〈죽음과 소녀〉의 테마가 먼저 나오고, 이어서 여섯 개의 변주가 펼쳐진다. 1악장이 죽음을 직감하고 그것에 맞서는 소녀나 인간의 고통을 그렸다면, 2악장은 체념으로 죽음을 받아들이고 도리어 그 죽음에서 위로를 구하는 느낌이 밀려온다. 네 개의 현악기가 이루어내는 섬세한 앙상블은 과연 절묘하다. 이 부분은 나에게 항상 해질녘의 북한강이나 검은 호수를 연상시킨다. 이 곡을 쓸 즈음 슈베르트는 이런 글을 썼다.

나는 이 세상에서 가장 불행하고 가엾은 인간입니다. 나의 건강은 회복될 기미가 보이지 않고, 음악적 창작력도 쇠퇴하고 있습니다. 빛나던 희망은 없어지고 예술에 대한 정열도 사라져가고 있습니다. 사랑과 행복으로 가득 찼던 청춘은 고통으로 채워지고 있습니다.

이렇듯 스스로 종말이라고 느꼈을 때, 그는 무거운 팔로 펜을 들어 두 개의 현악 4중주곡, 제13번과 제14번을 작곡한 것이다.

제3악장 스케르초는 다시 격정적으로 힘차게 연주되고, 제4악장은 보다 빠른 프레스토로 시작된다. 작은 계곡 같은 네 개의 현악기는 점차 거칠고 큰 강물을 향하듯이 피날레로 치닫는다. 이 곡은 슈베르트의 모든 곡들 가운데서도 그의 비극적인 삶과 이른 죽음을 추상적으로 그려낸 최고의 작품이다.

제13번 〈로자문데〉는 제14번 〈죽음과 소녀〉와 대조되는 또 하나의 명곡이다. 13번도 14번처럼 가장 힘든 때에 같이 작곡되었지만 분위기는 다르다. 〈죽음과 소녀〉가 보다 격정적이라면, 〈로자문데〉는 보다 정적이며 고즈넉하고 감상적이다. 이 두 곡은 마치 석가탑과 다보탑처럼 한 쌍을 이루는데, 서로 다른 분위기로 각기 독특하면서도 두 곡이 함께 어울려 절묘한 대조를 이룬다.

제13번의 제1악장은 우수로 가득하다. 제2악장은 슈베르트가 연극의 부수음악으로 썼던 관현악곡 〈로자문데〉의 간주곡에서 멜로디를 따와 주제로 사용했는데, 이 때문에 '로자문데'라는 제목이 붙여졌다. 2악장의 부드럽고 온화한 느낌은 죽음보다는 행복했던 봄날 한때를 떠올리게 한다. 잠시의 위안과 안식을 받는 것 같은 대목이다. 제3악장은 미뉴에트인데 조용하고 아름답기 그지없다. 마지막 제4악장은 헝가리풍의 민속무곡을 연상케 하는 빠른 악장으로, 선율이 약동하듯 가볍게 움직인다.

내가 학창 시절부터 군의관 때까지 오랫동안 애청했던 그 카세트테이프는 이탈리아노 현악 4중주단의 것이었다. 최근에는 제12번부터 15번까지의 네 곡이 다 들어 있는 이 악단의 음반(필립스)이 있어 교과서 역할을 한다. 그리고 더 이전에 처음 나를 감동의 도가니로 몰아넣었던, 나와 〈죽음과 소녀〉의 첫 만남은 줄리아드 현악 4중주단의 녹음(RCA)이었다. 네 연주자의 열정적인 연주 모습을 거친 터치로 그린 유화로 된 표지는 내 기억 속에 오랫동안 현악 4중주의 상징으로 남아 있었다.

그러나 과거의 모든 명반을 뛰어넘을 만한 훌륭한 음반이 1980년대에 나와 선택의 여지를 줄여주었으니, 바로 알반 베르크 4중주단의 음반(EMI)이다. 여기에는 13번과 14번이 함께 수록되어, 가장 격정적이고 감동적인 명연을 들려준다. 또한 이 팀의 녹음에는 13번에서 15번까지의 후기 3대 4중주곡 전부와 피아노 5중주곡 〈송어〉 등 슈베르트 실내악곡의

젊은 시절의 알반 베르크 4중주단의 모습. 왼쪽에서 두 번째가 세상을 떠난 카쿠스카다.

명곡들을 모두 모아놓은 것(EMI)도 있다.

얼마 전 고양의 어울림누리 극장에서는 세계 정상의 4중주단인 알반 베르크 4중주단의 내한공연이 있었다. 레퍼토리는 바로 슈베르트의 현악 4중주곡 〈죽음과 소녀〉였다.

그들이 온다. 내가 그 수많은 밤에, 그토록 많이 들었던 그들이 오는 것이다. 바이올린의 귄터 피힐러와 게르하르트 슐츠, 비올라의 토마스 카쿠스카 그리고 첼로의 발렌틴 에르벤. 슈베르트 선생이 직접 오지 않는 다음에야 이 이상의 손님이 있겠는가? 아니 그들이야말로 현세에 존재하는 슈베르트의 화신이라고 불러도 과하지 않을 것이다. 고양까지 차를 몰아 가는 동안 내내, 〈죽음과 소녀〉를 들었던 학창 시절과 전공의 시절 그리고 군의관 시절의 단상들이 스쳐지나갔다.

알반 베르크 4중주단은 1971년 빈에서 결성되었다. 슐츠는 1978년에 합류했다. 수많은 매스컴의 찬사를 빌리지 않더라도, 이들은 20세기 후반을 장식하는 최고의 4중주단이다. 멤버는 빈 예술원의 교수들로 구성되었는데, 그러므로 어떤 단체보다도 진지하고 음악에 헌신하는 자세가 모범이 되어왔다.

그러나 무엇보다도 알반 베르크 4중주단이 가진 가장 막강한 무기는 완벽한 기교에 있다. 현악 4중주라는 장르에는 상당히 까다로운 곡들이 많아서, 완벽한 테크닉을 구비하고 있지 않으면 작곡가가 의도한 느낌을 제대로 전달하지 못할 뿐 아니라 네 주자 사이의 앙상블에도 문제가 생긴다. 마치 고난도의 줄타기를 펼치는 네 명의 곡예사 중 한 명이라도 실력이 미치지 못할 때 전체 균형이 흔들리는 것과 같다. 그런 점에서 철저한 테크닉을 바탕으로 한 알반 베르크 4중주단은 마음대로 자신들의 감성과 음악성을 표현할 수 있는 탄탄한 토대를 가지고 있는 것이다.

알반 베르크 4중주단은 30년이 넘은 긴 활동기간 동안에 현악 4중주의 최고봉이라고 할 수 있는 베토벤 현악 4중주 전집을 두 번이나 녹음하였고, 브람스나 슈베르트 등에서도 최고의 찬사를 받았다. 또한 그들의 이름처럼 베르크, 베베른, 바르토크 등 20세기 작품에서도 최고의 연주를 보여준다. 가히 20세기 앙상블의 최고봉이라고 할 수 있다.

그들은 최근 네 명 전원이 쾰른 음대의 교수로 재직하면서 후학들에게 자신들의 빼어난 예술성을 전수하고 있다.

새로 지은 극장에 앉았다. 그런데 이게 웬일인가? 비올라의 토마스

카쿠스카가 내한하지 않았다는 안내방송이 나오는 게 아닌가? 그가 갑자기 몸이 안 좋아져서 한국행 비행기를 타지 못하고 대신 제자를 보냈다는 것이다. 알반 베르크의 네 주자가 모두 유명인사지만, 그중에서도 최고의 예술가로 대우받았으며 특히 수려한 외모와 인품으로 인기를 한 몸에 받아온 그가 오지 못한 것이다. 그를 대신하여 제자라는 젊은 여성이 비올라를 들고 나왔다.

〈죽음과 소녀〉가 시작되었다. 카쿠스카는 없었지만 음악은 기가 막혔다. 특히 2악장에서 귄터 피힐러가 그어내는 피아니시모는 내 온몸을 전율케 만들었다. 그 섬세한 바이올린 가락은 마치 겨울에 완전히 얼어붙은 호수 위를 겨울 햇살을 받아가면서 명주실처럼 가는 핀으로 예리하게 금을 그어가는 듯 소름이 끼쳤다.

그 감동을 가슴에 안고 집으로 돌아가는 한 시간 동안, 나는 차 안에서 내내 방금 들었던 알반 베르크의 CD로 같은 곡을 들었다. 어두운 강변 도로에서 카쿠스카의 비올라는 어둠처럼 가라앉으면서 점점 한강을 덮어 내려갔다. 잊을 수 없는 저녁이었다. 그리고 며칠 지나지 않아 카쿠스카가 사망했다는 외신이 전해졌다.

슈베르트를 너무나 좋아했던 어린 시절, 나도 그처럼 '31세까지만 살아야지' 생각한 적도 있었다. 물론 좀 짧고 미완성이겠지만, 한 사람의 인생 뭐 그만하면 충분하지 않을까 싶던, 미련없는 호기로 넘치던 시절이었다. 그러나 그 슈베르트의 31세는 그렇게 야전野戰에서 지나가고, 모차르트와 멘델스존과 쇼팽의 나이도 지나, 나는 마흔을 훌쩍 넘기면서 그냥 보통 어른이 되어버렸다.

카플란의 지휘 모습은 언제나 진지하다.

회사일을 다 챙기면서도 매일 하루 다섯 시간씩을 음악공부에 할애했다고 한다. 그 많은 공부는 결국 단 하나의 작품, 말러 교향곡 제2번을 위한 것이었다. 그는 드디어 말러의 악보를 구해서 공부하게 되었고, 오랜 노력 끝에 준비는 끝났다.

　　1983년 뉴욕의 각 신문에는 투자잡지의 사장이 콘서트를 지휘한다는 보도가 나갔다. 사람들은 한 호사가의 사치쯤으로 생각했다. 물론 관객들은 대부분 초대된 사람들이었으며, 객석은 지인들로 채워졌다. 카플란이 선택한 공연장은 자신이 18년 전에 갔던 그 카네기홀이었으며, 관현악단 역시 그 아메리칸 심포니 오케스트라였다. 얼마나 기다려온 공연이었던가! 그는 꿈을 이룬 것이다.

화제를 모은 공연이 무사히 끝나자 사람들은 그에게 축하를 보냈고, 일부는 단지 부자가 돈을 주고 오케스트라를 사 객기를 부린 것으로 치부했다. 맞는 말이었다. 그때까지만 해도 그러한 시선을 완전히 부인할 수는 없었으며, 무엇보다도 카플란 자신이 스스로를 아마추어라고 인정했다. 카플란도 자신이 무언가를 해냈다는 것으로 만족했고, 다시 본업으로 돌아가려고 했다.

그러나 문제는 그때부터였다. 한번 매스컴에 올라 화제를 뿌린 그를 이번에는 주위에서 놓아주지 않았다. 여기저기서 지휘를 해달라는 요청이 들어왔다. 그래서 그는 하는 수 없이 또 지휘를 했다. 물론 말러 교향곡 제2번이었다. 자신이 할 수 있는 유일한 곡이었던 것이다.

그런데 점차 그의 지휘가 괜찮다는 평가가 나오고, 지휘 의뢰가 많아지기 시작했다. 그는 많은 오케스트라를 지휘하게 되었다. 그리고 연주횟수가 많아질수록 그는 말러에 대해 더 많이 공부하게 되었고, 점차 〈부활〉에 대해 카플란보다 경험이 많은 사람을 찾아보기 어렵게 되었다.

카플란은 이제 거의 모든 세계 정상급 오케스트라와 〈부활〉을 지휘하기에 이르렀다. 그가 지휘한 악단은 필하모니아 오케스트라, 런던 심포니, 로스앤젤레스 필하모니, 뉴 저팬 필하모니, 라 스칼라 오케스트라, 바이에른 국립가극장, 베를린 도이치 오퍼, 키로프 오케스트라, 오슬로 필하모니, 스톡홀름 필하모니, 피츠버그 심포니, 세인트루이스 심포니, 이스라엘 필하모니 등이다. 그는 세계를 돌면서 말러를 연주했고, 중국에서는 〈부활〉의 중국 초연을 맡기도 했다.

카플란 연주의 정점 중 하나는 1987년이었다. 드디어 레코드 녹음을 하게 된 것이다. 이것은 그간의 편력을 기록으로 남기는 사건이었으며,

그의 지휘가 인정받는 순간이기도 했다. 세계적인 악단 런던 심포니와 녹음한 〈부활〉 음반(코니퍼)은 화제가 되었으며, 당시까지 판매된 모든 말러의 교향곡 음반 가운데 가장 많이 판매되는 놀라운 기록을 세웠다.

그러나 그간 우리나라에서 이 음반에 대한 평가는 좋지 않았다. 그의 연주는 극적이거나 격정적이지 않다. 이지적인 느낌을 주지도 않는다. 사실 연주를 할 때 관객들에게 가장 쉽게 어필하는 방법은 양극단적인 해석일지도 모른다. 그러나 카플란은 번스타인처럼 정열적이지도 못하고 불레즈처럼 은은하지도 않았다. 그의 해석은 우리나라에서 '그냥 교과서적'이라는, 무난하면서도 더불어 최소한의 대접을 받아왔을 뿐이다.

하지만 그의 지휘는 중요한 미덕을 가지고 있다. 한 곡만을 오랫동안 가다듬어온 그는 단단함과 조형미로 넘치지 않는 절제의 조탁彫琢을 보여준다. 그의 음반은 '뉴욕 타임스'의 올해의 음반으로 선정되었으며, '작곡가의 의도를 충실하게 재현해낸 해석'이라는 평을 받았다.

이 음반은 1998년에 새로이 편집되었다. 그동안 카플란이 모으고 정리한 말러에 대한 엄청난 양의 자료를 첨부하여 다시 출반한 것이다. 이 새 음반(BMG)에는 보너스로 말러 교향곡 제5번의 제4악장 '아다지에토' 부분이 수록되었다. 이것은 그동안 말러를 연구해온 카플란이 그간의 녹음들이 아다지에토를 너무 느리고 탄식조로 연주한 데 대해 반대 의견을 피력한 것이다. 그래서 느린 경우 10여 분이 걸리는 악장이 불과 7분대의 빠른 속도로 연주되었다. 물론 이 연주와 그의 해석에 대해서는 반대 의견도 분분했지만, 그의 빠른 해석은 클라우디오 아바도가 자신의 새 녹음(DG)에 받아들임으로써 간접적으로 인정을 받았다.

단순한 아마추어나 호사가의 수준을 넘어, 카플란에 대한 평가는 점점 진지해졌다. 그리고 음반의 출반보다 더 큰 경사는 1996년에 있었다. 최고의 권위를 자랑하는 잘츠부르크 음악제에서 그를 개막연주의 지휘자로 초대한 것이다. 이보다 더 큰 영광이 있을까? 그는 마침내 말러가 직접 지휘했던 '말러의 오케스트라'인 빈 필하모니를 지휘하게 된 것이다.

구스타프 말러.

이제 그는 명실공히 말러 전문가로 평가 받게 되었다. 그의 연구는 더욱 본격화되어, 말러와 교향곡 2번에 관해 세상에 나와 있는 거의 모든 자료를 모았다. 〈부활〉의 모든 필사본과 초판본은 그가 세운 뉴욕의 '길버트 카플란 컬렉션'에 소장되었다. 그는 학자들을 불러 모아 말러 연구에 심도를 더했다.

특히 그는 음악학자 레나테 스타크 보이트와 함께 입수한 말러의 육필 악보를 연구했다. 거기에 적혀 있는 거의 500개에 달하는 말러의 메모를 연구해, 말러가 의도했던 많은 것을 알아냈다. 당시 말러는 1910년에 발표할 계획이었던 〈부활〉 개정판을 위해 많은 메모를 남겨놓았던 것이다. 결국 새 판은 완성되지 못했지만, 말러의 심중은 카플란이 이어받은 셈이 되었다.

카플란의 20여 년에 걸친 말러 연구는 드디어 새로운 〈부활〉의 해석을 낳게 되었다. 클래식음반 최고의 권위라고 할 수 있는 도이체 그라모폰의 노란 레이블로 나온 음반(DG)은 말러가 봉직했던 그 장소, 빈의 무지크페라인 홀에서 말러의 오케스트라인 빈 필하모니의 연주로 2002년에 녹음된 것이다.

이 음반은 카플란 평소의 스타일대로 절제를 미덕으로 삼고 있는데, 자신을 낮추고 작곡가의 의도를 내세우려는 자세가 역력하다. 게다가 최고의 오케스트라와 빈 징페라인이라는 최고의 합창단, 일류 솔리스트(라토니아 무어와 나디아 미카엘), 그리고 보다 업그레이드된 녹음기술이 뒷받침된 이 음반은, 이제 카플란이 다만 한 사람의 마니아를 넘어서 진정한 전문가로 우뚝 섰음을 공포하는 듯 늠름하다.

한 학생으로 하여금 자신의 온 인생을 바쳐서 구도의 길을 걷게 만든 구스타프 말러의 교향곡 제2번 C단조는 '부활Auferstehung'이라는 너무나 강렬하고 포괄적인 제목을 달고 있다. 작곡 내내 죽음이라는 명제 속에서 시달린 말러는 죽음의 색채가 가득한 제1악장만을 써놓은 상태였다. 그때 그는 존경하는 선배 지휘자 한스 폰 뷜로의 부음을 접하고 장례식에 참석했는데, 거기서 클로프슈토크의 시에 의한 합창 〈부활〉을 듣게 되었다. 시를 들은 말러는 마치 감전된 듯한 영감을 받았다.

그래서 작곡은 죽은 자가 부활하는 쪽으로, 침체가 도약으로, 무에서 유를 창조해가듯이 진행되었다. 베토벤을 너무나 의식하고 자신과 동일시했던 말러는 이 곡의 마지막 악장이 베토벤의 교향곡 제9번 〈합창〉을 연상시키는 대규모 합창구조로 되어가는 것을 스스로도 못마땅해했지만, 영감이 흐르는 방향을 자신도 제어할 수 없었다. 결국 5악장으로 된 곡은 마지막 피날레에 "부활하라, 부활하라, 용서받을 것이다"라는 가사로 된, 소프라노와 알토의 두 여성 성악가가 가세하는 감동적인 대합창부를 완성하게 된다.

이 곡의 제1악장은 '죽음'에서 시작하여, 그 주제가 전곡을 관통하는 듯한 흐름을 보여준다. 어쩌면 베토벤의 교향곡 제6번 〈전원〉보다도

카플란은 언제나
말러의 교향곡 2번만을 지휘한다.

더욱 드라마적이며 회화적이다. 제2악장의 느린 부분은 죽은 자의 지난 날에 대한 '회상'처럼 다가오고, 제3악장은 과거의 '그늘'을 묘사하듯이 쓸쓸하게 흐른다. 제4악장에서 알토의 음성이 "사람은 고난 가운데 있으며, 고통 속에서 인간은 존재한다"는 비장한 문구를 토해낸다. 그리고 마지막 제5악장에서 드디어 "나는 죽지 않으리라"를 외치면서, 유한한 인간의 무한에 대한 비장한 갈망을 노래한다. 이 내용이 젊은 카플란을 그토록 맹렬하게 강타했던 것이다.

　사실 〈부활〉의 명반은 많다. 뉴욕 필하모니와 녹음한 번스타인의 지명도 높은 명반(DG)을 위시하여, 필하모니아 오케스트라를 지휘한 오토

클렘페러의 음반(EMI), 그리고 같은 오케스트라와 함께한 클라우스 텐슈
테트의 녹음(EMI)이 뛰어나다. 최근 것으로는 버밍햄 심포니 오케스트라
를 지휘한 사이먼 래틀의 음반(EMI)과 필하모니아 오케스트라를 지휘한
주세페 시노폴리의 음반(DG)이 매력적이다.

2005년 가을 카플란이 성남 아트센터의 개막 기념공연을 위해 내한
했다. 연주곡은 당연히 〈부활〉이었다. 그를 보기 위해 찾아온 많은 청중
들에게 카플란은 KBS 교향악단을 지휘하여 자신만의 〈부활〉을 연주해
주었다. 연주는 물론 훌륭했다.

그러나 그날 관객들은 다만 교향곡 하나만을 들은 것이 아니었다. 그
곳을 찾은 관객들은 어린 시절의 꿈을 잊지 않고 실현해낸 한 사람을 본
것이다. 그는 위대해 보였다. 누구든지 자신의 꿈을 이루어낸다는 것은
얼마나 감격적이고 아름다운 일인가! 그날 연주 전에 있었던 특별강연에
서 카플란은 이렇게 말했다.

"저는 두 가지 부끄러움 중 하나를 선택해야 하는 기로에 서 있었습
니다. 하나는 제가 남들 앞에서 지휘를 했을 때 당할 부끄러움이요, 나머
지 하나는 제가 지휘를 하지 않았을 때 두고두고 제 자신이 후회하게 될
부끄러움이었습니다. 저는 전자를 택했을 뿐입니다……."

극장을 가득 채운 사람들은 자신의 잃어버린 혹은 아직은 잃어버리
지 않은 꿈을 생각했을 것이다. 우리는 어려서부터 얼마나 많은 꿈을 가
지고 있었던가? 그러나 나이가 들면서 우리는 세상을 핑계로 스스로와의
약속들을 하나씩 버리면서 살아왔다. 카플란은 잃어버렸던 우리의 꿈에
희망을 불어넣어주었다. 인간의 가장 큰 희열은 정말 하고 싶었던 일을
이루는 데 있지 않을까?

내가 처음 카플란의 기사를 접한 것은 꽤 오래전이었다. 지방에 사시던 집안 어른 한 분이 외국잡지에 난 그의 기사를 오려서 보내주신 것이었다. 그때 나는 뒤통수라도 맞은 듯이 한동안 멍해 있었다.

귀를 씻어내는 오케스트라의 폭포

바그너 : 무언의 반지 _ 로린 마젤

2005년 우리나라 클래식공연계의 화두는 단연 〈니벨룽의 반지〉였다. 이것은 한 번 공연하는 데 나흘이 필요하고 순수한 연주시간만 16시간이나 되는, 세상에서 가장 긴 오페라다. 이런 작품이 우리나라에서는 처음으로 공연되었다. 지휘자 발레리 게르기예프가 이끄는 상트페테르부르크의 마린스키 극장이 내한하여 이 작품의 한국 초연을 한 것이다. 내용도 좋았지만 무엇보다도 이 작품과 바그너에 대한 일반인들의 인식을 높여주었다는 것이 이 공연의 가장 큰 의의였다고 생각한다.

또한 최근에는 〈반지의 제왕〉이라는 영화가 선풍을 일으켰다. 큰 스케일과 웅대한 대결구도로 인기를 끌었던 이 이야기는 북유럽 신화를 바탕으로 했다. 그러나 역시 반지 이야기의 원조는 바그너일 것이다. 이 영화의 소재와 아이디어도 사실 바그너의 악극 〈니벨룽의 반지〉에서 빌어

바그너의 거실에 그의 아내 코지마, 장인 리스트 등이 모두 모여 있다.

온 것이다.

리하르트 바그너Richard Wagner, 1813~1883의 대작 〈니벨룽의 반지Der Ring des Nibelungen〉는 바그너가 직접 자료를 모으고 기획하여 시나리오를 쓴, 한 사람의 상상력이 만들어낸 엄청난 규모의 이야기이자 음악극이다. 하늘과 땅, 지하세계를 넘나드는 스토리는 '창세기'의 규모에 필적하고, 인간과 신들의 심리를 아우르는 대결구도는 '삼국지'를 연상시킨다. 거기에 담긴 음악 역시 바그너 작품의 집대성이라고 할 만큼 뛰어나다.

그러나 공연을 한 번 보려고 해도 나흘이나 걸리는 필요한 작품을 주위의 누구에게 감히 권할 수 있을까? 거의 불가능한 일일지도 모른다. 만일 권한다면, 권유하는 사람이 무모하거나 권유받는 사람의 지적인 욕구가 무척 강해야 한다.

〈니벨룽의 반지〉는 독일과 스칸디나비아, 아이슬란드 등 북유럽의 신화를 바탕으로 한 대서사시大敍事詩로서, 나흘 동안 계속 극장에 가야 모두를 감상할 수 있는 대규모 무대작품이다. 바그너 자신은 이 작품이 오페라가 아니라 '악극'이라고 불리기를 원했는데, 양식이야 어찌되었든 오페라의 범주에 들어가는 곡이다.

네 부분으로 나뉘어서 공연되는 이 작품을 바그너는 '서야序夜와 사흘간의 밤으로 이루어진 무대축전극舞臺祝典劇'이라고 명명했다. 서야는 〈라인의 황금〉이며 제1일 〈발퀴레〉, 제2일 〈지크프리트〉, 마지막 제3일 〈신들의 황혼〉으로 나뉘어져 있다.

독일의 바이로이트는 신도를 방불케 하는 열광적인 팬들 때문에 바그너교의 본산이라고까지 불린다. 이곳에 가면 이 작품은 나흘 동안만 공연되는 것이 아니라 중간에 하루씩 쉬는 것이 보통이므로, 최소 팔 일 정도는 머물러야 전곡을 '한 번' 보게 된다. 그리고 공연은 주로 오후 4시에 시작하고 막간마다 한 시간씩 인터미션을 두니, 거의 자정 무렵에 끝난다. 그러니 팔 일간의 낮과 밤을 오로지 이 '황금의 반지'를 위해 바쳐야 하는 것이다.

그렇다면 음악은 재미있는가? 그렇다고 말하기가 좀 곤란하다. 정말 아름답고 극적인 대목들이 있지만, 그 5분간의 멋진 음악을 한 번 듣기 위해서는 지루한 30분 동안을 에어컨도 잘 나오지 않는 극장의 낡고 비좁은 나무의자에서 8월의 비지땀을 흘려가며 참고 견뎌야 한다.

바그너주의에 심취한 사람을 '바그네리안Wagnerian'이라고 부르는데, '바그너교도'라고 번역하기도 한다. 이들이 극장의 나무의자에서 꾸벅꾸

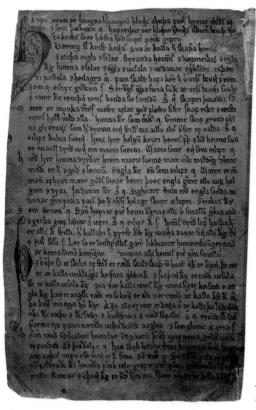

〈니벨룽의 반지〉는 북유럽에서 전해오는
고대 신화를 바탕으로 만들어졌다.

벅 졸며 기다리는 모습은 정말 종교의식과 비슷해 보이기도 한다. 그렇게
한참을 졸고 난 끝에, 인고의 시간을 견딘 사람이 단 열매를 먹듯이, 잠깐
동안 멋진 음악의 세례를 맛보는 것이다.

　　어떤 친구가 나에게 말하기를, 〈반지〉의 음악을 듣는 과정이 마치 미
국의 광활한 사막지대를 자동차로 여행하는 것 같다고 했다. 아무도 없는
황무지를 자동차를 몰고 고생하면서 몇 시간 동안 달려가야 겨우 이름 붙
은 바위나 봉우리 하나가 나타나는데 그것을 잠시 본 후에는 또다시 몇
시간을 달려야 하는……

그러나 〈반지〉에서 잠깐씩 나오는 그 아름다운 대목이 주는 절묘한 관현악 효과만은 참으로 뛰어나다. 그래서 듣기 좋고 중요한 대목만을 골라 연주하는, 편리하고 경제적인 경우가 생기게 되었다. 사실 유럽의 연주장에서도 그런 스타일의 연주가 〈반지〉 전작 공연에 못지않게 많은 것이 현실이다.

　　따라서 음반 역시 하이라이트판이라는 것들이 나와 있다. 〈반지〉의 주요 대목들만 발췌해서 한두 장에 모아놓은 것들이다. 오토 클렘페러(EMI), 한스 크나퍼츠부슈(EMI), 클라우스 텐슈테트(EMI), 게오르크 솔티(데카)의 것들이 이런 종류의 음반으로 사람들이 많이 찾던 것들이다. 하지만 이런 음반들은 레코드회사에서 임의로 전곡 중에서 잘라내어 편집했거나 아니면 처음부터 몇몇 대목만 발췌하여 녹음한 것들이다.

　　그런데 이런 단순한 발췌가 아니라, 그 자체로서도 탁월한 하나의 작품이라고 할 만한 것이 있다. 바로 로린 마젤이 만들고 지휘한 〈무언의 반지Der Ring ohne Worte〉다. 단 한 장에 담긴 이 음악은 우리 시대의 천재적인 거장 로린 마젤이 직접 편곡하고, 최고·최상의 사운드를 자랑하는 베를린 필하모니를 지휘해 녹음(텔락)한 것이다. 이 음반은 〈반지〉의 관현악이 주는 매력을 극장무대에서 듣는 것보다 200퍼센트 정도는 더 효과적으로 들려주고 있다.

　　얼마 전 외신은 일흔이 넘은 마젤이 네 번째 결혼을 했다고 보도했다. 네 번째 신랑이 된 그의 나이는 70대지만, 이전의 결혼에서도 그러했듯이 신랑만 늙어가고, 네 번째 신부는 여전히 20대의 아름다운 모습을 자랑한다. 마젤이 어린 신부와 함께 활짝 웃고 있는 사진을 보니, 항상 마음이 젊었으며 끊임없는 예술적 자극을 필요로 했던 피카소가 떠오른다. 마젤 역시 피카소에 못지않은 천재로서 우리 시대의 위대한 예술가다. 아직도 그의 청춘이 시들지 않은 것 같으니, 다행히 우리가 경험할 예술적 즐거움도 아직 더 남아 있는가 보다.

　　로린 마젤Lorin Maazel이 어느 나라 사람인지에 대해서는 나도 의아스럽다. 1930년 그가 태어난 곳은 파리이며, 그에게는 유대인의 혈통과 러시아와 헝가리의 피가 골고루 섞여 있다. 유아기에 가족이 미국으로 이주했기 때문에, 그는 거기서 성장했다. 그리고 젊은 날에 그가 주로 활동한 곳은 이탈리아였으며, 나중에는 독일이었다.

　　어린 마젤이 절대음감과 경이적인 악보 기억력을 가지고 있다는 사실이 알려진 것은 네 살 때였다. 그는 피아노와 바이올린, 심지어는 지휘에도 발군의 능력을 보였다. 그가 공개적으로 처음 오케스트라를 지휘한 것은 여덟 살 때였는데, 첫 곡은 슈베르트의 〈미완성 교향곡〉이었다. 마젤이 NBC 교향악단과 뉴욕 필을 지휘한 것은 모두 열 살 때였다. 그러나 센세이션을 일으키면서 천재로 각광받던 마젤을 그의 아버지는 전격적으로 은퇴시켰다.

　　마젤은 평범한 어린아이 로린으로 돌아갔다. 그는 정상적으로 학업을 수행하여 피츠버그 대학에 진학했다. 대학에서는 철학과 언어학을 전공했으며, 그동안 바이올린과 지휘법을 계속 연마했다. 대학에 다니는 동안 그는 피츠버그 심포니의 바이올린 주자로 활동했다. 졸업한 후 마젤은 본격적인 음악이론으로 무장하기 위해, 로마로 유학하여 바흐와 바로크 음악을 연구했다.

　　그가 로마에서 다시 본격적으로 데뷔한 것은 23세 때였다. 이어서 그는 유럽의 여러 유수 오케스트라에 초청되었으며, 대부분의 메이저 오케스트라에서 지휘를 맡았던 가장 어린 지휘자로 기록되었다. 그리고 드디

마젤은 이 시대에 걸맞는 진정한 전방위적 천재의 자질을 갖춘 예술가다.

일흔을 넘긴 마젤이지만 여전히 뉴욕 필하모니의 수많은 스케줄을 소화해낸다.

어 바이로이트 음악제에 초청되어 바그너의 〈로엔그린〉을 지휘하게 되었으니, 30세 때였다. 마젤이 젊었을 때 주로 활약한 곳은 베를린이었다. 35세 때 베를린 도이치 오퍼(오페라)의 예술감독이 되었고, 이어 베를린 방송 교향악단의 상임지휘자를 겸임했다. 이미 30대에 카라얀과 함께 베를린 음악계를 양분했던 것이다.

그는 도이치 오퍼에서 성공적으로 〈반지〉 공연을 지휘했고, 이어 1968년부터 두 시즌 동안 바이로이트에서 〈반지〉 사이클의 지휘를 맡았다. 그후에는 클리블랜드 오케스트라의 음악감독, 프랑스 국립관현악단의 상임지휘자, 빈 국립가극장 총감독, 피츠버그 심포니 상임지휘자, 바이에른 방송 교향악단 상임지휘자를 차례로 역임했고, 2004년에는 뉴욕 필하모니의 지휘자가 되었다.

마젤은 지휘뿐 아니라 바이올린이나 피아노를 연주하는 모습을 지금도 가끔 보여준다. 또 작곡과 편곡에도 천재적인 실력을 발휘한다. 이런 능력과 커리어를 가진 마젤이 〈반지〉를 관현악곡으로 편곡하게 된 것은 어쩌면 당연한 결과였으며, 그의 팬들에게는 다행스런 일이기도 했다. 그는 〈반지〉 전곡 중에서 가장 아름답고 극적인 대목들만을 골라서, 성악을 완전히 배제한 채 오케스트라만을 위한 편곡을 시작했다. 이 곡은 〈반지〉 중에서 유명한 서곡이나 관현악 부분만을 발췌했던 종전의 관현악판과는 그 기본부터가 다른 것이었다.

마젤은 〈라인의 황금〉 중 '라인 강에서 처음 해가 떠오르기 시작하는 여명의 장면'이나 〈발퀴레〉 중 '지크문트와 지그린데가 처음 만나 말없이 서로의 눈빛을 바라보는 대목' 그리고 '보탄이 딸과 작별하는 대목' 등도 모두 오케스트라로 표현했다. 물론 그외에 〈발퀴레〉 중 '불꽃 음악'이나 〈지크프리트〉 중 '숲의 속삭임', 〈신들의 황혼〉 중 '지크문트의 라인 여행'과 '장송행진곡' 등 원래부터 오케스트라를 위해 만들어졌던 명대목들도 당연히 모두 포함되어 있다.

마젤의 편곡은 예리하고 명쾌하다. 어떤 대목은 너무나 짧지만, 오히려 군더더기가 없다고 할 수 있다. 모두 20개의 장면으로 이루어진 명쾌한 70분간의 음악이다. 성악이 있던 부분에서 비록 가사는 나오지 않지만, 관현악의 섬세한 표현은 감정을 고조시키는 데 어쩌면 더 효과적인 것 같다. 그래서 제목이 '무언의 반지'인 것이다.

　　물론 원곡 〈니벨룽의 반지〉의 내용을 잘 알아야만 이 음악의 진가를 더욱 충분히 즐길 수 있겠지만, 어느 정도의 줄거리만 안다고 해도 마젤의 편곡과 압축의 묘미를 즐길 수 있다. 설혹 〈반지〉의 복잡한 내용을 모른다고 해도, 이 멋진 오케스트라 연주가 선사하는 소리의 폭포수에 샤워하듯 몸을 내맡기고 있어보라. 그 어렵다는 〈반지〉도 쉽고 매력적으로 다가올 것이다. 그렇게 한다면 나중에라도 〈반지〉 전곡에 대해 보다 많은 관심을 갖고 보다 빨리 도전하게 되지 않을까? 이 점 역시 마젤이 이 음반에서 의도하는 또 하나의 목적이다.

　　게다가 마젤이 지휘하는 베를린 필하모니의 미끈하고 장대한 사운드와 텔락사가 자존심을 걸고 디지털로 무장시킨 음질은 정말 뛰어나다. 이곡들을 이처럼 박력 넘치고 웅장하게 연주한 녹음이 일찍이 있었던가 싶을 정도다.

　　오랫동안 존경해온 음악평론가 박용구 선생님이 자택을 새로 지었을 때, 음악을 듣는 방을 만드셨다. 그 정자처럼 생긴 방의 이름이 세이정洗耳亭이었다. 나는 그 이름을 지금도 기억하고 있다. 잡음이 너무 많은 혼탁한 세상에서, 그곳에 들어가 귀를 씻자는 뜻이었다.

　　그렇다면 무엇으로 귀를 씻을 것인가? 세상의 모든 잡음으로부터 귀를 샤워하고 싶다면, 〈무언의 반지〉가 적합하다. 마치 강력한 수압의 샤워기로 몸의 더러움을 씻어내듯이, 웅장한 오케스트라 사운드가 온몸을 휘감으며 돌진해올 것이다. 잡음뿐 아니라 세상의 잡념도 다 함께 날아간다.

좋았던 시절의 향수
차이콥스키 : 로코코 주제에 의한 변주곡 _ 미샤 마이스키

미샤 마이스키는 이제 우리에게 너무
나 친숙한 첼리스트다. 그래서 많은 사람들이 그의 음악이나 음반에 대해
면역이 되어버린 것이 사실인 듯하다. 마이스키라면 너풀거리도록 길게
손질한 곱슬머리에 수염을 기르는 연주자, 다들 연미복을 입는 데 반해
유달리 많은 땀을 흡수하기 위해 일본 디자이너 이세이 미야케가 만든 블
라우스를 여러 벌 들고 다니는 첼리스트 정도로만 각인되어 있는 것은 아
닐까?

사실 마이스키의 음반을 만들거나 공연을 매니지먼트하는 사람들도
그를 '함께 일하기에 가장 쉬운 아티스트'로 생각하기도 한다. 한마디로
사람이 너무 좋기 때문이다. 사인회를 하자면 작은 레코드가게에도 가고,
거기서 연주를 하라면 아무 말 없이 악기케이스를 열고 한두 곡쯤은 연주
해준다. 우리나라 가곡을 녹음해달라면 군소리 없이 〈청산에 살리라〉를

녹음하고, 한복을 입고 사진을 찍자고 하면 웃으면서 기꺼이 마고자도 껴입는다. 그는 또한 비교적 내한연주가 많았던 연주자인데, 자주 접할 수 있기 때문인지 그에 대한 이전과 같은 찬사는 별로 보이지 않는다. 사람들은 이제 생사를 넘나들었던 과거 마이스키의 족적을 잊은 듯하다.

하지만 그처럼 젊은 시절부터 굴곡진 삶을 살아온 사람도 흔치 않을 것이다. 과거 그의 힘들었던 행적을 아는 사람이라면, 샤샤와 릴리라는 귀여운 두 아이를 안고 그저 행복해하는 그의 사진을 보면서, 그가 왜 이토록 바보처럼 착하게만 살려고 하는지 그 이유를 알 수 있을 것이다.

미샤 마이스키Mischa Maisky는 1948년, 지금은 라트비아 공화국으로 독립한 구소련의 리가에서 태어났다. 여덟 살 때부터 첼로를 배운 그는 천부적인 소질을 보여서, 주위에서는 당연히 그의 대성을 점쳤다. 마이스키는 리가 음악원을 거쳐 열일곱 살의 나이로 상트페테르부르크에서 유학했다. 그는 10대에 이미 소련 전국 첼로 콩쿠르에서 우승하고, 당시의 레닌그라드 필하모니 오케스트라와 협연도 했다.

그리고 열여덟 살 때에는 권위 있는 차이콥스키 콩쿠르에 나가 우승한다. 당시 심사위원 중에 카잘스 이후 세계 최고의 첼리스트로 일컬어지던 므스티슬라프 로스트로포비치가 있었다. 로스트로포비치는 마이스키의 뛰어난 재능을 알아보고 그를 자신이 교수로 재직하고 있던 모스크바 음악원으로 오게 한다.

마이스키는 모스크바로 상경하여 소련 최고의 명문 모스크바 음악원에 진학한다. 그는 학교에서 역시 빼어난 기량을 가진 바이올린 학도를 만나게 되는데, 바로 기돈 크레머다. 마이스키는 크레머와 절친하게 지냈는데, 두 사람은 동년배이며 또한 같은 리가 출신의 동향으로서, 음악적

마이스키의 천진한 모습 뒤에는 자유를 갈망했던 지난날의 역경이 숨어 있다.

으로나 인간적으로 서로 깊이 교유하였다.

이렇게 좋은 스승과 친구를 만났지만, 젊은 미샤의 앞길을 가로막은 장벽이 있었으니, 예술적인 난관이 아니라 그가 유대인 혈통으로 태어났다는 사실이었다. 그의 조상들에게도 그러했듯이, 유대계 러시아인의 암울한 운명이 마이스키의 주변을 어둡게 비추고 있었다.

스무 살 때 그의 인생은 커다란 장벽에 부딪히고 만다. 그의 누나가 이스라엘로 망명하면서 당국의 감시를 받게 된 것이다. 그런 와중에 음악공부를 위해 녹음기가 필요했던 마이스키는 암시장에서 카세트녹음기를 구입하다가 수사관들에게 체포당한다. 당국이 그에게 붙인 죄목은 '반체제활동'이었다.

물론 그는 음악밖에 모르는 학생이었다. 하지만 마이스키는 강제수용소로 끌려가 생명의 위협까지 당하는 등 14개월 간 고초를 치른다. 나중에 석방되기는 하였으나 군대에 입대하라는 강요를 받게 된다. 그가 입대를 거부하자 당국은 그를 정신병원에 수용한다. 감수성이 가장 예민하고 음악적 수련에 집중해야 할 시점에 그는 커다란 충격과 좌절을 겪어야만 했던 것이다. 그는 일체의 연주활동은 물론 첼로를 만져볼 수조차 없는 인고의 시간을 보내야 했다.

1972년은 마이스키의 인생에서 가장 감격적인 해였을 것이다. 정부는 그에게 결국 출국허가를 내주게 된다. 대신 당국이 시키는 대로 자신이 그동안 정부로부터 지원받았던 학자금 전액을 배상해야 했다. 이 돈은 마이스키를 아끼는 이스라엘에서 지원했다. 마이스키는 누나의 뒤를 따라 이스라엘로 떠났고, 다시 미국에 있는 유대인들의 도움을 받아 미국으로 망명한다. 그리고 그는 이탈리아 피렌체에서 열린 카사도 국제 콩쿠르에서, 첼로를 손에 잡아보지도 못했던 몇 년간의 암흑기를 딛고 당당히 우승했다. 비로소 전세계에 첼리스트 미샤 마이스키의 이름을 알리는 순간이었다.

미국에 안착한 마이스키는, 러시아 출신으로 미국에서 가장 성공한 대첼리스트 그레고르 퍄티고르스키를 찾아 로스앤젤레스로 간다. 거기서 그는 70세가 넘은 노대가의 마지막 제자로서 그의 음악세계를 전수받았다. 그후 마이스키는 로스트로포비치와 퍄티고르스키라는 세계 최고의 두 러시아 첼로 거장을 계승하는 후계자로서 활약하게 된다.

그는 젊은 날의 암흑기를 보상이라도 받으려는 듯, 정열적인 활약으로 관객들을 감동시키며 세계를 누비고 다녔다. 그의 연주에 감동한 한 팬은 익명으로 그에게 이탈리아 베네치아의 명장 도메니코 몬타냐나가 만든 18세기의 명기를 선물했다. 그는 몬타냐나를 들고 전세계의 수많은 오케스트라와 협연하였고, 엄청난 수의 독주회와 실내악 연주회를 소화하고 있다. 또한 그는 도이체 그라모폰의 간판 첼리스트로서 수많은 음반을 녹음해왔다.

사실 마이스키의 음반은 너무나 많고 레퍼토리는 무궁무진하다. 그는 바흐에서 코다이에 이르는 수많은 첼로곡을 녹음했고, 첼로곡이 아닌 음악들까지도 편곡하여 많은 음반을 냈다. 그런 그가 자신의 고향 러시아를 대표할 만한 러시아의 음악가, 차이콥스키의 음반(DG)을 냈다. 그 음반의 타이틀곡은 차이콥스키의 가장 대표적인 첼로곡 〈로코코 주제에 의한 변주곡〉이다.

우리는 차이콥스키Protr Ilyich Tchaikovsky, 1840~1893를 떠올릴 때면 주로 러시아 대평원의 자연으로 대표되는 러시아적인 정서를 연상한다. 이 점은 우리나라 사람들뿐 아니라, 서유럽 사람들의 시각도 비슷한 것 같다.

그러나 러시아에서 생각하는 차이콥스키의 이미지는 다르다. 러시아인들은 차이콥스키를 서구적인 작곡가로 보았으며, 당시 러시아에서 일기 시작한 새로운 음악운동에 비해 수구적이며 이단적인 사람으로 취급했다. 그러니 그는 서구에서는 러시아적인 사람으로, 러시아에서는 서구적인 사람으로, 양쪽 모두에서 이방인 대접을 받았던 것이다.

표트르 일리치 차이콥스키.

당시 러시아 음악계를 대표하던 '러시아 5인조'는 림스키 코르사코프, 퀴, 발라키레프, 보로딘, 무소륵스키였는데, 이들은 자신들을 지지하는 음악비평가 스타소프의 절대적인 후원을 받아 '막강한 소수 패거리'라는 도발적인 닉네임으로 자처했다. 그들은 여러 가지 모토를 표방했지만, 그들의 뜻은 한마디로 개혁적인 러시아 음악을 새로 만들어보겠다는 것이었다.

그들과 동시대에 활동한 차이콥스키는 그들과는 확실히 다른 노선을 걸을 수밖에 없었다. 차이콥스키는 서유럽에서 이룬 고전음악적 전통을 계승하는 사람으로서, 단지 그의 미학적 견해뿐 아니라 보수적이고 소극적이며 정적인 천성 때문에 개혁적인 예술운동에는 가담할 수가 없었던 것이다.

차이콥스키가 서구적이라는 것은 그의 음악적 취향을 봐도 알 수 있다. 그는 특히 프랑스 발레와 이탈리아 오페라를 좋아했다. 이 두 가지는 서구의 대표적인 두 나라의 철저히 자기들만의 장르였다. 차이콥스키는 이 두 가지를 무척 동경했는데, 당연히 다른 러시아 예술가들의 비난을 감수할 수밖에 없는 취향이었다. 이것에 대한 그의 천착은 당연히 그의 대표적인 발레곡 〈백조의 호수〉〈호두까기 인형〉〈잠자는 숲속의 미녀〉로 이어졌고, 오페라 〈예브게니 오네긴〉〈스페이드 여왕〉〈마제파〉를 낳았다.

차이콥스키는 특히 모차르트를 매우 존경했다. 모차르트의 여러 오페라 중에서도 이탈리아 스타일의 오페라 부파인 〈돈 조반니〉에 대한 그의 경배는 엄청났다. 〈돈 조반니〉는 비록 모차르트의 작품이지만 이탈리아어로 되어 있을 뿐 아니라, 가장 전형적인 이탈리아 희가극인 오페라 부파 형식을 취하고 있는 작품이다. 차이콥스키가 자신의 후견인인 폰 메크 부인에게 쓴 편지 중에는 이런 대목이 있다.

> 모차르트를 좋아하는 정도가 아닙니다. 저는 그를 신처럼 숭배합니다. 〈돈 조반니〉는 모든 오페라 가운데 최고의 것이라고 생각합니다. 저는 〈돈 조반니〉를 너무 사랑하여, 그것에 대해 글을 쓰는 이 순간에도 흥분과 감동으로 울고 싶을 지경입니다. 제가 이 오페라에 대해 침착하게 이야기하는 것은 불가능합니다…….

그런 차이콥스키가 모차르트를 추억하면서 쓴 곡이 바로 〈첼로와 오케스트라를 위한 로코코 주제에 의한 변주곡〉 op.33이다. 제목에서 알 수 있듯이, 첼로와 오케스트라가 함께 연주하도록 작곡된 이 곡은 로코코 시대를 추억할 만한 하나의 주제를 다양하게 변주해나가는 변주곡 형식이다. '로코코 주제'라면 당연히 로코코 시대의 어떤 작곡가의 곡에서 취해 왔을 거라고 생각하기 쉽겠지만, 실은 차이콥스키 자신이 창작한 고유의 주제다.

차이콥스키가 만들었지만 이 주제의 스타일은 모차르트풍이다. 차이콥스키는 자신이 가장 존경하는 모차르트의 스타일로 아름답고 정갈한 주제를 만들었고, 거기에다 스스로 '로코코풍'이라는 이름을 붙였다.

'로코코Rococo'라는 말은 원래 건축이나 미술에서 주로 쓰이는 용어로, 음악의 양식으로는 그다지 잘 사용되지 않았으며 적합한 말이 아닐 수도 있다. 그러나 모차르트가 살았던 18세기 후반, 특히 그의 어린 시절은 시대적으로 로코코 시대라고 규정할 수 있다. 그 시대에 대한 차이콥스키의 애착이 이 음악에 잘 나타나 있다. 아마도 정세와 환경이 급변하던 자신의 시대에 적응하지 못한 차이콥스키는, 로코코 시대를 자기 마음속의 좋았던 시절, 즉 '벨 에포크'로 생각했던 모양이다.

훌륭한 피아노 협주곡과 바이올린 협주곡을 남긴 차이콥스키지만 첼로 협주곡은 쓰지 않았다. 그런 만큼 이 〈로코코 변주곡〉이 그의 첼로 협주곡의 자리를 대신한다고도 볼 수 있다. 이 곡은 조용하고 완만한 서주序奏에 이어 주제가 나온다. 이어 템포와 조성이 다양하게 변해가면서 모두 7개의 변주가 차례로 나온다. 그리고 중간에 화려한 카덴차가 하나 끼어 있다. 아마도 이 곡은 차이콥스키의 진솔한 심정이 가장 아름답게 표현된 서정시일 것이다. 이 곡은 생각보다 음반이 적은 편이다. 구소련에서도 이 곡의 원전판이 제대로 연주된 것은 1956년이 되어서였다고 한다.

마이스키의 〈로코코 변주곡〉 연주는 참으로 열정적이다. 이 곡이 품고 있는 깊고 열정적인 감정의 깊이를 남김없이 다 퍼내는 것 같다. 오르페우스 체임버 오케스트라와 협연하는 이 음반에는 차이콥스키의 다른 명곡들도 첼로와 오케스트라를 위한 곡으로 편곡되어 실려 있다. 첼로의 미끈하고 노련한 보잉과 오케스트라의 부드러운 질감이 돋보이는 명연주들이다.

마이스키는 그를 원하는
어디서나 연주하는 진정한 가객이다.

그리고 〈로코코 변주곡〉 외에도 차이콥스키의 현악 6중주곡 〈플로렌스의 추억〉 op.70, 현악 4중주곡 제1번 op.11의 제2악장 〈안단테 칸타빌레〉 그리고 오페라 〈예브게니 오네긴〉 중 렌스키의 아리아 〈어디로 가버렸나, 나의 청춘은〉 등이 실려 있는데, 하나같이 참으로 편안하고 깊이 있는 추억담을 들려준다.

누구에게나 그리운 시절이 있다. 시골에서의 초등학교 시절일 수도 있고, 20대의 청춘기일 수도 있다. 또 먼 르네상스 시대여도 좋고, 아르누보 시대여도 상관없다. 그것은 어머니의 따뜻한 품을 그리워하는 인간의 본성이다. 그리워하는 그 자체만으로도 우리는 평화를 느낀다.

자신의 시대를 그토록 힘들어했던 한 이방인 예술가가 마음의 향수를 그린 이 음악을 들을 때면, 나에게도 있었던 그 '좋았던 시절'이 떠오른다.

하늘 아래 두 영혼

둘이서 함께 가는 아다지오
모차르트 : 신포니아 콘체르탄테 _ 오이스트라흐 부자

일전에 서울에서 오랜만에 바그너의 오페라 〈탄호이저〉 공연이 있었다. 한일 친선의 해를 기념하는 행사의 하나로 한일 두 도시의 오페라단이 상호 교환공연을 하는 형태였다. 그리하여 일본 오사카에 있는 간사이 니키카이 오페라단이 직접 제작한 〈탄호이저〉를 가지고 서울에 오게 되었다.

그런데 일본의 광적인 바그너팬들이 오페라단을 따라 함께 내한한다는 소식이 전해졌다. 나는 애호가 모임에서 일을 맡고 있었기 때문에, 나를 비롯한 몇몇 친구들이 그들을 맞이하게 되었다. 물론 나도 오랜만에 편안하게 바그너의 오페라를 즐기고 싶은 마음이 컸다. 게다가 주말이 아닌가? 그런데 손님접대를 하게 되었으니, 제작진도 아니면서 주말 내내 극장 주위를 맴돌아야 하는 신세가 된 것이다.

그런데 나는 그렇다 치고, 주말을 이용해 한국까지 와서 1박2일의 짧은 일정에 〈탄호이저〉를 두 번이나 보고 가겠다는 일본인들은 대체 뭔가? 게다가 그들이 이미 일본에서 봤을 프로덕션에 자기네 성악가들이 아닌가? 나는 일본의 바그너팬을 자처하는 그들의 모습이 사뭇 궁금했다.

공연은 훌륭했다. 일본 소프라노가 어려운 엘리자베트 역을 멋지게 소화해, 양국의 팬들은 모두 약간 흥분했다. 공식적인 환영행사 등이 끝났지만, 그들을 그냥 호텔에 들어가 잠이나 자게 할 수만은 없는 노릇이었다. 나와 일행은 그들을 데리고 극장 뒤편의 식당을 살펴보다가 결국 늦게까지 문을 연 보쌈집으로 안내했다. 그리하여 "한국 음식을 먹고 싶어 공항에서도 리셉션장에서도 아무것도 먹지 않았다"고 너스레를 떠는 지한파知韓派 인사들과 보쌈에 소주를 사이에 두고 환담이 벌어졌다.

그중에서도 인상적인 이가 있었는데, 범상치 않은 분위기를 풍기는 스즈키라는 젊은 사람이었다. 대화 도중에 바그너에 관한 말만 나오면 눈빛이 빛나던 그는 실로 일본을 대표하는 바그너 마니아였다. 게다가 만나는 사람마다 "당신은 〈트리스탄과 이졸데〉 전곡 음반을 몇 개나 가지고 있느냐?"고 진지하게 묻는 사람이라면 좀 무섭지 않은가?

함께 온 스기야마는 내가 아는 사람이었는데, 그가 스즈키와의 일화를 들려주었다. 한 번은 자기 집에 스즈키를 초대했는데, 스즈키가 만 장에 육박하는 스기야마의 디스크 컬렉션을 보고는 "아니, 바그너 음반이 15퍼센트밖에(그래도 무려 1천 500장이 아닌가?) 되지 않는다!"며 자신을 무시하기 시작했다면서, 입안에 보쌈을 잔뜩 넣은 채 나에게 응원을 청하는 눈빛을 보냈다. 이번에는 나를 향해 〈트리스탄과 이졸데〉를 몇 개나 가지고 있냐고 묻는 스즈키에게, 나는 한일 친선을 위해 절대 대답하지 않고, 대신 당신은 몇 개나 있냐고 도리어 받아쳤다. 그때 늠름하게 돌아

모차르트는 아내 콘스탄체를 죽는 그 순간까지 깊이 사랑했다.

온 스즈키의 대답은 50개(!)였다.

그가 음반을 검사하러 우리집까지 쳐들어오지야 않겠지만, 어쨌든 화제를 돌리기 위해 나는 50개의 트리스탄과 살고 있는 스즈키에게 한국에 처음 왔느냐고 물었다. 그는 세 번째라고 대답했다. 이전의 두 번은 사격대회 때문에 왔다고 한다. 그리고 아내가 사격선수라고 덧붙였다. 오호, 아내의 사격대회에 따라다니는 사격선수 남편이자 바그너 마니아라……

내가 도쿄에 가서 바그너의 〈뉘른베르크의 마이스터징거〉를 보았을 때, 이번에는 서울에 왔던 그들이 나를 식사에 초대했다. 공연이 끝나고 식당에 앉자, 스즈키가 나에게 책을 한 권 내밀었다. 선물이었다. 그런데 책표지가 한글로 되어 있었다. 저자 이름이 스즈키 히토미, 부인이란다. 어리둥절해하는 나를 보며 스기야먀가 거든다.

"스즈키의 부인은 일본에서는 아주 유명한 사람이에요. 그녀는 미스 인터내셔널 미인대회의 일본 대표였고, 지금은 베스트셀러의 저자이기도 하고……."

책을 펼쳤다. 속표지에는 책을 받을 내 이름이 한글로, 그것도 붓글 씨로 또박또박 적혀 있었다. 그 아래에 저자의 사인이 있고 그 옆에는 한 여자가 바퀴 위에 앉아 있는 그림이 그려져 있었다. 나는 다음날 서울로 돌아오는 비행기 안에서 그녀가 쓴 『생명을 준 키스』를 다 읽어버렸다.

스즈키 노부유키는 회사원이었다. 그의 직장은 사진회사였기 때문에 한 미인대회를 주최했는데, 스즈키는 그 행사를 담당했다. 그때 출전한 사람들 중에 은행원 출신의 미녀가 있었는데, 내성적인 그는 그녀를 마음 으로만 눈여겨보고 있었다.

그 아가씨, 히토미 양이 입상하고 대회는 끝났다. 그녀가 짐을 싸서 돌아가려고 할 때, 스즈키가 뛰어와서 데이트를 신청했다. 그렇게 두 사 람은 사귀기 시작했다. 히토미는 준 미스 인터내셔널이었으므로 1년 동 안 많은 행사에 참여해야 했다. 그래서 은행을 휴직했고, 모델일도 하게 되었다. 그러면서 히토미와 스즈키 두 사람은 사랑을 키워나갔다.

어느 날 히토미가 교외로 광고 촬영을 나갔다. 촬영이 끝나고 스태프 들과 돌아오던 중 그들이 탄 자동차가 큰 교통사고를 당했다. 차에 탔던 사람들은 모두 사망하고 히토미는 엄청난 부상을 입었다. 그녀는 대수술을 받았지만 하반신은 영원히 쓸 수 없다는 진단이 내려졌다.

그때 좌절에 빠져 있는 히토미에게 스즈키가 청혼을 했다. 히토미는 거절했고, 무엇보다도 히토미의 부모가 크게 반대했다. 히토미의 어머니는 "결혼이란 두 사람이 비슷한 조건에서 서로 주고받는 것이어야 한다. 이것은 절대 좋은 결혼이 될 수 없다"고 말했다.

그러나 스즈키는 계속 구혼했다. 히토미는 결국 침대에 누워 청혼을 받아들였는데, 그녀가 결혼을 결심하게 된 것은 스즈키의 말 한마디 때문이었다. "내가 불구인 당신과 결혼해 천사 같은 행동으로 당신을 돕고 그것으로 인생의 보람을 찾으려는 생각은 추호도 없습니다. 나는 다만 당신이 필요하기 때문에 당신과 결혼하려는 것입니다."

히토미는 휠체어를 탄 채로 스즈키와 결혼식을 올렸다. 두 사람은 열심히 살았다. 스즈키는 회사를 다녔고, 히토미는 가정주부가 되었다. 그녀는 휠체어를 탄 채로 집 안을 청소했는데, 손바닥만한 거실을 청소기로 청소하는 데 서너 시간이 걸렸다. 그래도 그녀는 다른 사람의 도움을 받지 않고 혼자서 악착같이 집안일을 해나갔다.

스즈키 역시 그녀가 집안일을 잘해낼 수 있도록 최대한 도왔다. 그는 휠체어를 탄 아내를 위해 부엌의 조리대 키를 낮췄으며, 낡은 집을 개조해 휠체어가 쉽게 다닐 수 있도록 했다. 그리고 식도락으로 튀김요리를 좋아하던 그가 튀김을 끊었다. 하체가 부실한 아내가 휠체어를 탄 채 뜨거운 요리를 할 경우, 화상을 입을 위험이 크다고 생각했기 때문이다.

처음에는 좌절감에 목숨을 끊으려고까지 했던 히토미가 결혼을 하고 나서 점점 삶에 적극적인 모습으로 변해갔다. 그녀는 재활운동을 통해 전일본 휠체어 육상대회에서 우승까지 했다. 히토미는 다친 후에 스포츠우먼이 되었다. 장애인 사격대회의 일본 대표선수로도 뽑혀 세계를 다니면서 사격대회에 참가했다. 스즈키가 한국에 온 것도 장애인 사격대회에 참가하는 그녀를 따라서였다. 다만 그는 나에게 그냥 사격대회라고만 했을 뿐, 굳이 장애인이라는 단어를 붙이지 않았다.

히토미가 쓴 첫 번째 에세이집 『휠체어를 탄 신부』는 베스트셀러가 되었다. 그녀는 유명인사가 되었으며 지금도 전국을 다니면서 1년에 수십 차례씩 강연을 한다.

스즈키는 어떻게 되었나? 그는 히토미 덕분에 유명인의 남편이 되었어도 음악을 사랑하는 취미는 계속되었다. 스즈키는 바그너를 중심으로 하는 자신의 취미생활만큼은 절대로 양보하지 않았는데, 이 대목은 이 안타까운 책에서 재미있는 부분을 차지한다. 부부가 해외여행을 가더라도 음악회만큼은 남편의 취향을 따라야 했던 것이다. 히토미는 뮤지컬을 좋아했지만 외국에서는 하는 수 없이 항상 바그너 오페라만 봐야 하는 '괴로운' 신세가 되었다.

스즈키는 자신이 세상을 살아가는 데 오직 세 가지의 W가 있을 뿐이라고 말한다. 그것은 바로 바그너Wagner, 와인Wine 그리고 와이프Wife다.

그후 도쿄에서 있었던 〈파르지팔〉 공연에 초대를 받아 다시 일본을 방문했다. 공연은 일본의 바그너팬들이 많이 모이는 큰 행사였는데, 공연장 바로 앞에 있는 임페리얼 호텔에서 다음날 일본 공주의 결혼식이 있을 예정이어서 좁은 길을 사이에 두고 양편에 사람들이 넘쳐났다.

나는 공연시간이 좀 남아서 바람을 쐴 겸 밖에 나와 있었다. 그때 건너편 임페리얼 호텔 앞에 한 여인이 휠체어에 앉아 있는 모습이 보였다. 히토미의 책에서 읽은 "휠체어를 타도 이제 나는 멋을 낸다. 그래서 여러 색깔의 휠체어를 가지고 있다. 옷 색깔에 맞추기도 하고 기분전환을 위해 노란색이나 초록색을 타기도 한다. 장례식에 갈 때를 대비해 검은 휠체어도 준비해두었다"는 대목이 기억났다. 그래서였을까? 휠체어를 보자 먼저 바퀴 색깔에 눈이 갔다. 검은색에 붉은 라인이 그려진 독특한 멋쟁이 휠체어였다.

마침 누가 불러서 안으로 들어갔다. 로비에서 몇몇 사람과 인사를 나누었는데, 스즈키도 있었다. 그는 이날 행사의 사회를 보느라 분주했다. 그런 그가 날보고 기다리라고 하더니 사라진다. 잠시 후 스즈키는 천천히 휠체어를 밀면서 들어온다. 아내다. 자신의 아내를 소개하려는 것이다. 휠체어에 탄 여인, 바로 좀 전에 임페리얼 호텔 앞에 다소곳이 앉아 있던 그녀였다. 사진보다는 살이 올랐지만 여전히 아름답고 우아했으며, 무엇보다도 행복으로 충만한 편안한 표정이 나를 안심시켰다.

장애인 좌석이 없는 극장이었기 때문에, 스즈키는 그녀를 2층 출입구 바로 옆자리에 앉히고, 자신은 옆에 무릎을 꿇고 앉아서 그녀에게 무언가를 열심히 얘기하고 있었다. 공연이 시작되었지만, 공연 내내 내 시야에 들어온 그 아름다운 부부로부터 나는 눈을 떼기가 어려웠다. 그러다가 히토미와 눈이 마주치면 그녀는 특유의 조금 슬픈 눈으로 목례를 하며 웃어주었지만, 나는 그들의 사랑에 자꾸만 눈물이 났다.

다음날 아침 아오야마의 한 커피집을 찾았다. 테이블이 세 개밖에 없는 작은 커피집인데, 주인 남자가 아침마다 직접 커피를 볶는다. 향이 너무 진해 가끔은 숨이 막힐 지경으로 커피향이 진동하는 곳이다. 커피가 진하기로도 유명하다. 커피도 커피지만 내가 종종 들르는 것은 클래식음악이 나오기 때문이다.

짙은 에티오피아 모카를 앞에 두고 향을 맡는데, 음악이 흐른다. 아,

오이스트라흐는 아들과 함께 연주할 때면 아들 뒤로 물러서는 모습을 보였다.

이건 모차르트의 〈신포니아 콘체르탄테〉의 아다지오 악장이다. 얼마 만에 듣는 곡인가? 스피커에서 두 악기, 바이올린과 비올라가 기막힌 조화를 이루면서 흐른다. 그러자 어제부터 내내 내 머리를 떠나지 않는 부부의 모습이 또 떠오른다. 음악은 마치 스즈키 부부처럼 서로 어울리면서 앞서거니 뒤서거니 하며 흐른다. 그 곡은 꼭 스즈키 부부를 연상시켰다.

〈신포니아 콘체르탄테 Sinfonia Concertante〉는 우리말로 번역하자면 '합주 협주곡' 정도가 된다. 모차르트의 〈신포니아 콘체르탄테〉는 E플랫장조

K.364이다. 이 드문 형태의 곡은 오케스트라와 함께 두 악기가 독주부獨奏部를 맡는데, 제목과는 달리 이른바 2중 협주곡의 형태다. 독주의 두 악기는 바이올린과 비올라다.

1779년 파리에 있던 23세의 볼프강 아마데우스 모차르트Wolfgang Amadeus Mozart, 1756~1791는 어머니가 돌아가시자, 고향인 잘츠부르크로 돌아간다. 거기서 모차르트는 본인이 원하지는 않았지만 생활을 위하여 다시 궁정악단에 들어가 일하게 된다. 새 직장을 얻은 모차르트가 그곳의 단원들을 위해서 새롭게 연주할 곡을 썼는데, 그중 하나가 바로 이 곡이다. 현악기로만 이루어진 현악 합주에 오보에와 혼이 각각 두 개씩만 더해지는 단순한 오케스트라 위에 바이올린과 비올라가 함께 연주하는 곡이다.

나는 이 곡의 제2악장 아다지오를 무척이나 좋아한다. 두 명의 독주자가 서로 누구도 앞으로 나서는 법 없이 서로 양보하면서 조용히 숲길을 산책하는 듯하다. 둘은 서로가 어디쯤 걷고 있는지 알기에 서로를 마주보지 않는다. 둘 다 앞을 바라보면서 걷지만 누구보다도 서로를 신뢰하는 마음으로 대화를 한다. 바이올린이 재잘거리면 비올라가 조금 붙잡아주고, 비올라가 시무룩하면 바이올린이 재미난 이야기를 들려준다. 두 악기는 마치 사랑하는 연인처럼, 오래된 친구처럼, 또는 모자지간처럼 그렇게 서로 손잡고 서로 기대가면서 숲길을 걸어간다.

가장 어울리는 것은 내가 본 스즈키와 히토미의 모습이다. 하나가 다른 하나의 도움을 받는 것 같지만, 꼭 그런 것만은 아니다. 하나가 있기에 다른 하나도 더욱 충만하다.

이 음악은 그들의 인생을 그리고 있는 것만 같다. 2악장의 느린 아다지오는 스즈키가 밀고 가는 히토미의 휠체어 바퀴처럼 조용하고 천천히, 그러나 한결같이 움직인다. 2악장은 어둡고 슬프다. 바이올리니스트 안네 조피 무터는 이 아다지오를 가리켜 "아마도 가장 가슴에 사무치는 악장일 것"이라고 말한다. 이 악장은 비교적 밝은 모차르트의 다른 곡들보다도 더욱 인간적이고 더욱 절절하게 가슴에 와닿는다. 세상에 혼자보다는 둘이 있는 것이 분명 더 아름다울 것이다. 그런데 둘이서 하는 노래가 왜 이렇게 가슴 시린가?

러시아의 세계적인 바이올리니스트 다비트 오이스트라흐David Oistrahk, 1908~1974의 녹음(데카)은 〈신포니아 콘체르탄테〉 최고의 연주로 알려져왔다. 두 사람의 솔리스트는 다비트 오이스트라흐와 그의 아들 이고리 오이스트라흐Igor Oistrahk이다.

다비트 오이스트라흐는 20세기를 대표하는 구소련 최고의 바이올리니스트이다. 그는 완벽한 바이올린 테크닉과 높은 음악성으로, 1974년 암스테르담 연주여행중에 급서할 때까지 세계 음악팬들의 인기와 존경을 한 몸에 받았다. 그는 바이올린 연주자뿐 아니라 지휘자로서나 교수로서도 훌륭했는데, 그를 가장 빛나게 한 것은 늘 솔직하고 따뜻했던 그의 인품이었다.

그런 다비트의 일면을 보여주는 것이 바로 이 〈신포니아 콘체르탄테〉이다. 이 녹음에서는 누가 보아도 월등한 바이올리니스트인 아버지가 바이올린을 해야 할 것 같지만, 아버지는 아들에게 바이올린을 주고 자신은 기꺼이 비올라를 맡고 있다. 바흐의 두 대의 바이올린을 위한 협주곡에서 아버지가 제1바이올린을, 아들이 제2바이올린을 연주하던 것과는 다른 모습이다.

그들의 연주를 들으면 아들보다 뒤에서 걸으려고 하는 부성父性이 느껴져 고개가 숙여진다. 이 너무나 아름답고 정결하며 또한 섬세한 연주는

오이스트라흐 부자가 함께 연주하는 모습은 음악 이상의 감동을 준다.

키릴 콘드라신이 지휘를 맡고 모스크바 필하모니 오케스트라가 함께한
다. 사실 아들 이고리는 대단한 아버지의 후광으로 역시 국제적인 바이올
리니스트가 되었지만, 아버지가 떠난 이후 남아 있는 음반들은 그의 독주
는 하나도 없이 모두 아버지와 함께 2중주를 했던 것뿐이다.

　　최근에 발매된 안네 조피 무터의 모차르트 바이올린 협주곡 전집
(DG)에도 〈신포니아 콘체르탄테〉가 들어 있다. 바이올린은 당연히 무터
가 맡았으며 비올라는 그녀와 같은 시대 최강의 비올리스트인 유리 바슈
메트가 참여하고 있다. 최고의 바이올리니스트와 최고의 비올리스트가
연주하는 이 곡은 정말 내내 가슴을 아프게 한다. 런던 필하모니 오케스

트라가 연주하고 그녀가 지휘까지 하는 이 전집에 바이올린 협주곡 다섯 곡만 수록되어 있었다면, 너무나 밝아서 햇볕에 말린 빨래처럼 심장이 뻣뻣해졌을지도 모르는 일이다.

또 하나의 명반인 기돈 크레머의 모차르트 바이올린 협주곡 전집 (DG)에도 〈신포니아 콘체르탄테〉의 명연주가 수록되어 있다. 여기에서는 크레머의 오랜 친구이자 음악적 동료인 킴 카슈카시안이 비올라를 맡았으며, 니콜라스 아르농쿠르가 빈 필하모니 오케스트라를 지휘한다.

세상에는 화려한 독주를 뽐내는 협주곡들이 많지만, 가끔은 이렇게 두 악기가 서로 의지하면서 독주부를 노래하는 협주곡들도 있다. 바흐의 두 대의 바이올린을 위한 협주곡, 모차르트의 플루트와 하프를 위한 협주곡, 브람스의 바이올린과 첼로를 위한 2중 협주곡 그리고 〈신포니아 콘체르탄테〉 등이 그렇다. 이런 곡들을 들을 때마다 이 세상을 살아가는 사람들의 모습이 떠오른다.

세상에서 나를 지켜주는 마음의 차

브람스 : 비올라 소나타 제1번, 제2번 _ 유리 바슈메트

비올라라는 악기를 아는가? 바이올린도 첼로도 아닌 바로 비올라. 오케스트라에서 또는 현악 4중주에서 제2 바이올린과 첼로 사이에 앉아서, 바이올린 같은 날렵한 매혹도 첼로 같은 중후한 깊이도 없이 그저 묵묵히 연주하는 바로 그 악기.

모양은 바이올린과 거의 흡사하나 덩치는 좀더 커서, 그것을 어깨에 얹고 연주하는 사람은 아무래도 바이올린보다 둔한 느낌이다. 그렇다고 첼로처럼 다리 사이에 끼우고 고개를 들었다 숙였다 하면서 멋진 자세를 잡지도 못한다. 비올라는 비올족이라고 부르는 이 악기군을 대표하는 이름을 가지고 있을 뿐, 바이올린도 첼로도 되지 못한 슬픈 악기다. 그러나 슬퍼도 첼로처럼 눈물을 펑펑 떨어뜨리지 못하고, 그렇다고 바이올린처럼 소리 높여 고성의 고함을 내지르지도 못한다. 비올라는 자신이 비올라일 뿐이라는 것을 잘 알기에, 그냥 소리 죽인 채 남들 사이에서 묵묵히 웅

웅거리면서 울 뿐이다.

피아노 3중주를 설명할 때 흔히 "피아노라는 귀족적인 여성을 가운데에 둔 두 남자, 즉 바이올린과 첼로의 개성 넘치는 사교적인 대화"로 비유하곤 한다. 즉, 먼저 늘씬한 스타일의 바이올린이 특유의 가볍고 매력적인 소리로 피아노의 마음을 사로잡으려고 하면, 첼로가 묵직한 저음으로 다가와 말수는 적지만 범상치 않은 내용으로 대화에 끼어드는 것이다. 그러면 우리의 마담 피아노는 두 현악 신사의 마음이 상하지 않도록 적당히 두 악기를 조정하면서 셋 사이의 대화를 훌륭하게 이끌어간다.

이 최고의 3중주 대화에도 비올라는 등장하지 않는다. 많은 경우에 비올라는 쉽게 무시된다. 우리가 알고 있는 스타급 현악기 연주자들은 대개 바이올리니스트 아니면 첼리스트다. 다음으로는 기타리스트나 하피스트, 아니면 차라리 콘트라베이시스트의 이름이 익숙할지도 모르겠다.

우리가 일상에서 대화할 때도 흔히 "바이올린 소리를 좋아하는지, 아니면 첼로 소리가 좋은지?" 하는 질문을 하곤 한다. 아무도 "비올라 소리를 좋아하느냐?"고는 묻지도 대답하지도 않는다. 어쩌다 "나는 비올라가 가장 좋아"라고 말하는 사람이 있다면, 아마 매우 특이한 사람이거나 아니면 그저 남과 다른 대답 하기를 좋아하는 사람일 것이다.

사실 서양의 어떤 비평가가 '인간이 바이올린 소리나 첼로 소리를 좋아하는 것은 당연하며, 비올라 소리만 듣는 것은 견디기 어렵다'고 쓴 글을 읽은 적이 있다. '계속 비올라만 듣는다는 것은 정말 불가능할지도 모른다.' 적어도 나는 그렇게 생각했다. 계속 비올라 소리만 듣는다는 것은, 마치 무라카미 하루키의 소설에서 바다에 사는 강치들에게 종일 훌리오 이글레시아스의 노래만 들려주는 것과 같은 일일지도 모른다. 바닷가에 출몰하는 강치떼를 막아낼 방법이 없자, 주인공은 강치들에게 그 느끼한 스페인 가수의 음반을 하루종일 틀어줌으로써, 강치들을 견딜 수 없게 하여 비로소 강치들을 해안에서 퇴치했다.

이와 비슷하게 인간은 원래 비올라만을 들을 수는 없는 것 같았다. 비올라는 다른 악기를 받쳐주고 하모니를 이루거나 협주를 위한 악기일 뿐, 독주 악기로는 거의 인식되지 않았다. 우리는 차라리 짜거나 매운 음식은 힘들어하면서도 그 맛에 매력을 느껴 가끔 다시 찾지만, 짜지도 맵지도 달지도 않고 그냥 밍밍한 음식을 다시 찾지는 않는다.

주위를 둘러보면 비올라에 대한 우리의 생각이 매우 편파적이라는 것을 알 수 있다. 비올라는 바이올린을 하다가 실력이 모자라 악기의 종류를 바꾼 경우라거나, 악단에서 연주력이 떨어지는 바이올린 주자들에게 대신 비올라를 들게 해왔다는 이야기는, 실제로는 어땠는지 모르지만 공공연하게 알려져왔다.

대학 시절 오케스트라 동아리의 한 여자 선배가 커다란 악기케이스를 들고 캠버스에 나타난 적이 있다. 그날따라 왠지 케이스가 커보여서, 나는 그래도 음악에 관심이 좀 있으니까 바이올린 말고 다른 악기 이름도 좀 안다는 티를 내려고 했던지, "그거 비올라죠?"라고 내뱉었다. 그러자 그 선배는 무척이나 황당해하는 눈빛으로 날 쳐다보며 "바이올린이에요!"라고 쏘아붙였다. 나에게는 그저 두 개의 악기일 뿐이었는데, 실제 오케스트라에서는 내가 생각하는 이상으로 민감한 문제인가 보다. 그 싸늘해진 표정을 뒤로하고 걸음을 재촉하면서 혼자 짐작할 수밖에 없었다.

그러나 최근 우리 앞에는 바이올린이나 첼로 연주자를 전혀 부러워하지 않는, 자랑스러운 명인기적인 능력을 갖춘 비올라 주자가 나타나서, 지금 이 악기에 대한 일반의 편견을 일거에 불식시키고 있다.

유리 바슈메트는 드물게 비올라의 독주자로 우뚝 선 연주자다.

유리 바슈메트Yuri Bashmet는 1953년 러시아의 한 시골에서 태어났다. 그가 어떤 연유로 바이올린이 아닌 비올라를 잡게 되었는지는 잘 모른다. 그는 어려서부터 비올라를 다루었는데, 18세에 모스크바 음악원에 입학하여 거기서 본격적으로 비올라 수업을 받았다. 남보다 월등히 뛰어난 자질을 보인 그는 20세를 갓 넘긴 약관의 나이에 모스크바 음악원 사상 최연소로 교수 자격을 받게 된다. 그는 이어 뮌헨에서 열린 국제 비올라 콩쿠르에서 우승하여 자신의 이름을 서방에 알리고, 이때부터 본격적으로 국제적인 활동을 시작했다.

그의 놀라운 실력은 세계의 많은 음악팬들을 자극하여, 그들의 관심을 비올라라는 악기로 돌리는 데 결정적인 역할을 했다. 바슈메트가 역사상 최고의 비올리스트는 아닐지 몰라도, 비올라의 위상을 가장 높이 올리고 그 활동영역을 가장 넓게 확장한 비올리스트인 것만은 분명하다.

세계의 유명 연주장들은 개장 이후 처음으로 비올라를 위한 리사이틀을 열게 되었으며, 그 주인공은 당연히 바슈메트였다. 이런 극장 중에는 암스테르담의 콘서트헤보우 하우스, 밀라노의 라 스칼라 극장 등의 유명 극장들이 포함되어 있다. 또한 영국의 런던 심포니 오케스트라는 1993년 바비칸센터 연주회에서 전 4회의 콘서트를 모두 바슈메트에게 할애했다. 1990년대 중반 바슈메트의 명성은 음악계의 최정점에 이르렀다.

바슈메트의 연주는 또한 수많은 작곡가들에게 영감을 주어, 현대 작곡가들이 바로 그 때문에 비올라를 위한 곡들을 작곡하기에 이른다. 대표적으로 1986년에 초연된 알프레트 슈니트케의 비올라 협주곡, 소피아 구바이둘리나의 비올라 협주곡, 기야 칸첼리의 비올라 협주곡, 존 태버너의 〈향료나무〉, 벤저민 브리튼의 바이올린과 비올라를 위한 2중 협주곡이 모두 바슈메트의 연주를 듣고 나서 그를 위해 작곡한 곡들이다. 브리튼의 2중 협주곡은 당대 최고의 두 현악기 주자, 즉 바이올린의 기돈 크레머와 비올라의 유리 바슈메트의 협연으로, 지휘자 켄트 나가노에 의해서 1998년 할레 오케스트라의 연주로 세계 초연되었다.

그러나 바슈메트는 독주와 협연에만 신경 쓰지 않고, 바쁜 와중에도 다른 연주자들과의 앙상블을 중시한다. 이는 어쩌면 비올라라는 악기를 켜는 사람으로서 몸에 익힌 영원한 특성일지도 모른다.

바슈메트는 자신의 출신학교인 모스크바 음악원의 교수급들로 새로운 세계 정상급의 실내 오케스트라인 '모스크바 솔로이스츠Moscow Soloists' 를 결성하여, 그 리더로서 세계 각지를 누비며 활동하고 있다. 또한 그는 자신과 같은 러시아 출신의 음악가들과 함께 연주하는 것을 특히 즐겨하여 바이올린의 기돈 크레머, 빅토리아 뮬로바, 막심 벤게로프 등과 절친한 콤비로서 많은 활동을 함께하고 있다.

비올라를 위한 독주곡은 많지 않다. 브람스는 자신이 알게 된 클라리네티스트 리하르트 뮐펠트에게 경도되어 클라리넷을 위한 곡을 몇 곡 썼다. 그중에서도 두 개의 클라리넷 소나타, 즉 제1번 F단조 op.120-1과 제2번 E플랫장조 op.120-2는 브람스가 최후에 작곡한 실내악곡들에 해당한다. 이 곡은 물론 클라리넷과 피아노를 위해서 만들어진 것인 만큼 클라리넷이라는 악기의 음색에 맞추어져 있다.

브람스는 이 곡을 만일 비올라가 연주한다면 또 다른 매력을 발산할 것이라고 생각했다. 그래서 예외적으로 클라리넷 대신 비올라가 연주하도록 고쳐서 '비올라 소나타'라고 개명해 출판했다. 그리하여 작품번호 등은 똑같지만 이름은 다른 두 개의 비올라 소나타가 탄생한 것이다. 그러나 그렇다고 클라리넷 소나타와 똑같은 곡은 아니다.

브람스는 단순히 악기만 바꾼 것이 아니라, 비올라의 음색과 특성에 맞춰 완전히 비올라를 위한 또 하나의 곡을 탄생시킨 것이다. 원래 비올라의 음색에 익숙했던 브람스는 이 곡을 원래의 클라리넷곡보다도 더욱 밀도 높고 조밀하게 만들어서 브람스 특유의 우수와 사색의 분위기가 더욱 짙게 풍기는 또 하나의 명작을 탄생시켰다.

그러나 역시 뛰어난 비올라 독주자들이 많지 않았던 상황에서, 이 곡들이 크게 각광을 받지 못했음은 자명한 사실이다. 그런 와중에 유리 바슈메트가 이 두 소나타를 녹음(BMG)했다. 미하일 문티안이 피아노를 맡은 이 음반에서 바슈메트는 비올라라는 악기가 가진 특색들을 유감없이 보여준다. 이것은 비올라가 연주한 최고의 명반이다.

비올라 소나타 제1번 F단조 op.120-1은 일반적으로 3악장인 소나타들과는 달리 4악장으로 이루어져 있다. 제1악장은 특유의 깊고 둔중한 주제로 시작되는데, 비올라가 처음 던지는 음색은 확실히 사색적이다. 제2악장은 느린 악장으로서 무척이나 아름답다. 고음도 저음도 아닌 중음의

요하네스 브람스.

매력이 이렇게 멋지다는 것을 잘 보여주는 악장이다.

비올라 소나타 제2번 E플랫장조 op.120-2는 3악장으로 이루어져 있다. 제1악장은 보다 장대하고 팔을 더 뻗어서 활을 휘젓는 맛이 진하다. 제2악장 역시 더 진지하고 차분한 맛이 아련하게 다가온다. 그리고 이 음반 마지막에 수록되어 있는 브람스의 콘트랄토와 비올라와 피아노를 위한 두 개의 노래를 꼭 들어보라. 비올라와 콘트랄토(알토)의 멋진 음성이 분명 당신을 행복하게 해줄 것이다. 최고의 보너스다.

나는 바슈메트의 음반을 들으면서 비로소 비올라라는 악기가 가진 숨은 매력에 감동할 수 있게 되었다. 또한 이 글을 쓰면서 그리고 그러기 위해 음악을 듣고 또 들으면서 점점 더 비올라가 좋아지고 있다. 서두에 인용한 '비올라 독주는 오래 듣기 어렵다'는 서양 비평가의 말은 틀렸다. 나는 비올라를 들으면 들을수록 친근함과 평화로움에 젖어가는 내 마음

바슈메트는 비올라를 위한 수많은 곡들을 끊임없이 녹음하는 최고의 비올라 전도사다.

을 보면서 혼자만의 행복에 떨고 있다.

　처음 비올라를 들을 때는 분명 무미하게 느껴질 수도 있다. 하지만 이것은 바이올린처럼 나를 흥분시키거나 첼로처럼 나를 침잠의 구덩이로 밀어넣는 일이 없다. 비올라는 자극을 주지 않는다. 그러나 대신 늘 나와 함께 있다. 비올라는 들으면서 독서도 할 수 있고, 차도 마실 수 있고, 창밖을 감상할 수도 있다. 글을 쓰거나 사색을 할 때도 방해는커녕 도리어 마음을 잡아준다. 비올라는 그것을 듣는 주인이 얄팍한 감성의 물결에 빠져들지 못하게 막아주는 충실한 악기다. 그래서 나는 더욱 비올라의 충직함에 빠져든다.

　이것은 달지도 않고 쓰지도 않다. 그래서 자극은 적다. 대신 씹으면 씹을수록 은은한 맛이 배어나온다. 그래서 어쩌면 더욱 오래 들을 수 있는 것이다. 살다 보면 물론 자극이 필요한 때도 있다. 하지만 요즘과 같이 자극이 많은 때에 비올라는 우리를 쓸데없는 세상의 자극으로부터 지켜주고, 분노한 마음에 평정을 주고, 다친 마음을 씻어준다.

　그렇다. 비올라의 맛은 차와 같다. 산사에서 마시는 한잔의 차를 원한다면, 그것은 바이올린이나 첼로가 아니라 비올라다. 이것은 가장 은은하고 담백한 마음의 차다.

비탄 속에서도 빛나는 콘체르토

베토벤 : 피아노 협주곡 제3번 _ 클라라 하스킬

러시아 피아노계의 대모이자 바흐 연주의 권위자인 타티아나 니콜라예바는 구소련이 자랑하던 레이블 멜로디아의 간판 피아니스트였다. 젊은 날의 그녀에게 처음으로 서방에 갈 기회가 생겼다. 잘츠부르크를 방문하게 된 것이다. 서유럽 예술계에 아직은 어두웠던 그녀에게 경험 많은 한 선배가 조언을 했다. "잘츠부르크 음악제에 가면 카라얀이라는 젊은 지휘자의 연주를 꼭 들어봐라. 그는 지금 젊은 토스카니니라고 불리고 있는, 가장 주목할 만한 떠오르는 신인이야."

잘츠부르크에 도착한 니콜라예바는 그 조언에 따라 카라얀의 콘서트 티켓을 구했다. 그 명성만 들어온 카라얀에 대한 기대로 가득 차서, 그녀는 음악회가 시작될 때까지도 그날 카라얀과 협연할 사람에 대해서는 전혀 아는 바가 없었다. 음악회가 시작되자 처음 보는 어떤 여자가 나와 피아노 앞에 앉았다. 그녀의 독특한 모습은 니콜라예바의 눈을 사로잡았다. 니콜라예바의 회상이다.

협연을 하러 나온 피아니스트의 몸은 구부정하게 뒤틀려 있었고, 회색빛 머리카락은 온통 헝클어져 있었다. 막상 연주가 시작되자 지휘자의 존재는 내 머릿속에서 완전히 사라져버렸다. 내 눈에는 피아니스트밖에 들어오지 않았다. 그녀가 피아노 위로 손을 올리자 곧 내 두 뺨 위로 눈물이 흘러내렸다. 그것은 내가 그동안 들어본 그 어떤 연주보다도 뛰어난 최고의 모차르트였다. 그녀는 완벽한 모차르트 해석자였다. 나는 그때까지 그렇게 아름다운 피아노 연주를 들어본 적이 없었다……. 연주가 끝날 때쯤에는 오케스트라 단원들도 그녀에게 감동한 상태였고, 지휘자 카라얀마저도 그녀에게 충격을 받은 것 같았다……. 나는 그때 음악의 진실을 접했다.

당시 니콜라예바를 그토록 감동시킨 충격적인 연주를 들려준 그 피아니스트는 자기 손으로 머리조차 제대로 빗지 못하는 '꼽추'였다. 그녀는 쪼그라들어가는 몸뚱이를 지탱하기 위해 등과 허리를 보조대로 감싼 채 연주를 해야만 했다.

클라라 하스킬Clara Haskil, 1895~1960은 루마니아의 수도 부쿠레슈티에서 유대인 부모 사이에 태어났다. 그녀는 네 살 때 아버지를 잃었지만, 홀로 남은 어머니는 그녀를 극진한 사랑으로 키웠다. 소녀는 사람들을 놀라게 할 만한 재주를 가지고 있었다. 그녀에게 가장 많이 붙는 수식어 중 하나는 '천재'라는 말이었다. 그녀는 자신을 따라다니는 이 말을 싫어했지만, 소녀 시절의 그녀를 가장 쉽게 설명할 수 있는 단어는 역시 '하늘이 내린

젊은 날 하스킬의 모습은 그녀의 피아노 소리만큼이나 아름다웠다.

천재'라는 말이었다.

그녀는 아주 어릴 때부터 피아노를 배웠는데, 여섯 살 때 다른 사람이 연주하는 모차르트의 소나타를 단 한 번 듣고는, 그 자리에서 한 악장을 거의 다 그대로 연주했다고 한다. 이 유명한 에피소드로 그녀의 음악 인생은 '천재'라는 단어와 함께 화려하게 시작되었다. 그녀의 음악성은 정말 놀라워서, 어릴 때부터 한 번 익힌 곡은 그 자리에서 마음대로 조調를 옮겨 연주할 수 있었다고 한다.

나중에 영화배우이자 사회적인 명사가 된 찰리 채플린이 그녀를 만나고 나서 한 말은 유명하다. "나는 평생 동안 진정한 천재라고 할 만한 사람을 세 명 만났다. 한 사람은 처칠이었으며, 다른 한 사람은 아인슈타인, 그리고 마지막 한 사람은 클라라 하스킬이었다."

그런데 하늘이 클라라에게 내린 미덕은 다만 음악성만이 아니었다. 그녀는 또한 빼어난 미모의 소유자였다. 클라라의 청순하고 고혹적인 자태는 어릴 때부터 주위의 이목을 집중시켰다. 그녀의 소녀 시절 사진들을 보면 다만 모델처럼 아름다울 뿐만 아니라, 사람을 매료시키는 우아하면서도 독특한 매력을 풍겨 보는 사람의 시선을 한참이나 붙잡는다.

그녀는 일찍이 실력을 인정받아, 어린 나이에 파리로 유학을 떠나게 된다. 그녀는 파리 음악원에서 정상의 작곡가 가브리엘 포레에게 작곡과 이론을, 최고의 피아니스트 알프레드 코르토에게 피아노를 배우고, 15세의 나이로 파리 음악원을 수석 졸업했다.

그녀의 피아노 음색은 청초하다고 할 만큼 깨끗하다. 건반을 두드리는 터치는 극히 조심스럽고 음색은 영롱하다. 그리고 음악을 만들어가는 솜씨는 마치 얌전한 규수가 한 땀 한 땀 자수를 놓아가듯 섬세하고 단아하다.

그녀는 단번에 모차르트 전문가로 인정받으면서, 많은 연주회를 하게 되었다. 그러나 그녀는 젊은 시절부터 독주에만 전념한 것이 아니라, 다른 기악 연주자들 또는 오케스트라와 협연을 많이 한 것으로도 유명하다. 세계 정상의 많은 예술가들이 뛰어난 실력과 아름다운 자태 그리고 항상 만족스럽게 공동작업을 해주는 고매한 인품의 그녀와 함께 연주하기를 원했던 것이다. 그래서 하스킬은 최고의 바이올리니스트 이자이, 루마니아의 선배 바이올리니스트 에네스쿠, 스페인의 첼리스트 카잘스 등과 자주 2중주를 했다.

그녀의 후배이자 루마니아 출신의 또 다른 명피아니스트 디누 리파티가 모차르트를 연주한 후 큰 갈채를 받았을 때, 리파티는 사람들 앞에서 겸연쩍어하며 이렇게 말했다. "저의 모차르트는 하스킬의 그것에 비하면 정말 부족하기 그지없습니다."

그녀의 매력은 정말 끝이 없을 것처럼 보였다. 그러나 그런 그녀에게 닥친 운명은 가혹했다. 하스킬은 꽃다운 18세에 불치의 병을 얻고 말았다. '다발성 경화증'이라는 무서운 병이었다. 이 병마는 그녀 몸의 모든 신경과 근육들을 조금씩 굳어져 엉겨붙게 만들었다. 그녀의 몸은 점점 쪼그라들고 뒤틀려갔다. 당연히 그녀는 연주를 그만두어야 했다. 하스킬은 20세 즈음부터 정상적인 생활을 거의 포기할 수밖에 없었다. 온몸에 보조기구를 찬 채 벽에 기대거나 누워 지내야만 했던 것이다.

뿐만 아니다. 병의 후유증으로 그녀의 몸은 20대라고는 믿기 어려울 정도로 갑자기 늙어버렸으며, 머리카락은 반백으로 변해버렸다. 그녀의 그 눈부신 아름다움은 일순간에 사라졌다. 이제 또래보다 훨씬 더 늙고 추한 외모가 그녀에게 남겨졌다.

하스킬은 불구의 몸으로도 피아노 연주를 멈추지 않았다.

　순식간에 젊음과 건강을 잃은 그녀에게 이번에는 더 큰 불행이 찾아왔다. 최고의 지원자였던 어머니마저 잃어버린 것이다. 불구의 몸은 이제 완전히 혼자가 되었다. 그녀의 나이 23세 때였다. 그리고 제1차 세계대전이 발발했다. 하스킬은 가족도 없이 침대에 누운 채 전쟁의 포성을 들으면서 혼자 20대의 청춘을 보냈다. 그런데 전쟁이 끝나자 그녀는 놀라운 의지로 병과 싸워 불구의 몸을 일으켜세웠다. 그녀는 결국 그 몸을 이끌고 다시 콘서트홀로 돌아왔다.

　그것은 실로 엄청난 소녀의 집념이었으며 예술가의 치열한 승리였다. 사람들은 모두 몹시 놀라워하면서 그녀의 피아노 연주를 들으러 왔고, 무서운 의지로 다시 연주회장에 선 그녀의 음악은 여전히 아름다웠다.

　그러나 신神은 이토록 무심하단 말인가! 다시 제2차 세계대전이 터지고 말았다. 유대인이었던 그녀는 나치 때문에 다시 연주를 그만두고 피신을 해야 하는 신세가 되었다. 그녀는 독일군을 피해 멀리 남프랑스의 마르세유까지 피신했다. 그러나 전쟁의 공포와 성치 않은 몸을 이끌고 감행해야만 했던 그 탈출로 인한 엄청난 스트레스로 그녀는 결국 쓰러지고 말았다. 이번에는 뇌졸중이었다. 당연히 그녀의 불구는 더욱 심해졌다. 게다가 뇌와 척수에 종양까지 발생해 목숨이 위태로운 지경이었다.

다행히도 그녀의 소식을 들은 한 유대인 의사가 마르세유까지 달려왔다. 열광적인 음악팬이기도 했던 그는 긴 수술 끝에 그녀를 살려냈다. 이렇게 하스킬은 겨우 목숨을 부지했다. 하지만 그녀는 부모와 건강과 젊음과 아름다움과 친구와 음악을 다 잃었다. 2차대전 기간 내내 그녀는 극도의 공포와 절망, 좌절 속에서 지내야 했다. 그녀 곁에 남아 있는 것이라곤 고양이 한 마리뿐이었다.

전쟁이 끝났다. 그녀의 나이는 쉰 살이었지만 외모는 70대 할머니의 그것이었다. 그러나 그녀는 스위스 국적을 취득하고 새롭게 출발했다. 50세가 넘은 나이에 처음으로 녹음작업을 시작한 것이다. 그때부터 그녀가 녹음한 것들은 모두 하나같이 명반이 되었다.

하스킬은 특히 거의 아들뻘 되는, 당시 막 떠오르고 있던 젊은 바이올리니스트 아르투르 그뤼미오와 함께 많은 연주와 음반작업을 했다. 그녀는 베토벤의 바이올린 소나타 전곡과 모차르트 바이올린 소나타 중 중요한 몇 곡을 녹음(모두 필립스)했다. 그녀의 청명한 음색이 가장 잘 어울리는 곡이 바로 모차르트와 베토벤의 곡들이었다. 또한 그뤼미오 역시 기막히게 아름답고 우아한 바이올린 음색을 가지고 있는 연주자다. 이런 두 사람의 만남은 너무나 감동적이어서 가히 천상의 2중주라고 할 만했다. 그들의 음반은 이 곡들의 연주 중에서 최고의 자리를 차지하고 있는 명반들이다. 그녀의 불꽃은 다시 살아났다.

당시 녹음한 하스킬의 많은 음반 중에서 가장 많이 사랑받고 또 유명한 것은 모차르트의 피아노 협주곡 제20번과 제24번이 함께 녹음된 음반(필립스)이다. 이 두 명곡의 연주는 라무뢰 오케스트라와 지휘자 이고르 마르케비치가 함께하고 있다. 이것은 하스킬의 청명한 음색과 그것이 가장 잘 어울린다고 하는 모차르트의 피아노 협주곡이 만난 귀중한 녹음으로서, 지금도 필립스 레이블 최고의 스테디셀러 중 하나다.

또 하나 빼놓을 수 없는 것이 모차르트의 바이올린 소나타집(필립스)이다. 이 음반에서 하스킬은 가장 좋아했던 명콤비 바이올리니스트 그뤼미오와 함께 모차르트를 연주한다. 모차르트의 바이올린과 피아노를 위한 소나타 전곡은 아니지만 K.301, K.304, K.376, K.378 네 곡이 수록되어 있다.

그러나 여기서는 하스킬의 베토벤을 들어본다. 최근에 그동안 미공개로 남아 있던 그녀의 매우 귀한 녹음이 출반되었는데, 바로 베토벤의 피아노 협주곡 제3번이다.

루트비히 판 베토벤Ludwig van Beethoven, 1770~1827의 피아노 협주곡들은 음악사에서 매우 중요하며 모두 명곡의 반열에 올라 있다. 그 어떤 악기보다도 피아노를 사랑했고 잘 알았으며, 그 자신 당대 최고의 피아니스트였던 베토벤은 모두 다섯 곡의 피아노 협주곡을 남겼다. 이 협주곡들이 모두 최고의 곡이라고 말할 수 있는 것은, 다섯 곡 모두 씌어질 당시 가장 현대적인 스타일로 작곡되었고, 가장 장대한 스케일과 완벽한 형식을 가지고 있기 때문이다. 또한 오케스트라를 다루는 솜씨 역시 탁월하다.

그때까지의 협주곡들은 관현악 파트가 거의 피아노를 뒷받침해주는

베토벤의 피아노 협주곡 다섯 곡은 피아노 협주곡의 경지를 한 단계 올려놓았다.

반주 수준에 그쳤지만, 베토벤의 피아노 협주곡들은 관현악이 피아노와 함께 곡을 이끌어가는 교향곡의 수준에 필적하는 높은 경지에 이르러 있다. 대개들 베토벤의 피아노 소나타들을 피아노사상 최고의 곡이라고 칭송하지만, 그에 못지않게 피아노 협주곡들은 소나타에서는 볼 수 없는 또 다른 스케일과 깊은 심연을 보여주고 있다.

베토벤의 다섯 곡의 협주곡 가운데 가장 널리 알려진 것은 역시 피아노 협주곡 제5번 E플랫장조 op.73 〈황제〉다. 그 호방한 멋과 넘치는 장대함은 듣는 이의 속을 다 시원하게 해주는 명곡이다. 그리고 또한 피아노 협주곡 제4번 G장조 op.58 역시 베토벤다운 진지함과 거친 에너지가 혼재하는 명곡이다. 그러나 이번에 우리는 제3번에 주목해보자.

피아노 협주곡 제3번 C단조 op.37은 베토벤의 다섯 곡의 협주곡 중에서, 아니 베토벤의 모든 곡 중에서도 가장 서정미 넘치는 아름다운 곡이라고 할 수 있다. 이 곡이 초연된 1803년경은 그동안 혼자서 몰래 귓병을 치료해오던 베토벤이, 자신의 귀가 완전히 멀어 이제 들으면서 음악을 할 수 없다는 사실을 가까운 친구들에게 고백한, 즉 커밍아웃한 시기다. 따라서 이 곡은 그 이후 처음으로 발표한 대곡인 셈이다.

1803년 4월, 빈의 안 데어 빈 극장에서 열린 콘서트에서는 베토벤의 새로운 피아노 협주곡이 초연될 예정이었다. 그 곡의 작곡가이며 동시에 그날의 피아니스트이기도 한 베토벤이 피아노 앞에 앉았다. 그런데 그 피아노 위에는 거의 아무것도 그려지지 않은 빈 오선지만 놓여 있을 뿐이었다. 초연시간에 쫓기던 베토벤이 미처 악보를 제대로 그릴 시간적인 여유가 없었기 때문이다. 악보에는 베토벤 자신만이 알아볼 수 있는 암호 같은 간단한 몇 가지 기호들만 군데군데 표시되어 있었다.

이렇게 초연된 이 곡은 그때까지 만들어졌던 자신의 두 곡의 피아노 협주곡과 선배인 모차르트가 남긴 스무 곡이 넘는 협주곡들과는 다른 진일보한 새로운 형태의 협주곡이었다. 무엇보다도 이전까지 하이든이나 모차르트 같은 선배들의 영향 아래서 조심스럽게 움직이던 그의 작법은 비로소 완전히 베토벤다운 자신만의 세계를 뚜렷이 드러내기 시작했다.

제1악장에서 오케스트라는 교향곡을 방불케 하는 큰 스케일과 화려한 몸짓으로 베토벤다운 장대한 협주곡을 내뿜는다. 빠른 악장의 당당한 장엄함은 제3번의 시작일 뿐 아니라, 앞으로 나타날 제4번과 제5번 협주곡의 등장을 예고한다.

제2악장 때문에 나는 이 곡이 베토벤의 곡들 가운데 가장 아름답다고 감히 말할 수 있다. 아름다우면서도 쓸쓸하고 영롱하면서도 애절한 애

하스킬이 지휘자 앙세르메와 자신의 마지막 콘서트를 마쳤다.

상이 섬세하게 흐른다. 관현악 사이로 비치는 피아노의 물줄기는 당당한
숲속에서 흘러나오는 맑은 물줄기처럼 아름답기 그지없다.

제3악장은 정연한 론도로, 주제가 피아노와 관현악의 당당한 양분법
에 의해 서로 겨루면서 경쾌한 마지막 코다를 향해 힘차게 질주한다.

클라라 하스킬이 연주한 베토벤의 피아노 협주곡 제3번의 녹음은 콘
서트 실황이다. 1960년 스위스 레만 호반의 그림 같은 도시 몽트뢰에서는
에르네스트 앙세르메가 지휘하는 스위스 로망드 오케스트라의 콘서트가
열렸다. 피아니스트는 클라라 하스킬이었다.

그녀는 이날 있었던 베토벤의 피아노 협주곡 제3번 연주에 자신의
꺼져가는 마지막 숨결을 모두 불어넣었다. 그녀의 비극적인 인생과 그녀

가 지금 받고 있는 육체적 고통을 생각한다면 눈물 없이는 들을 수 없는 연주였다. 특히 제2악장은 그녀 특유의 영롱한 빛을, 그러나 흔들리며 꺼져가는 마지막 빛을 발하고 있었다. 몽트뢰는 레만호에서도 황혼이 가장 아름다운 곳이다.

그 연주가 끝난 지 3개월 후에 하스킬은 비극적인 생애를 마감한다. 신은 그제야 그녀를 고통에서 놓아주었다. 이 녹음은 그녀의 유언비遺言碑와 같은 마지막 연주이자, 역사적인 그리고 너무나 슬픈 기록이다. 이 실황녹음은 그동안 하스킬재단에서 간직해오던 것으로, 2004년이 되어서야 비로소 음반(클라브스)으로 제작되어 세상에 나왔다.

가족도 없이 고양이 한 마리와 쓸쓸히 살다 간 슬픈 운명의 거장 클라라 하스킬. 그녀의 연주들을 들어보라. 고통 속에서 연주하는 협주곡이지만, 그 속에서 울려나오는 그녀의 피아노는 청초하다. 그래서 더 슬프다. 그녀의 피아노 안에는 세상의 아름다움과 슬픔이 다 들어 있는 것 같다. 그래도 죽기 전에 그녀는 이렇게 말했다.

"저는 행운아였습니다. 평생을 벼랑 끝에 서서 힘들고 아슬아슬하게 살았지만, 벼랑 밑으로 굴러떨어지지는 않았지요. 그것은 신의 축복이었습니다."

화려한 영광 뒤 외로움에 떨다 간 영혼

오펜바흐 : 하늘 아래 두 영혼 _ 베르너 토마스

자크 오펜바흐라면 우리나라 사람들에게는 오페라 〈호프만 이야기〉의 작곡가로 알려져 있다. 물론 이 작품은 세계적으로도 유명하며 내용도 매우 훌륭하다. 아마 프랑스어로 된 모든 오페라 중에서 아니 어쩌면 세상의 모든 오페라 중에서 가장 재미있고, 또한 높은 음악적 수준과 철학적 기품을 모두 지녔다고 할 수 있는 명작 중의 명작이다. 그러니 우리에게 오펜바흐라는 이름이 〈호프만 이야기〉와 거의 동의어로 인식되는 것도 무리는 아니다.

하지만 파란만장한 인생을 살다 간 한 남자 오펜바흐에게는 〈호프만 이야기〉의 작곡가로만 기억되기에는 너무나 사연 많았던, 오페라 이전의 진짜 인생이 있었다.

〈호프만 이야기〉를 쓰기 전에 오펜바흐는 파리 최고의 오페레타 작곡가로서 최고의 명성과 영광을 누렸다. 그는 무려 100여 편의 오페레타를 작곡했으며 그의 이름은 온 파리를 풍미했다. 그는 파리의 극장가를 휩쓸었으며 '샹젤리제의 모차르트'라는 별명으로 불리기도 했다.

오펜바흐는 유명세와 인기와 돈 속에 파묻혔다. 하지만 천성적으로 기인의 면모를 타고난 그는 현재에 만족하는 사람이 아니었고, 꾸준히 재산을 모으는 편도 아니었다. 그는 늘 돈에 쪼들렸으며 보다 큰 성공에 목말라했다. 왜냐하면 그가 아무리 좋은 오페레타를 쓰고 극장 흥행에 성공해도, 그를 따라다닌 것은 쇼비즈니스의 흥행사, 즉 진정한 오페라의 예술가가 아닌 '대중적인 오페레타의 작곡가'라는 꼬리표였기 때문이다.

오펜바흐는 나이가 들어감에 따라 그 꼬리표가 점점 더 마음에 걸렸다. 그는 진짜 위대한 작품을 쓰고 싶었다. 그는 사실 13세의 어린 나이로 파리 음악원에 입학한, 꿈 많은 진짜 모차르트였다. 물론 천성이 학교를 견디지 못해 1년을 못 넘기고 자퇴하고 말았지만…….

특히 신경계 질환을 앓기 시작하면서, 그는 자신의 인생을 마감하기 전에 진정으로 위대한 오페라 한 편을 남기고 싶어했다. 그것이 바로 〈호프만 이야기〉였다. 그러나 그는 끝내 〈호프만 이야기〉를 완성하지 못한 채 죽음을 맞이했다. 하지만 오펜바흐가 죽은 후, 그가 모든 것을 다 쏟아부은 그의 처음이자 마지막 오페라가 미완성인 채로 세상에 알려졌을 때, 그의 대중성과 흥행성을 비난하던 사람들은 모두 모자를 벗고 이 작품 앞에 경의를 표하지 않을 수 없었다.

그렇게 지금으로서는 〈호프만 이야기〉에 비해 덜 알려진 오페레타 작곡가 오펜바흐가 있었다. 그런데 그 이전에 오펜바흐의 숨겨진 또 하나의 인생이 있었으니, 바로 첼로를 너무나 사랑한 진정한 첼리스트, 첼로의 명인 오펜바흐였다. 그리고 그의 숨겨진 첼로 작품들은 첼로의 매력을 가장 잘 드러내는 곡들로 다시 부활하여 우리 앞에 나타났다.

최고의 파리지앵 중 한 사람으로 샹젤리제 거
리를 누비고 다니던 자크 오펜바흐Jacques Offenbach,
1819~1880는 원래 프랑스인이 아니었다. 그는
독일의 쾰른에서 태어났으며, 그의 가계는
유대인으로 본명은 야코프 에베르스트Jacob
Eberst이다. 그의 아버지는 마인 강변의 오펜
바흐 암 마인 출신이었는데, 그는 그 고향 이
름을 따서 자신이 파리에서 사용하게 될 필명
을 만들었다.

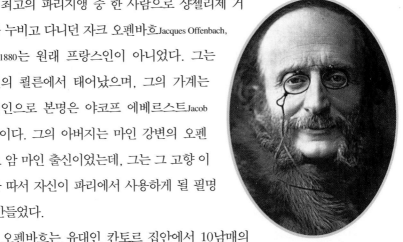

자크 오펜바흐.

　　오펜바흐는 유대인 칸토르 집안에서 10남매의
일곱째이자 차남으로 태어났다. 그는 어려서부터 어머니로
부터 바이올린을 배웠으나 곧 첼로로 바꾸었다. 그는 음악에 특출한 재능
을 나타냈는데, 그의 다른 형제들도 그러했다. 오펜바흐의 형 율리우스는
바이올린을, 누나 이자벨라는 피아노를 잘 연주했다. 그리하여 그들 3남
매는 쾰른의 선술집에서 피아노 트리오를 연주하며 돈을 벌기 시작했으
니, 야코프의 나이 10세 남짓할 때의 일이다. 그리고 그때 이미 작곡에도
소질을 보인 야코프는 13세 때 처음으로 자신들을 위하여 곡을 쓰기 시작
했다.

　　그러다가 그 음악 잘하는 아이들은 부모와 함께 파리로 이주했다.
1833년의 일이었다. 그러나 그들의 파리 생활은 순탄하지 않았다. 야코프
가 파리에서 대작곡가 케루비니를 만나 자신의 재능을 인정받았을 때만
해도 가족들은 크게 기뻐했다. 야코프는 케루비니의 추천으로 당시 외국
인이 들어가기에는 제약이 많았던 파리 음악원에 13세의 어린 나이로 입
학했다.

그러나 야코프는 선천적으로 자유분방하여 학교의 커리큘럼을 잘 따라가지 못했다. 이른바 문제학생이었다. 그는 다만 자기가 하고 싶은 것을 자유롭게 연주하거나, 비록 술집이라도 실제 무대에서 즐겁게 돈을 버는 것에 이미 더 익숙했던 것이다. 그는 학교를 그만두었고, 다른 형제들은 고향으로 돌아갔다.

이제 파리에 남은 것은 야코프와 형 단둘뿐이었다. '하늘 아래 둘만 남은' 형제는 '쥘과 자코브Jules and Jacob'라는 이름의 듀엣을 만들어, 파리의 뒷골목을 전전하면서 식당이나 작은 무대에 닥치는 대로 섰다. 그러다가 오펜바흐의 첼로 연주가 점점 인정받아서 그는 파리의 오페라 코미크 극장 오케스트라의 첼리스트 자리를 얻게 된다. 극장인으로서의 영욕의 인생이 시작된 것이다.

이후 오펜바흐는 단 한 번도 극장가를 떠난 적이 없다. 그는 극장의 모든 생리와 마력, 성패의 방식을 몸으로 체득했다. 오펜바흐는 오페라 코미크 외에도 여러 극장을 전전했다. 그러나 오펜바흐는 오케스트라의 첼리스트만으로는 만족할 수 없었다. 경제적인 면에서도 그러했고 음악적인 야망에서도 그러했다. 그리하여 그는 다시 작곡을 본격적으로 배우고 스스로 오페레타를 쓰기 시작했다.

그러나 알아주는 사람은 없었다. 그럼에도 오펜바흐는 작곡을 계속했다. 실패에 실패를 거듭하면서도 그는 오페레타뿐 아니라 오페라 코미크, 오페라 부파 등 다양한 종류를 실험했다. 그리고 샹젤리제 거리의 작은 극장을 직접 사들여 스스로 작품을 제작하기에 이른다. 그는 자신의 극장을 '부프 파리지앵'이라고 이름 붙였는데, 불과 300석 남짓의 좁고 낡은 소극장이었다. 이 극장은 당연히 오펜바흐 자신의 작품을 주로 올렸다. 그는 그때부터 쉬지 않고 치열하게 일했으며, 극장장이자 기획자·작

오펜바흐는 독특한 외모로도 유명했다.

곡가 · 지휘자 · 연출가 등 1인 5역을 맡았다.

그런 그에게 결정적인 성공을 안겨준 작품이 바로 흔히 '천국과 지옥'이라는 별명으로 더 유명한, 〈캉캉〉이라는 춤곡이 나오는 오페레타 〈지옥의 오르페〉다. 익숙한 오르페우스의 신화를 소재로 한 이 작품은 이미 전 유럽을 통해 여러 작곡가들에 의해 수십 차례나 오페라화되었지만, 오펜바흐는 이 진부한 소재를 완벽한 패러디로 재포장해 파리 시민들의 배꼽을 빼놓았다.

이 작품의 대성공은 오펜바흐의 명성을 일거에 파리 최고의 명사로 높여주었다. 더불어 그는 다시는 그 작은 극장에서 곡을 쓸 필요가 없게 되었다. 이후 그는 수많은 작품을 연이어 히트시켰다. 〈아름다운 엘렌〉 〈푸른 수염〉 〈파리의 생활〉 〈제롤스탱 대공비〉 〈페리콜〉 등의 명작이 봇

물 터지듯 줄을 이었다.

오펜바흐의 작품은 당시 파리의 최고 트렌드가 되었다. 그는 프랑스 제2제정 시대 제일의 스타였다. 그러나 그는 행복하지 않았다. 그는 프랑스로 귀화했음에도 불구하고, 전통적으로 독일인을 업신여기는 파리에서 늘 이방인이었다. 그는 가정적으로도 행복하지 못했으며, 자주 성공을 거두었음에도 불구하고 그의 프로덕션은 경영상 적자를 면치 못할 때가 많았고 빚에 쫓겼다.

그를 가장 괴롭힌 것은 건강이었으니, 그는 통풍을 앓고 있었다. 이 병의 심각한 통증은 날로 강도가 심해졌다. 더불어 오펜바흐 역시 마음이 조급해졌다. 그는 평생 큰 명성을 누렸으나 그것은 모두 오페레타라고 하는 허접한 장르에서 얻은 것이었다. 그는 그것을 알고 있었고, 많은 사람들이 돌아서서는 자신을 업신여긴다는 것도 잘 알고 있었다.

오펜바흐는 또한 심한 외모 콤플렉스에 시달렸다. 흔히 알려진 그의 캐리커처들이 보여주듯이 그의 외모는 매우 독특했다. 아주 왜소한 체격에 얼굴은 깡말랐지만 코는 유대인답게 무척 크고 뾰족하여, 사람들은 그를 새처럼 생겼다거나 아니면 새를 쫓는 허수아비라고 놀렸다. 게다가 머리는 벗겨지고 얇은 고수머리를 특이한 수염과 함께 길게 늘어뜨렸으며 코 위에는 안경을 올려놓고 있었다.

그런 그가 또한 경박하고 표피적인 예술가라는 놀림까지 받았다고 상상해보라. 평생 이런 수모를 참고 살았던 그는 자신의 마지막을 멋진 오페라로 장식하여 파리 사람들의 코를 납작하게 해주고 싶었다. 그리하여 그가 쓴 유일무이하게 제대로 된 오페라가 바로 〈호프만 이야기〉다. 이 오페라는 너무나 아름다운 음악과 특유의 해학은 물론 깊은 철학까지 갖추고 있으며, 전막을 관통하는 비수 같은 예리함을 숨긴 걸작이다. 과

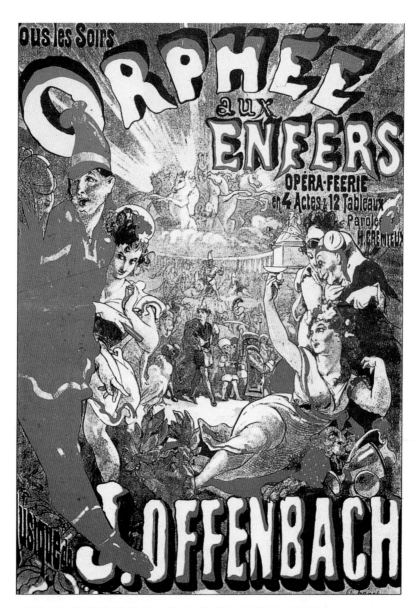

오펜바흐 최고 히트작이었던 〈지옥의 오르페〉 포스터는 당시 오페레타의 분위기를 잘 보여준다.

연 그 한 편으로 파리 사람들을 일거에 섬멸시킬 만했다.

그러나 오펜바흐는 아직 악보가 완성되지 않은 상태에서 이미 시작된 리허설을 지도하던 도중 갑자기 쓰러져 운명하고 말았다. 평생 그를 괴롭혀온 통풍이 통풍성 심내막염이 되어 그의 심장을 습격한 것이다. 그가 죽을 때까지 심혈을 기울인 걸작 〈호프만 이야기〉는 에르네스트 기로 등에 의해 완성되어, 그가 세상을 떠난 다음해에 초연되었다.

이렇게 치열하게 성공을 위해 세상과 싸운 오펜바흐의 인생은 극장이라는 링에서 평생을 싸운 투사와도 같았다. 하지만 그에게도 꿈처럼 아름답고 낭만적인 시절이 있었다. 처음 파리에 올 때쯤, 아직 극장 음악의 진한 화장기를 몰랐을 때, 그는 자신의 인생에서 가장 청순한 기악곡들을 작곡했다.

이때 쓰여진 것이 일련의 첼로곡들이다. 그리고 그는 평생 다시는 이런 순수한 기악곡들을 쓸 기회를 갖지 못했고, 더불어 그의 첼로곡들은 사람들의 기억에서도 사라져버렸다. 당시에 만들어진 곡들은 한때 우리나라에서도 히트하여 자주 라디오 전파를 탔던 〈자클린의 눈물〉 같은 곡들이다. 그 곡들은 과연 우리의 영혼을 정화시킬 수 있을 만큼 아름다운데, 이 첼로곡들을 들으면 치열하게 살다 간 작곡가 오펜바흐의 또 다른 면모를 생각해보지 않을 수 없다.

그때까지 파리는 아직 그에게 낭만적인 도시였음에 분명하다. 물론 가난했지만 치열한 인생의 격전을 치르기 전, 우리나라로 치면 겨우 중학생 정도의 나이였다. 그 어린 독일 소년에게 인생은 힘들지만 아직 아름다웠을 것이고, 파리의 석양은 너무나 멋졌으며 거리는 낭만으로 넘쳤을 것이다.

그때 오펜바흐가 쓴 첼로곡들은 제목만 들어도 너무나 낭만적이다. 〈자클린의 눈물〉을 비롯해 〈하늘 아래 두 영혼〉 〈저녁의 선율〉 〈해변의 두 사람〉 등. 그리고 오펜바흐의 멜로디에는 인간이 만들어낸 인공조미료로는 도저히 불가능할 것 같은 아련한 애수와 아쉬움이 떨리듯 점점이 묻어 있다. 이것이 바로 다른 사람의 작곡이 따라갈 수 없는 오펜바흐 작품의 위대함을 규정하는 부분이다.

그중에서도 가장 내 가슴을 뒤흔드는 것은 〈하늘 아래 두 영혼Deux Âmes au Ciel〉이다. 물론 제목에 먼저 눈이 갈 것이다. 하나뿐인 외로운 영혼이 아닌 두 영혼, 얼마나 좋은가! 그러나 여기서 느껴지는 것은 하나가 아니라 둘이어서 좋기보다는, 도리어 더욱 깊어지는 외로움이니 어찌된 일인가? '하늘 아래 두 영혼'이라고 하니 하늘 아래 '단둘' 뿐인 것처럼 느껴지는 것이다. 단 두 사람의 모자, 부녀, 둘만이 사는 할머니와 손자, 단둘뿐인 친구, 둘밖에 없는 부부, 그리고 둘만 남은 연인…….

첼로가 켜는 그 소리는 웅장하면서도 깊이가 넘친다. 첼로는 분명 노래하는 것이 아니라 웅웅대면서 자신의 외로움을 호소하고 또한 외로운 사람들을 위로하는 것이다. 이 소품小品과 같은 작은 곡이 갖고 있는 최고의 장점은 멋진 형식이나 완벽한 구성이 아니다. 오직 유연한 멜로디다.

그러나 멜로디를 이처럼 쉽고 아름답게 만들어내는 것은 다른 사람들이 아무리 노력해도 따라가지 못하는 점이다. 진정한 멜로디라는 것은 머리를 싸매고 책상에 앉아서 지어내는 것이 아니라, 그냥 편안하게 가슴에서 절로 흘러나오는 것이다. 그렇게 하늘이 통째로 멜로디상자를 빌려준 사람은 모차르트, 슈베르트, 벨리니, 베르디 그리고 오펜바흐 정도가 아닐까, 나는 생각한다.

〈호프만의 이야기〉에서는 프랑스 오페라 특유의 화려한 무대가 돋보인다.

　　우리나라에서도 큰 인기를 끌며 한때는 거의 매일 FM라디오 방송을 탔으며, 독일에서 아예 한국 시장을 겨냥해 음반을 제작하게 만든 〈자클린의 눈물〉도 이런 유의 좋은 곡이다. 〈자클린의 눈물〉과 〈하늘 아래 두 영혼〉 그리고 〈저녁의 선율〉은 독일의 첼리스트 베르너 토마스가 연주한 음반(오르페오)에 수록되어 있다.

　　이 오펜바흐의 첼로곡들은 위대한 오페라도 아니고 히트한 오페레타도 아니다. 너무나 작은 소품들일 뿐이다. 그러나 흥행과 성공을 위해 음악을 만들어야 했던 시절이 아닌 순수한 시절에 욕심 없이 쓴 작품이므로, 그 맑고 아름다운 마음이 우리에게 진솔하게 다가온다.

황금의 도시에 세운 음악의 금자탑

말러 : 교향곡 제9번 _ 마이클 틸슨 토머스

여기는 미국 서해안의 미항美港 샌프란시스코. 구시가의 한복판은 언덕이 너무 많아서 '언덕의 도시'로 불린다. 언덕에 늘어선 유럽풍의 하얀 건물들이 멀리서 불어오는 바닷바람과 함께 독특한 에스프리를 자아내는 고풍스런 곳이다. 그리고 빅토리아식 주택 사이를 가로지르는 구식 케이블카들, 한 손에는 브리프케이스를 들고 짙은 수트를 입은 비즈니스맨들이 그 전차 난간에 매달려 출근을 한다. 그들은 전차의 두 노선이 교차하는 지점에 이르면 획하니 뛰어서 다른 전차로 날렵하게 갈아탄다.

나는 팝송을 듣는 일이 거의 없는 편이지만 이 도시에만 오면 나도 모르게 흥얼거리게 되는 노래가 있다. 바로 토니 베네트의 〈내 마음은 샌프란시스코에 두고 왔어요I left my Heart in San Francisco〉다. 지금도 올드팬들의 머릿속에 남아 있을 이 노래 가사에도 언덕을 오르는 전차가 낭만적으로

215

묘사되어 있다.

전차는 파월 스트리트를 따라 직선으로 언덕을 내려와 유서 깊은 웨스틴 샌프란시스 호텔 앞에 선다. 태평양전쟁 당시 맥아더 사령부의 지휘본부로 쓰였던 이 거대한 건물 앞에는 작고 아담한, 그리고 최근에 완전히 리노베이션된 광장 유니언 스퀘어가 있다. 광장에는 걸인에서부터 세련된 여피 스타일의 금발 아가씨까지 모두들 벤치에 앉아서 겨울 한때의 태양을 즐기고 있다. 누구는 베이글을 씹고 누구는 한 손에 커피를 든 채 열심히 책을 들여다보고 있다.

유니언 스퀘어 옆에는 서너 개의 건물을 한꺼번에 사용하고 있는 이 도시 최대의 백화점 메이시스가 광장을 내려다보고 있다. 그런데 2003년 크리스마스가 지난 이후 이 메이시스 백화점의 대형 윈도에는 독특한 장식이 채워져 행인들의 눈길을 끌었다.

평소 이름만 대면 알 만한 프랑스나 이탈리아의 세계적인 브랜드들의 진열장이었던 그곳에 소위 명품들 대신 큰 글씨로 '해피 버스데이 투 MTT'라고 적혀 있었던 것이다. 그리고 붉은 융단으로 덮인 그 윈도 안에는 붉은 천으로 씌워진 클래식한 의자 네 개가 놓여 있고, 그 빈 의자들 위에는 각각 바이올린 두 개와 비올라, 첼로가 놓여 있었다. 백화점으로서는 이색적인 광경이었다. 그리고 그 의자들 뒤로는 회색 머리카락이 부드럽게 흘러내리는 초로의 한 남자의 대형 사진이 걸려 있다. 바로 마이클 틸슨 토머스, 샌프란시스코 시민들이 모두 MTT라고 부르는 그 사람이다.

그는 누구인가? 잘생긴 얼굴은 제레미 아이언스를 연상시키고, 세련된 복장과 미소는 상당한 스타일리스트임을 증명한다. 그는 바로 과거에는 황금의 도시였고, 언덕과 전차의 도시였던 샌프란시스코를 불과 10년 만에 최고의 음악도시로 만들어버린 지휘자 마이클 틸슨 토머스다.

마이클 틸슨 토머스는 문화 불모지였던 미 서부를 수준 높은 음악 중심지로 만들었다.

　지금으로부터 한 세대 전만 하더라도 미국의 오케스트라들 중에는 전 미국을 대표하는 '빅3' 라는 것이 있었다. 즉, 동해안의 유서 깊은 세 도시의 악단들을 일컫는 말이었으니, 바로 뉴욕 필하모니 오케스트라, 보스턴 심포니 오케스트라 그리고 필라델피아 오케스트라가 그들이었다.

　미국 최대의 음반 레이블이었던 컬럼비아나 RCA 등의 음반들은 거의 대부분 이 세 오케스트라의 녹음으로 독점되다시피 했으며, 빅3의 틈새를 시카고 심포니나 클리블랜드 오케스트라 또는 피츠버그 심포니 정도가 다투어 채우는 정도였다.

　뉴욕 필하모니의 경우, 레너드 번스타인의 화려함으로 이루어낸 오랜 명성은 단연 미국 최고였다. 그리고 그를 이어 뉴욕 필하모니의 포디엄은 당시 인기 절정의 젊은 거장 주빈 메타에게로 넘겨졌다. 보스턴 심포니 역시 에리히 라인스도르프와 오자와 세이지의 시대를 거치면서 최고의 전성기를 구가했다. 필라델피아 오케스트라는 오랫동안 이 악단과 동의어로 여겨졌던 노장 유진 오르만디가 지켰다. 그후 그가 가꾸어놓은 사운드의 보검은 열정적인 젊은 피 리카르도 무티가 넘겨받았다.

그동안 빅3의 명성은 정말 영원할 것만 같았다. 당시 1960~1970년대의 전성기에 빅3는 미국을 초토화시켰음은 물론이고 유럽의 전통 있는 오케스트라들의 명성도 넘어, 세계적으로도 인기 있는 악단으로 위세를 떨쳤다.

그러나 1990년대로 넘어가면서 이들 명지휘자들이 하나둘 미국을 떠나 유럽으로 근거지를 옮기기 시작했다. 즉, 미국 오케스트라계를 리드하던 세 거장이 공교롭게도 유럽의 가장 큰 세 오페라하우스의 수장이 된 것이다. 리카르도 무티는 밀라노 라 스칼라 극장의 예술감독으로 옮겼으며, 오자와 세이지는 빈 국립가극장의 감독이 되었다. 주빈 메타 역시 뮌헨 국립가극장의 감독 겸 피렌체 시립가극장의 감독이 되어, 이제 미국 내에서는 거의 활동하지 않고 있다.

그들이 떠나자 당당하던 빅3의 위상은 곧 종이호랑이가 되었다. 미국 동해안의 위대한 오케스트라들은 그냥 보통 오케스트라가 되어버렸고, 미국의 오케스트라계는 그야말로 도토리 키재기 형국이 되었다.

그런데 그런 침체기를 거쳐 21세기에 들어서면서부터 점차 떠오르는 새로운 오케스트라들이 나타났으니, 이번에는 동해안이 아닌 반대편 서해안의 세 오케스트라였다. 그들은 바로 LA 필하모니 오케스트라, 시애틀 심포니 오케스트라 그리고 샌프란시스코 심포니 오케스트라다. 이제 사람들은 그들을 '새로운 빅3'로 부르기 시작했다. 그중에서도 가장 선두격인 샌프란시스코 심포니는 지휘자 마이클 틸슨 토머스를 영입하여, 불과 10년 만에 미국 정상의 오케스트라가 되었다.

마이클 틸슨 토머스Michael Tilson Thomas 아니 그들이 부르는 표현으로 MTT는 순수한 서부인이다. 그의 할아버지 보리스 토마체프스키는 뉴욕의 이디시 극장을 세운 사람인데, 아버지 대에 와서 성姓을 토머스로 바꾸었다. 따라서 MTT는 미국인이지만 슬라브계 유대인의 피가 흐르고 있으며 대대로 예술에 관여해온 집안 출신이다. MTT의 아버지는 할리우드의 영화와 방송계에서 일했으며, 그래서 마이클도 LA에서 태어났다.

스스로 완전한 캘리포니아인임을 자처하는 MTT는 사우스캘리포니아 대학에서 피아노, 작곡, 지휘 등을 공부했고 19세 때부터 피아니스트로 일했다. 그는 탱글우드 페스티벌에서 쿠세비츠키 상을 수상했고, 그 길로 보스턴 심포니의 부지휘자가 되었다.

그러던 중 그에게 결정적인 기회가 찾아왔다. 카네기홀에서 열릴 예정이었던 보스턴 심포니 오케스트라의 뉴욕 연주에서 지휘를 맡았던 윌리엄 스타인버그가 공연 시작 몇 분을 앞두고 쓰러지는 사태가 발생한 것이다. 그것은 스타인버그에게는 불행이었지만 25세의 부지휘자 MTT에게는 하늘이 주신 기회였다. 그는 대타를 멋지게 수행했다. 그런데 절호의 기회는 또 한 번 주어졌다. 얼마 후 이번에는 레너드 번스타인이 뉴욕 필하모니의 지휘를 수행하지 못하게 되었다. 번스타인의 추천으로 대신 무대에 오른 MTT는 확실한 인상을 심을 만한 결정적인 연주를 들려주었다.

이제 그는 누가 봐도 미국을 대표하는 지휘자가 되었다. 무엇보다 유럽 출신의 지휘자에 의해 좌지우지되던 당시 미국 지휘계의 실정에서, 그

샌프란시스코 심포니는 이제 미국을 대표하는 수준급의 악단이 되었다.

가 순수하게 미국에서 태어나 고향에서 교육받은 음악가라는 사실은 미국인들이 그를 좋아할 결정적인 이유가 되었다. 그리하여 그는 미국의 여러 오케스트라들의 지휘자 자리를 맡게 되었다. 하지만 그가 샌프란시스코 심포니를 맡았을 때, 오늘의 결과를 예견한 사람은 아무도 없었다.

이제 MTT와 떼려야 뗄 수 없는 샌프란시스코 심포니를 그들이 그러듯 SFS라고 부르자. 1995년에 SFS의 예술감독이 된 MTT는 백인뿐 아니라 흑인, 멕시코계, 중국인, 일본인 그리고 한국인 등 다양한 구성원으로 이루어진 이 악단의 조화를 이루었고, 단원들이 가진 최고의 기량을 이끌어냈다. 그는 단원들의 특성을 살려 SFS를 세련된 사운드와 국제적 감각을 지닌 악단으로 발전시켰고, 취임 10년 만에 정상급의 연주력을 보유하게 만들었다.

물론 여기에는 시와 시민들의 전폭적인 지원도 있었다. 샌프란시스코가 미국 내에서도 가장 유럽적인 색채의 도시인 것처럼, 시민들은 지적 수준이 높고 예술에 대한 열망도 크다. 'SF모마MOMA'로 불리는 샌프란시스코 현대미술관 등 세계적인 수준의 미술관과 박물관이 즐비하고, 다양한 제3세계의 문화도 활발하게 공존하는 곳이다. 또한 샌프란시스코뿐 아니라 주위의 버클리, 스탠퍼드 등의 명문 대학도시들과 실리콘밸리 등에 있는 수많은 예술 향유자들과 잠재적인 예술 성원자들을 배후에 가지고 있다는 장점도 있었다.

SFS와 MTT는 그들의 관심을 자기 도시의 자랑스러운 오케스트라로 끌어모으는 데 성공했고, 지역 시민들과 많은 기업체가 SFS를 자신들의 악단처럼 여기고 지원하도록 만들었다. MTT의 지휘는 섬세하고 또한 화려하다. 그의 지휘를 들으면 현란한 원색과 다양한 형태의 열대어나 화려하면서도 우아한 야수파풍으로 프린팅된 실크 드레스를 보는 것 같다. 그의 여성스러우면서도 귀족적이고 때로는 질풍 같은 스타일은 연주마다 생명력을 불어넣었고, SFS의 인기는 점점 치솟아올랐다.

사실 MTT가 음반을 녹음하기 시작한 것은 꽤 오래전의 일이었다. 그러나 그가 만든 초기의 녹음들은 별로 관심을 끌지 못했다. 나도 그의 초기 RCA 레이블에서 나온 빌라 로보스 등 LP 몇 장을 가지고 있지만, 그를 특별히 주목하지 않았으며 진지하게 들은 기억도 거의 없다.

그가 세계적으로 관심을 받은 것은 SFS와 함께 녹음한 일련의 말러 교향곡들 덕분이었다. 그의 말러는 놀라운 것이었다. 당시 아직도 베토벤 하면 푸르트벵글러요, 모차르트 하면 카를 뵘이며, 브루크너라면 카라얀의 날개가 그려진 음반이고, 말러를 사려면 당연히 번스타인이 우선이라는 정해진 도식 앞에서, 이름도 없는 젊은 미국인이 과감하게 말러를 내놓았다. 그것도 음반 한 장에 겨우 1~2만 원 정도 하는 시장에서, MTT와 SFS는 '샌프란시스코 심포니'라는 레이블로 4~5만 원대의 최고급 장정에 최고 음질의 음반을 과감하게 내놓기 시작했는데, 그것은 엄청난 반향을 일으켰다.

특히 말러 교향곡 제2번과 제4번 등은 그동안의 명반 서열에 지각변동을 일으켰다. 우리나라에서도 학생들이 용돈을 모아 MTT의 말러 음반을 한 장 갖는 것이 꿈이라고 말할 정도가 되었다. 가격도 가격이지만 최첨단 음향과 놀라운 연주는 그의 CD들을 명품이라는 이름으로 불리게 만들었다.

SFS의 근거지인 데이비스 심포니홀은 미국의 3대 오페라하우스 중 하나인 전쟁기념 오페라하우스 옆에 자리잡고 있다. 최근에 만들어진 현대식 건물은 시설의 쾌적함은 물론이고 음향이 좋기로도 유명하다.

2005년 신년 벽두에 데이비스홀에서 MTT를 기념하는 특별연주회가 열렸다. 프로그램은 현대음악가 루치아노 베리오의 성악곡과 야나체크의 〈글라골 미사〉로 짜여졌다. 클래식음악으로서는 하드코어라고 할 수 있는 곡들이지만, 한 번도 아니고 1월 내내 몇 번의 연주가 같은 프로그램으로 올려졌다. 그럼에도 불구하고 데이비스홀은 매번 만석을 이루면서 MTT의 실력과 인기를 입증했다.

특히 그 콘서트 시리즈의 마지막 날에는 MTT의 SFS 취임 10주년 및 60회 생일 기념파티가 열렸다. 감동과 격정 그리고 무엇보다도 시민들의 자긍심을 높여준 의미 깊은 공연이 끝난 후, 로비에서는 SFS 식구들과 샌

마이클 틸슨 토머스의 최근 말러 교향곡 시리즈는 음반계에 돌풍을 일으키고 있다.

프란시스코 시장 등의 명사들 그리고 음악팬들이 모두 모여 파티를 하면서 MTT를 축하했다. 파티에는 미국 전역의 유명 음악인들이 참석했는데 그중에는 소프라노 르네 플레밍, 메조소프라노 프레데리카 폰 슈타데, 바리톤 토머스 햄슨 등의 낯익은 얼굴들도 보였다. 그날은 MTT는 세계 정상급의 지휘자로, SFS는 미국 정상의 오케스트라로 등극했음을 만천하에 공포하는 자리였다.

최근 MTT의 말러 음반은 영국의 권위 있는 음악잡지 '그라모폰'에서 수여하는 상을 수상하는 등 최고의 음반으로 대우받고 있다. 지금까지 발매된 말러 음반은 교향곡 제2번, 제3번, 제4번, 제6번 등(모두 샌프란시스코 심포니)으로 현재 가장 많은 관심을 받고 있는 최신 녹음들이다.

말러의 창작에는
부인 알마의 존재가 큰 자극제가 되었다.

그가 낸 말러 교향곡 음반 다섯 개는 모두 빌보드차트 10위 안에 들었으며, 그중 두 개는 그래미상을 수상하는 대기록을 세웠다.

한마디로 MTT가 도전하는 말러 교향곡 전곡 사이클은 말러 교향곡의 명반 리스트를 다시 쓰는 것이다. 그중에서 가장 최근에 나온 말러의 제9번 D장조(샌프란시스코 심포니)는 말러 교향곡 세계의 정점을 이루는 곡이며, MTT와 SFS의 모든 것을 다 쏟아부은 명반이다.

구스타프 말러Gustav Mahler, 1860~1911는 19세기 후반에서 20세기 초에 이르는 동안 교향곡 분야에서 위대한 업적을 남긴 인물이다. 사실 말러 이후의 교향곡이라는 세계는 말러가 쏟아부은 그 많은 에너지에 의해 창작을 위한 자원이 다 소진되어버린 것이 아닐까 하는 생각이 들 정도로 완전히 다 타버린 들판이었다. 말러는 그렇게 교향곡이라는 세계 속에 자신을 완전히 연소시켰다.

말러가 교향곡에 그토록 천착한 데에는 이 완벽한 장르에 대한 애정 못지않게 그가 그토록 존경한 베토벤에 대한 집착도 한몫했다. 오페라도 잘 지휘했던 말러지만, 결국 그가 마음의 행복과 정신의 자유를 찾은 것은 교향곡에서였다.

베토벤의 교향곡을 너무나 의식하면서 자기 교향곡을 하나씩 써내려가던 말러는, 자신도 베토벤처럼 아홉 개의 교향곡만 쓰고 죽을 것이라는 스스로 만든 징크스에 시달렸다. 그리고 자신의 교향곡 수가 아홉 개에 가까워질수록 강박은 더욱 심해졌다. 그는 결국 제8번 교향곡을 끝냈지만, 다음 곡을 쓸 수가 없었다. 아홉 개를 쓰고 나면 죽음이 자신을 데려갈 것이라는 망상에 사로잡힌 것이다. 베토벤뿐만 아니라 베토벤을 추종하던, 후계자라고 할 만한 교향곡 작곡가들도 모두 마찬가지였다. 슈베르트도 제9번 교향곡이 마지막 곡이었으며, 드보르자크도 브루크너도 모두 교향곡은 아홉 개만을 남겼다.

그래도 끓어오르는 창작력을 어쩔 수 없었던 말러는 아홉 번째 교향곡을 쓰고 말았다. 그러나 그는 그것을 제9번 교향곡이라고는 도저히 발표하지 못하고, 예외적으로 〈대지의 노래〉라는 제목으로 발표했다. 그렇게 일단 죽음을 피한 것이다.

그러나 그후 또 쓰게 된 교향곡, 그도 이번에는 다른 제목을 붙이지는 못했다. 그의 의식은 완전히 죽음에 사로잡혀 있었지만, 이제는 죽음에 저항할 힘조차 없었던 것이다. 그는 미국과 유럽을 오가는 바쁜 지휘자 생활과 우울증의 고통에 시달리던 1910년에 제9번 교향곡을 작곡했다. 그리고 이것을 완성한 다음해에 결국 9번을 끝으로 세상을 떠났다. 말러의 제9번 교향곡은 이전의 곡들처럼 성악은 없고 오직 기악으로만 이루어져 있다. 그리고 전형적인 4개의 악장이지만, 예외적으로 1악장과 4악장이 느린 악장으로 이루어져 있다.

이 곡은 적지 않은 사람들로부터 말러의 교향곡들 중에서 가장 깊이 있고 철학적이며 뛰어난 관현악으로 충만하다는 평가를 받고 있다. 제1 악장은 느리고 조용하게 시작하지만, 제2악장은 다이내믹하고, 제3악장 은 화려하다. 그리고 마지막 제4악장에 이르러 비로소 최고의 아다지오 를 4관의 대편성이 노래한다. 너무나 아름답지만 무척이나 사색적이고 전체가 죽음에 싸여 있다. 이 세상에 작별을 고하는 마지막 노래는 한 영 혼의 무언의 유서이기도 하다. 나는 이 악장을 들을 때마다 한없이 숙연 해지고 진지해짐을 느낀다.

마이클 틸슨 토머스는 이 교향곡으로써 말러를 향한 자신의 최대의 도전과 경의를 동시에 표하고 있는데, 그의 확실한 어법과 샌프란시스코 심포니의 웅대한 사운드 그리고 최신 음향기술이 완벽하게 어우러져 또 하나의 명반이 탄생했다.

샌프란시스코가 예술에서 이룬 신선한 성공은 서해안의 다른 도시들 도 자극하여, 최근 LA는 엄청난 규모의 디즈니 콘서트홀을 개장했고, 시 애틀과 샌디에이고 등도 클래식에 대한 투자를 서두르고 있다. MTT가 예 순을 넘겼다고는 하지만, 그는 여전히 건강하고 혈기왕성하며 새로운 영 감으로 눈빛이 번쩍인다. 그는 분명 몇 년 안에 세계에서 가장 각광받는 지휘자의 한 사람이 될 것이다.

MTT와 SFS가 근년에 이룩한 놀라운 성과들을 멀리 바다 건너 남의 나라 모습으로만 바라보아야 할 것인가? 그것은 샌프란시스코라는 한 도 시의 시민과 시와 악단이 함께 이루어낸 음악적 성과의 모범적인 사례다. 그들이 10년이라는 짧은 시간에 이루어낸 성공은 분명 우리에게도 좋은 선례가 될 수 있을 것이다.

우리 시대의 마지막 집시

몬티 : 차르다시 _ 로비 라카토시

한겨울의 유럽 여행은 참으로 춥고 쓸쓸했다. 크리스마스에 스위스의 베른에서 폭설을 만난 나는 의기소침하여 뮌헨으로 후퇴했지만, 강추위는 바이에른의 벌판마저 꽁꽁 얼려버렸다. 그래도 뮌헨에서 보고 싶은 공연이 있었기 때문에 나는 그해의 마지막날까지 참고 견뎌야 했다.

드디어 12월 31일, 바이에른 국립가극장으로 가던 택시는 여기서는 드문 교통체증에 막혀 꼼짝도 못했다. 오페라를 보러 가는 많은 사람들이 질척한 눈 때문에 너나 할 것 없이 차를 타고 나왔기 때문이었다. 게다가 극장 앞의 막시밀리안가는 막다른 길이어서, 들어가는 차와 나오는 택시들이 뒤엉켜 있었다. 오늘은 바로 한 해의 마지막을 장식하는 공연이 열리는 날이었다. 작품은 관례에 따라 요한 슈트라우스 2세의 〈박쥐〉였다. 이 특별한 공연을 놓치지 않으려고 나 또한 그들 사이에 끼어 눈길을 헤

치고 온 것이다.

극장 안은 만원이었다. 대개의 사람들은 성장을 하고 있었고, 모두 들떠 있었다. 나는 그중에서 인상적인 관객을 한 사람 볼 수 있었다. 잘생긴 젊은 남자였다. 단정하게 턱시도를 입은 그는 휠체어를 타고 있어 쉽게 눈에 띄었다. 그는 앞을 보지 못하는 사람이었다. 어머니 아니면 누나 정도로 보이는 부인이 그의 휠체어를 밀고 있었다. 아니, 눈이 보이지 않는 사람이 오페라를 보러 오다니? 게다가 오늘은 볼 것이 많은 〈박쥐〉인데…….

안으로 들어가보니 그의 자리는 하필 나와 같은 줄이었다. 엄밀히 말하자면 같은 줄이 아니라, 우리 줄의 좌측 맨 끝에 휠체어를 놓을 수 있도록 극장에서 배려를 해준 것이었다. 그 남자만 두고 함께 온 부인은 돌아간 모양이었다. 그때부터 휠체어는 극장 안내원들이 밀어주었다.

나는 막간마다 자리로 들어가기 위해 그의 앞을 지나가야 했으므로, 그를 유심히 관찰할 수 있었다. 그의 옷차림이나 표정으로 보아 오늘의 '질베스터 콘서트(송년 음악회)'에 큰 기대를 하고 온 듯했다. 어쩌면 오랜만의 공연 관람인지도 모른다. 분명 그는 집에서 여러 번 〈박쥐〉 음반을 들었으리라. 그의 상기된 얼굴을 뒤로하고, 이윽고 막이 올랐다.

강추위를 녹여버릴 듯한 주빈 메타의 정열적인 비팅으로 서곡이 시작되었다. 오페레타인지라 많은 대사를 독어로 한 덕분(?)에, 나는 짐작만 할 뿐 적지 않은 애드리브는 거의 알아들을 수가 없었다. 다만 음악만 즐기고 있을 뿐이었다. 상당히 많음직한 개그 속에서, 관객들은 모처럼의 송년 공연에 배가 아프도록 웃었다. 옆으로 고개를 돌려 그 젊은이를 보니, 그도 즐겁게 웃고 있었다.

레스토랑에서 연주하던 집시 악사 라카토시는 이제 최고의 대우를 받는 예술가가 되었다.

그 모습을 보면서 왠지 가슴이 저려왔다. 저런 이에게 즐거움을 줄 수 있는 음악이란 얼마나 훌륭한 축복인가! 그는 대사가 나올 때마다 함께 깔깔거리며 웃어댔고, 슈트라우스의 왈츠가 나올 때는 머리를 뒤로 젖힌 채 여유 있는 미소를 지어 보이기도 했다.

〈박쥐〉 공연 도중의 2막에는 흔히 갈라 공연을 한다. 즉, 오를로프스키 공작의 집에서 벌어지는 파티 장면인데, 여흥을 돋우기 위해서 중간에 여러 음악가가 특별히 나오는 것이다. 그런데 이날 깜짝 출연을 한 것은 라카토시 밴드였다. 여주인공 로잘린데가 헝가리 백작부인으로 변장을 하고 나온 이후에, 동향에서 온 집시밴드라고 소개하자 진짜 헝가리 밴드인 '라카토시와 그의 앙상블'이 나온 것이다. 다섯 명으로 구성된 그 밴드는 두 개의 바이올린과 더블베이스, 피아노 그리고 침발론이라는 헝가리 민속악기로 이루어져 있었다. 그들은 집시밴드의 정수라 할 만한 멋진 연주를 들려주기 시작했다. 그중에서도 단연 눈에 띄는 이는 제1바이올린을 맡고 있는 리더 로비 라카토시였다.

그들의 공연은 정말 부다페스트의 민속식당에서 집시들을 만난 것처럼 즐거웠다. 그리고 라카토시의 연주는 "바이올린이란 바로 이런 것이야"라고 말하는 것 같았다. 그의 연주는 한마디로 경이로웠다. 내가 실제로 들어본 바이올린 연주 중에서 가장 현란한 것이었다. 특히 놀랍게 매끄러운 프레이징과 자신의 얼굴 가까이에서 지판도 없는 상태에서 벌이는 왼손의 절묘한 운지運指, 눈에 보이지 않을 정도로 현란한 보잉의 테크닉, 그리고 양손을 자유자재로 구사하는 피치카토 등 듣도 보도 못한 기교들이 난무했다.

그들은 여러 가지 집시곡을 선보였는데, 특히 몬티의 〈차르다시〉는 집시음악의 진가를 여실히 보여주었다. 줄리 앤드루스와 록 허드슨의 영화 〈밀애〉에 나오는 집시댄스를 연상시키는 애절한 음색과 사라사테의 곡을 뛰어넘는 것 같은 화려한 테크닉 등 바이올린의 모든 것을 보여주는 놀라운 연주였다.

관람하는 사람들의 모습 또한 그동안 한 번도 본 적이 없는 장관이었다. 지휘자 메타도 이런 모습은 일찍이 접한 적이 없는 듯, 지휘봉을 아예 내려놓고 팔짱을 긴 채 넋을 잃고 라카토시를 바라보며 박장대소했다. 오케스트라 박스 안에 있던 바이에른 슈타츠오퍼의 단원들도 마치 자신들이 연주자임을 망각한 듯, 모두들 일어나서 고개를 돌려 무대 위를 바라보았다. 특히 현악기 주자들은 너나 할 것 없이 무대 쪽으로 가서는 무대 밑에 매달리다시피 하여, 라카토시의 묘기에 고개를 설레설레 흔들었다. 휠체어의 그 젊은이도 자기 앞에서 벌어지는 놀라운 이벤트가 상상되는지, 입을 크게 벌린 채 즐기고 있었다. 세상의 근심을 다 잊은 듯한 그의 얼굴에는 행복이 가득했다.

사실 라카토시가 바이에른 가극장에 불려오기 전에 그들을 유명하게 만든 에피소드가 있다. 벨기에의 브뤼셀에서 퀸 엘리자베스 국제 콩쿠르가 있었다. 그런데 어느 날 그날의 심사가 끝나자 심사위원으로 참석한 사람들, 즉 예후디 메뉴힌이나 이다 헨델 같은 저명한 바이올리니스트들이 어떤 식당 밴드를 보러 가야 한다며 서둘러 자리에서 일어났다. 그리고 농담도 잘 할 줄 모르는 그들이 "우리는 사실 콩쿠르보다 라카토시의 연주를 눈으로 직접 보기 위해 브뤼셀에 왔다"고 말했다. 대체 그가 어떤 인물이기에 세계적인 대가들이 이런 말을 했을까?

1965년 부다페스트에서 태어난 로비 라카토시Roby Lakatos는 헝가리에서 대대로 집시 바이올린을 켜온 집안의 자손이며, 그 유명한 전설적인

라카토시는 집시 바이올린을 가지고 최고의 클래식 레이블 DG의 아티스트가 되었다.

집시 바이올리니스트 야노스 비하리Janos Bihari의 7대손이다. 비하리는 베토벤도 존경했다고 알려진 인물이며, 브람스가 〈헝가리 무곡〉을 작곡할 때 헝가리의 집시 선율을 그에게 자문했다고 전한다.

　이렇듯 대대로 바이올린의 전통을 고수하던 강호江湖 명문가의 피를 이어받은 라카토시는 다섯 살 때부터 아버지와 숙부로부터 비법을 전수받기 시작했다. 그들은 모두 유명한 음악원 등에서 체계적으로 교육을 받은 적은 없었지만, 기존의 교과서로는 설명할 수 없는 놀라운 비법들을 몸으로 터득하고 있었다.

　놀랍게도 라카토시는 아홉 살 때 자신의 밴드를 조직했다고 한다. 그러나 라카토시는 후에 부다페스트의 바르토크 음악원에 진학하여, 음악 이론 공부로 자신을 무장하기도 했다. 그렇게 기초를 갖춘 라카토시는 자신의 밴드가 연주하는 곡들을 대부분 직접 편곡했다고 한다.

그런 라카토시가 헝가리 민속악기인 침발론 등으로 밴드를 만들어 진출한 곳은 콘서트장이 아니라 식당이었다. 라카토시의 나이 아직 20대 때의 일이었다. 그들은 브뤼셀의 한 식당에서 매일 저녁 연주를 했다. 그 놀라운 연주는 입소문이 나기 시작했다. 그러나 그들이 세계적인 아티스트로 대우받기까지, 다시 말해 뮌헨과 같은 메이저 극장에 서기까지는 그로부터 10년을 더 식당에서 연주하며 기다려야 했다.

라카토시 밴드는 식당의 집시밴드로서는 사상 처음으로 메이저 음반사를 통해 음반을 냈다. 그것도 클래식에서는 가장 권위 있는 레이블인 도이체 그라모폰을 통해서였다. 그들의 데뷔 음반(DG)인 〈라카토시〉는 13개의 소품으로 구성되어 있지만, 집시밴드 특유의 진가를 최초로 세상에 알리려는 열띤 에너지로 충만한 연주들이다.

특히 이 CD에는 집시 바이올린 곡으로는 가장 대표적인 몬티의 〈차르다시〉가 들어 있다. '차르다시Csárdás'는 헝가리 집시 특유의 민속춤곡이다. 집시들은 자신들끼리만 계승되는 독특한 바이올린 주법을 사용하여 주로 거리나 술집에서 공연을 펼쳤다. 헝가리말로 술집이 '차르다'이니, 차르다시의 어원도 술집에서 유래한 것이다.

집시들은 화려한 독주 바이올린을 중심으로 몇 개의 현악기들이 모여 작은 앙상블 형태를 이루는데, 대표적인 연주곡 형태가 차르다시다. 이것은 '라수Lassu'와 '프리스Friss'의 두 부분으로 이루어진다. 먼저 느리고 멜랑콜리한 라수가 노래되고, 이어서 프리스가 빠르고 격정적으로 연주된다.

차르다시의 형식이 자리잡은 것은 19세기 후반의 일인데, 고전음악

작곡가들도 여기에 관심을 보였다. 요한 슈트라우스나 레하르 등은 자신의 오페레타 안에 차르다시를 넣기도 하여, 오페레타 극장에서도 차르다시를 들을 수 있게 되었다. 또 우리가 잘 아는 사라사테의 〈치고이너바이젠〉도 차르다시의 형식을 빌려온 것이며, 리스트도 몇 개의 독립된 차르다시를 작곡했다.

라카토시의 음반에는 그외에도 라카토시의 7대조가 멜로디를 소개해준 브람스의 〈헝가리 무곡〉 중 제5번과 제6번이 들어 있어, 진한 헝가리 정서를 풍긴다. 또한 라카토시가 직접 작곡한 〈포스트 프레이징〉이나 〈미스터 그라펠리〉 등도 있어 흥미를 더한다. 이 음반의 성공으로 라카토시 밴드는 그후 몇 개의 음반을 더 냈는데, 자신들의 고향인 부다페스트에서 공연한 '부다페스트 실황' (DG)과 영화음악들을 편곡하여 연주한 '세월이 흐를수록' (DG) 등이 있다.

몇 년 후 나는 도쿄에서 라카토시 밴드를 다시 만나게 되었다. 도쿄의 한 여자대학 강당에서 그들의 콘서트가 열린다는 소식에, 길을 물어물어 겨우 그곳을 찾아갔다. 여대 앞의 라면집에서 끼니를 때우고 강당에 들어갔을 때, 그들은 리허설을 하고 있었다. 그들의 매니저와 약간의 면식이 있어, 리허설을 지켜볼 수 있었다.

객석의 자리에 앉았을 때, 무대에서는 막 사라사테의 〈치고이너바이젠〉이 시작되고 있었다. 어릴 때 내가 무척이나 좋아했던 곡이다. 그들의 연주는 역시 놀라웠다. 이 곡은 많이 들어왔지만, 이토록 통렬하고 호쾌하며 자유로운 기분으로 가득한 연주는 처음이었다. 내가 20여 년 동안 이 곡의 음반들을 들을 때마다 아쉬워했던 부분을 전부 채워주는 듯한 연주였다. 그는 그동안 내가 아쉬워했던 미진한 대목들을 속속들이 제대로 긁어주었다. 나는 그때서야 비로소 이 곡의 뜻인 '집시의 노래'가 어떤 것인지 알 것 같았다.

라카토시와 그 일당은 머리를 뒤로 묶거나 늘어뜨리고, 팔에는 치렁치렁한 금속팔찌를 두르고, 현란한 색상의 조끼와 바지를 입은 채, 오랜 세월을 이어온 집시의 한을 뿜어내듯 분방한 연주를 펼쳤다. 얼굴은 땀으로 범벅이 되었고, 뺨은 모두 벌겋게 달아올랐다. 흘러내리는 머리카락을 쓸어올릴 틈도 없이, 그들은 프리스의 막바지 코다를 향해 치닫고 있었다. 도저히 리허설이라고는 믿기지 않는 열띤 연주의 마지막음이 끝나기가 무섭게, 어디서 들어왔는지 강당 뒤에서 듣고 있던 여대생들이 엄청난 환성을 질렀다. 과연 그들은 현대에 남아 있는 진정한 그리고 마지막 집시였다.

음악으로 듣는 마지막 말씀

하이든 : 십자가 위의 일곱 말씀 _ 앙상블 오푸스 포스트

'음악의 도시'라면 첫 번째로 꼽히는 곳이 역시 빈이다. 음악에 조금이라도 관심이 있는 사람이라면 누구나 한 번쯤 영화나 캘린더 속에서 본 빈을 동경했던 기억이 있을 것이다.

초등학교 때 빈 소년합창단을 그린 영화를 본 후, 빈은 아름답고 깨끗하며 어디나 예술의 정취가 서린 곳으로 머릿속에 각인되었다. 그 다음으로는 고등학교 때 학교에서 단체관람으로 본, 요한 슈트라우스의 일대기를 그린 몇 편의 화려한 영화가 기억난다. 그후에는 설연휴에 TV에서 중계해주던 빈 신년 음악회를 보면서, 빈에 대한 동경을 키워왔다.

빈이라는 도시의 참맛을 알기 위해서는 일주일도 모자라지만, 그렇다고 오스트리아에 와서 오직 빈만 구경하는 것도 아쉬운 것이 사실이다. 빈에서 시간이 좀 주어진다면, 다음으로는 교외의 유명한 숲을 찾거나 아니면 도나우 강을 유람하는 코스를 밟는 것이 일반적인 순서일 것 같다.

그러나 조금 일탈된 여행을 해보고 싶다면, 빈을 떠나 다른 지방을 방문해보는 것도 새로운 경험이리라.

빈에서 자동차를 빌려 타고 고속도로로 나간다. 남부 오스트리아의 대표적인 도시 그라츠로 가는 A2 아우토반을 타고 달린다. 그러다가 중간쯤에서 A3를 타고 빠져나온다. A3는 아이젠슈타트에서 끝난다.

아이젠슈타트는 오스트리아의 9개 주州 중에서도 가장 작고 문화적으로도 독특한 지역인 부르겐란트주의 수도다. 이곳은 헝가리와의 접경지대로서, 헝가리와 오스트리아의 문화가 섞여 있는 이국적인 지방이다. 아이젠슈타트는 조용한 분위기의 시골도시에 불과하지만, 하이든을 아는 사람이라면 지나칠 수 없는 '하이든의 도시'다. 이곳에서는 매년 가을이 되면 '하이든 페스티벌'이 열린다.

작은 시내는 참으로 깨끗하고 정갈하다. 게다가 다운타운에는 멋진 석조건물들이 줄지어 서 있고, 거리의 곳곳에는 페스티벌을 알리는 포스터가 붙어 있다. 새로운 도시에 들어선다는 것은 분명 적잖이 흥분되는 일이다. 주차를 하고 광장 옆에 있는 작은 식당에 들어갔다. 모처럼 제대로 된 식사를 해보리라 마음먹었다. 메뉴판을 보니 빈에서와는 달리 모든 음식 이름이 독어와 헝가리어 두 언어로 적혀 있다. 음식의 종류와 스타일도 빈과는 좀 달랐다. 주로 헝가리풍의 음식들인데, 맛도 이국적이면서 또한 훌륭했다.

배를 채우고 나니 비로소 음악을 들을 흥분으로 차오르기 시작했다. 이곳에 온 목적은 단 하나의 곡, 하이든의 〈십자가 위의 그리스도 최후의 일곱 말씀〉을 듣기 위해서였다.

그런데 왜 이곳에서 '하이든 페스티벌'이 열리는 것일까? 하이든은

하이든 최대의 작품인 〈천지창조〉가 궁전에서 공연될 때의 모습이다.

원래 여기에서 태어난 사람도 아니다. 그는 우리로 치면 서울 주변의 경기도에 해당하는 니더외스터라이히주 출생이다. 그러나 타향인 아이젠슈타트 사람들은 그를 자랑스러운 아이젠슈타트인으로 생각하고 있으며, 페스티벌도 그들이 만들었다. 하이든과 이곳의 인연은 어떤 것일까?

프란츠 요제프 하이든Franz Joseph Haydn, 1732~1809은 소년 시절부터 빈으로 올라가 음악공부를 했고 거기서 일했다. 그러던 중 29세 때 유명한 음악 후원자인 파울 안톤 에스테르하지 후작을 만나게 된다. 에스테르하지 후

작은 당시 오스트리아제국의 속국이었던 헝가리 출신으로, 헝가리에서 가장 부유한 가문의 수장이었다. 그런 그가 하이든을 알아보고 자기 궁전 오케스트라의 부악장으로 임명한 것이다.

엄청난 재산을 보유했던 에스테르하지 후작의 궁전은 제국의 곳곳에 있었지만, 후작이 가장 좋아했던 거처는 바로 이곳 아이젠슈타트였다. 이곳은 빈에서도 멀지 않으며 이전까지는 헝가리 땅이었으므로 지리적 · 문화적으로 후작이 가장 선호했을 것이다.

그후 후작이 서거하고 동생 니콜라우스 후작이 그를 계승하면서 하이든은 악장으로 승진한다. 이 니콜라우스 후작과 하이든은 이후 주인과 봉직자의 관계를 넘어 후원자와 예술가의 관계로, 그때부터 무려 30년을 함께 보낸다.

니콜라우스 후작은 새로운 궁전을 신축했다. 거대한 궁전은 126개의 방과 호화시설로 유명했다. 이곳에서는 매년 여름에 콘서트 · 오페라 · 연극 · 불꽃놀이 · 일루미네이션(요즘 '루미나리에' 라는 이름으로 우리에게도 친숙한) 등이 개최되었는데, 모든 행사는 물론 하이든이 주관했다.

오랜 아이젠슈타트 생활은 과중한 업무와 빈 음악계와의 단절 등으로 인해 하이든으로서는 행복한 것만은 아니었다. 그러나 이곳에서 보낸 오랜 세월로 인해 싫든 좋은 아이젠슈타트는 하이든 창작의 본거지가 되었고, 그의 제2의 고향이 되었다.

내가 들어선 연주장은 이름조차 '프란츠 요제프 하이든 홀' 이라고 명명된 곳이었다. 〈십자가 위의 그리스도 최후의 일곱 말씀〉이 공연된다는 소식을 빈에서 듣고 여기까지 오게 된 것은 나로서는 정말 운이 좋았다고밖에 할 수 없다. 나는 이 곡이야말로 하이든의 여러 작품 중에서도 가장 아름다우며 가장 뛰어난 곡이라고 지금도 생각하고 있기 때문이다.

그날의 감동은 지금 생각해도 잊을 수가 없으며 여전히 가슴이 떨려 온다. 초가을인데도 해가 들지 않는 연주장 안은 추웠다. 어쩌면 집 떠난 지 오래된 긴 여행에 심신이 지쳐 있었기 때문인지도 모른다. 어깨와 턱을 덜덜 떨면서 사람들 사이에 앉았다. 오래되고 썰렁한 건물이라 난방시설 같은 것은 물론 없었다. 초가을의 부르겐란트는 생각보다 추웠다.

날씬한 몸매에 다소곳한 표정의 지휘자가 나왔다. 헝가리 출신의 세계적인 지휘자이자 특히 하이든 전문가로 알려져 있는 아담 피셔였다. 그는 얼마 전에 100곡이 넘는 엄청난 대역사大役事인 하이든의 교향곡 전집(브릴리언트)을 녹음하여 출반했다. 이윽고 그의 팔이 허공을 갈랐다.

첫 곡의 〈서주〉에서부터 울려퍼지는 그 공명은 말할 수 없는 전율이었다. 하나의 음악이 이토록 사람을 감동시킬 수 있는가! 아, 오랜 여행 끝에 참으로 오랜만에 '진짜' 음악을 듣는 듯한 느낌이 밀려왔다. 그동안 빈에서 들었던 오페라나 요한 슈트라우스의 왈츠 같은 곡들과는 비교조차 할 수 없는 감격이었다.

제2곡 〈그들을 용서하소서〉에 들어가니 눈물이 날 지경이었다. 추위는 어디론가 사라지고, 예수의 한마디 한마디가 나의 가슴을 뜨겁게 압박해왔다.

제4곡 〈나를 버리셨나이까〉의 라르고에 이르자, 도리어 눈물은 가라앉았다. 이제 마음 깊은 곳에서부터 삶에 대한 근원적인 슬픔이 밀려왔다. 마치 신이 떠나버린 곳에 홀로 남은 것 같았다. 우리는 모두 버려진 이들인가? 나는 어찌하여 이 오스트리아의 시골구석에 쭈그리고 앉아서 음악을 듣고 있는 것일까?

하이든이 태어난 니더외스터라이히의 읍내 풍경이다.

〈십자가 위의 그리스도 최후의 일곱 말씀〉은 원제 'Die sieben letzten Worte unseres Erlösers am Kreuze'를 그대로 번역한 것인데, 너무 길어서 흔히 '십자가 위의 일곱 말씀' 또는 '산상칠언'이라고 부른다. 〈십자가 위의 일곱 말씀〉은 주로 현악 4중주곡으로 알려져 있다. 그러나 음반들을 살펴보면 현악 4중주뿐 아니라 다양한 형태의 녹음들이 나와 있어 감상자들을 혼란스럽게 만든다. 그 사정은 좀 복잡하다.

원래 이 곡은 관현악을 위한 곡(1787)이었다. 에스테르하지 가문을 위해 봉직하던 하이든은 오직 그 집안을 위하여 작곡해왔다. 그러던 그가 점차 바깥세상에도 관심을 갖게 되었는데, 그 즈음 외부에서 작곡의뢰가 들어왔다. 하이든으로서는 거의 처음 받은 외부 청탁이었는데, 청탁자는 스페인의 어느 공작이었다. 그 의뢰에 의해 하이든이 아이젠슈타트에서 작곡한 곡이 바로 〈십자가 위의 일곱 말씀〉이다.

처음에는 요청대로 관현악곡으로 작곡했다. 완성된 곡이 스스로도 흡족했던 하이든은 같은 해에 자신이 직접 현악 4중주곡으로 편곡했다. 또한 몇 년 후에는 다시 성악과 관현악이 어우러진 오라토리오(1796)로 편곡했다. 게다가 피아노곡(1787)도 있지만, 그것은 하이든이 직접 편곡한 것은 아니고 다른 사람이 편곡한 것을 추인만 한 것이다. 오라토리오 개정판이 출판될 때에는 하이든이 직접 다음과 같은 서문을 썼다.

프란츠 요제프 하이든.

카디스의 교회 내부는 어둠에 싸여 있고 가운데 램프 하나만 밝혀져 있었다. 먼저 〈서주〉가 연주되었다. 사제가 강단 위에 올라가 '십자가 위의 그리스도 최후의 일곱 말씀' 가운데 첫 말씀을 낭독하고 해설했다. 그리고 그는 제단 앞으로 나아가 십자가 앞에 무릎을 꿇었다. 교회 안에는 침묵이 흐르고 관현악이 흘러나오고 있었다. 사제는 다시 강단에 올라가 다음 말씀을 옮겼다.

이렇게 하나의 설교가 끝날 때마다 관현악곡이 하나씩 연주되었다. 그래서 나는 일곱 곡의 아다지오들을 차례차례 들려주어야만 했다. 이 일은 사람들을 지루하게 만들어서도 안 되었고, 많은 노력과 시간을 필요로 하는 일이었다…….

하이든이 쓴 이 서문이 이 곡의 형태를 명확하게 말해준다. 예수가 십자가에 못박혔을 때 남긴 일곱 말씀을 한 곡씩 구술하고, 이어서 연주하도록 작곡된 것이다. '일곱 말씀'은 다음과 같다.

1. 아버지여, 저들을 용서하여 주소서.
   저들은 그들이 무엇을 하고 있는지 모르나이다.
2. 내가 진실로 네게 이르노니, 너는 오늘 나와 함께 낙원에 있으리라.
3. 여자여, 보소서. 아들이나이다.
   제자에게 이르시되, 보라, 네 어머니이니라.
4. 나의 하느님, 나의 하느님, 어찌하여 나를 버리시나이까?
5. 목이 마르다.
6. 다 이루었도다.
7. 아버지여, 나의 영혼을 당신의 손에 맡기나이다.

이상의 일곱 말씀이지만, 하이든의 음악은 처음의 〈서주〉와 마지막의 〈지진地震〉이 더해져 모두 아홉 곡으로 이루어져 있다. 하이든이 서문에서 말했듯 앞의 여덟 곡은 모두 느린 곡들이며, 마지막 〈지진〉만이 프레스토로 시작한다.

이 곡은 그 다양한 연주 형태에 따라 느낌도 조금씩 달라진다. 오라토리오 판으로는 니콜라스 아르농쿠르가 빈 콘첸투스 무지쿠스와 아놀드 쇤베르크 합창단을 지휘한 음반(텔덱)이 연주나 녹음에서 발군의 감동을 안겨주는 명연이다. 관현악 판으로는 리카르도 무티가 지휘하는 베를린 필하모니 오케스트라 판(필립스)이 뛰어나다.

현악 4중주 판으로는 비교적 많은 음반이 나와 있다. 그중에서도 빈 콘체르트하우스 4중주단의 연주(프라이서)가 역사적인 것으로 정평이 나

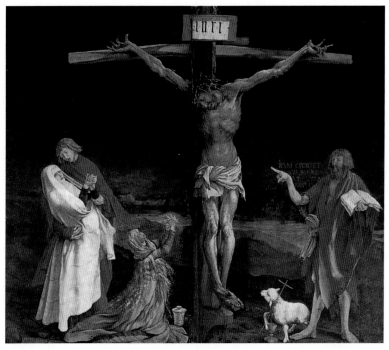

십자가에 매달린 예수는 많은 음악가와 화가들에게 영감을 주었다.

있다. 그러나 모노이며 음질이 떨어지고, 게다가 하이든 현악 4중주곡 전집(4CD) 안에 들어 있다. 낱장을 원한다면 최근 연주인 보로딘 4중주단 (텔덱)이나 게반트하우스 4중주단(아르스 비벤디)의 음반이 권할 만하다.

　하지만 이 작품의 가장 뛰어난 연주로 정말 추천할 만한 것은 앙상블 오푸스 포스트의 연주(CCn'C)다. 이 연주는 사실 현악 4중주도 아니고 관현악도 아니다. 현악 4중주를 임의로 확장한 것으로, 이 아홉 곡을 연상시키는 아홉 명의 현악 연주자들을 위해서 특별히 편곡된 곡이다. 편곡한 사람은 한때 유명한 바이올리니스트 기돈 크레머의 부인이었으며 그녀 역시 바이올리니스트인 타티아나 그린덴코Tatiana Grindenko다.

전남편이 서방으로 가 최고의 바이올리니스트로서 모든 명예와 영광을 다 누릴 때, 타티아나 그녀는 무엇을 했을까? 그린덴코는 모스크바 고음악 아카데미의 주자들 중에서 뛰어난 동료들을 모아 앙상블 오푸스 포스트Ensemble Opus Posth라는 놀라운 실력의 신선한 악단을 창설했다. 그리고 그녀는 이 팀을 위하여 〈십자가 위의 일곱 말씀〉을 새롭게 편곡했다. 오리지널 현악 4중주의 악기들을 모두 두 배로 확장하고 거기에 콘트라베이스를 추가하여 아홉 명으로 편성이 이루어졌다. 그녀의 말로는 아홉 명의 연주자가 각각 한 곡에 해당된다고 한다.

이 새로운 연주를 들어보면, 마치 내가 한 번도 이 곡을 들어본 적이 없었던 듯 참으로 참신한 느낌이 밀려온다. 연주는 정말 영롱하고 울림은 투명하며 내용은 실로 감동적이다. 제1곡 〈서주〉는 긴장미가 넘치며 숭고한 아름다움이 흐른다. 제2곡의 성스러운 주제는 매끈한 현이 아래위에서 주고받는 절묘한 앙상블로 청아하게 움직인다. 그리고 이어지는 곡들은 일곱 말씀을 굳이 새기지 않는다 하더라도 참으로 따뜻하고 깊이 있는 공명으로 마음 깊은 곳을 울려온다.

종교인이 아니라도 상관없다. 이 곡이 주는 경건함은 듣는 이의 귀와 마음을 모두 정화시키고 무엇보다도 겸손하게 만든다. 나는 스스로 내가 작아질 필요가 있을 때, 이 곡을 오디오 위에 올려놓는다. 그러면 그 여덟 개의 라르고가 서서히 나를 경건하게 만들고 낮추어준다.

덧없지만
아름다운 인생이여

꺼져가는 마에스트로의 찬란한 행로

멘델스존 : 교향곡 제4번 이탈리아, 제5번 종교개혁 _ 클라우디오 아바도

클라우디오 아바도는 지금 생존해 있는 지휘자들 중에서 최고의 대가이며, 20세기 후반 음악계의 가장 중요한 두 자리를 거친 대지휘자다. 그리고 그는 많은 현역 지휘자들 중에서 우리나라 음악팬들이 가장 좋아하는 지휘자일 것이다. 그 이유는 그의 음악뿐 아니라 인품과도 직결된다. 그를 대표하는 가장 중요한 두 가지 이미지는 비상업적이라는 것과 민주적이라는 것이다.

지휘자라고 하면 이 시대에 마지막으로 남은 '독재자'라는 이미지가 강하다. 세상의 모든 분야가 민주화된 이 시대에 지휘자에게만큼은 여전히 자기 마음대로 원하는 것을 할 수 있는 독재가 허용되는 것이다. 음악을 해석하는 데 있어서 독재는 당연한 것이고, 최상의 연주를 위해서는 지휘자가 인사권과 행정권까지 마음대로 행사하는 것이 대부분 허용된다. 그러므로 지휘자란 예술이라는 가치를 위해서 주변 사람들 위에 군림

하는 독재자로 비쳐왔던 것이다. 특히 잘 알려진 유명 지휘자들 중에서 토스카니니나 카라얀 같은 사람들이 독재자로 비쳐졌던 까닭에, 지휘자는 단원들과 사이가 좋지 않다거나 단원들은 지휘자를 무서워한다는 선입견이 널리 퍼졌던 것도 사실이다.

그러나 다 그런 것은 아니다. 카라얀이 오랜 기간 맡았던 베를린 필하모니 오케스트라를 떠났을 때, 다음 지휘자를 뽑는 과정은 큰 화제가 되었다. 그것은 철저히 민주주의 원칙에 입각한 것으로, 베를린 필하모니의 107년 역사상 처음으로 단원들의 직접 투표에 의해 그들의 수장을 뽑는 일대 사건이었다. 마치 바티칸의 교황 선출을 방불케 할 만큼 세상의 이목이 집중돼 있었다.

1989년 10월 8일, 가을로 접어들어 북유럽의 정취가 유난히 정감어린 일요일 오후였다. 베를린 남쪽에 있는 지멘스 별장에 베를린 필하모니의 정단원 120명이 모두 모여들었다. 이날 모인 120명의 연주자들은 악기를 휴대하고 있지 않았다.

별장으로 들어간 그들은 베를린 필하모니 총회를 개최했으며, 단원들은 그들의 새로운 지휘자상에 대해 진지하고 격렬한 토론을 벌였다. 그들은 사상 처음으로 자신들이 원하는 지휘자를 주장했던 것이다.

회의 전까지 매스컴에 의해 유력한 후보자로 거론된 인물은 로린 마젤, 다니엘 바렌보임, 리카르도 무티, 제임스 러바인, 오자와 세이지, 베르나르트 하이팅크 등이었다. 무려 여섯 시간의 회의 끝에 투표가 진행되었다. 발표된 결과는 "압도적인 대다수의 찬성으로 베를린 필하모니의 제5대 수석지휘자 겸 예술감독으로 선출된 사람은 클라우디오 아바도"였다.

의외의 결과였지만 대부분의 매스컴은 '최상의 결과' 내지는 '훌륭한 선택'이라는 찬사를 보냈다. 누가 얼마나 득표했는지는 교황 선거처럼 철저한 비밀에 부쳐졌다. 실제로 내용을 아는 사람도 필하모니 공동의장 두 사람과 변호사 등에 불과했는데, 그들은 아직도 입을 열지 않고 있다.

이 예상과 다른 결과의 선출 배경을 살펴보는 것은 바로 아바도의 음악관을 아는 지름길이다. 음악적으로 카라얀을 이을 만한 최고의 실력자라는 점에서 가장 강력한 후보였던 카를로스 클라이버는, 어떤 자리에 앉아서 일하는 타입이 아니라는 점에서 먼저 탈락했다. 다음의 실력자라고 할 만한 로린 마젤의 경우, 그와 결부된 스폰서들과 연계된 상업적 유혹의 가능성 때문에 제외되었다. 제임스 러바인은 그를 베를린의 맹주로 앉히려는 미국 세력의 압력이 도리어 그를 거부하게 만들었으며, 이것은 일본을 등에 업은 오자와 세이지에게도 같은 영향을 미쳤다.

이렇게 본다면 아바도가 선출된 배경에는 위의 후보자들의 반대 측면이 작용했음을 알 수 있다. 즉 아바도는 가장 상업적이지 않은 지휘자였으며, 위의 지휘자들에 비해 인기가 없는 편이었고, 더불어 세계의 메이저 레코드회사들이 선호하지 않는 사람이었다. 그렇다면 사실 아바도의 선출은, 그의 고향 밀라노의 한 신문이 논평한 것처럼 "아직 죽지 않은 음악계의 엄정함과 진지함의 표시"라고 할 수 있다. 진정 그는 요즘과 같은 공연계에서 드물게 돈과 명예보다는 진정한 예술행위와 후진에 대한 관심을 앞세우는 순수한 인물이다.

아바도는 자신에게 주어진 직무를 성실히 수행했다. 하지만 그의 스타일은 처음에 우려했던 것처럼 매우 비상업적이었다. 이 점은 그와 취향을 같이하는 몇몇 마니아층과 카라얀의 상업성에 눈살을 찌푸렸던 이들에게는 환영받았지만, 카라얀이 이룬 거대한 제국 베를린 필의 영화를 더욱 빛내지는 못했다.

베를린 필하모니의 지휘자로 아바도가 선출된 것은 많은 의미를 시사한다.

아바도는 자신이 좋아하는 분야, 즉 말러를 위시한 후기 낭만파 음악, 베토벤과 슈베르트 같은 초기 낭만파 음악, 베르디 등으로 대표되는 이탈리아 오페라, 그리고 라벨 등을 중심으로 한 몇몇 프랑스 음악에는 뛰어난 능력을 보였고 현대음악에도 지대한 관심을 나타냈다. 그러나 다른 분야에서는 비판을 감수해야 했다. 특히 카라얀에 비해 상대적으로 편협했던 그의 레퍼토리와 비상업적인 선곡 등은 분명 이전보다 대중을 멀어지게 했다. 그래서 아바도는 임기가 끝날 때쯤 종신계약을 위한 어떤 노력도 하지 않은 채, 2002년 베를린 필에서 '걸어서(많은 지휘자들처럼 죽어서가 아닌)' 내려왔다. 베를린 필은 사이먼 래틀을 그의 후임으로 결정했다.

아바도가 베를린 필의 임기를 불과 1년여 남겨놓았을 때 관객들은 갑자기 수척해진 그의 모습을 보고 깜짝 놀랐다. 원래 별명이 '철사처럼 가는 몸매'였던 만큼 키 크고 수척한 모습의 그였지만, 유난히 여윈 모습은 분명 병에 시달리는 것으로 보여 팬들을 안타깝게 만들었다. 그는 2000년 67세의 나이로 대규모 위절제술을 받았고, 위궤양 또는 위암으로 발표된 병명으로 보아 그의 음악적 활동은 끝난 것처럼 보였다.

클라우디오 아바도Claudio Abbado는 1933년 이탈리아의 음악 중심지 밀라노에서 태어났다. 아직도 잘 알려지지 않은 이야기는 그가 아랍계라는 것이다. 그는 스페인에 이주한 사라센의 자손으로, 조상은 유명한 알람브라 궁전을 만든 건축가였다. 그들은 1492년에 스페인으로 귀화했는데, 그 후손이 나중에 이탈리아로 이주했다. 그의 원래 성姓은 압둘-압바드로, '아바도'는 이것이 이탈리아식 발음으로 바뀐 것이다.

아바도는 음악가가 되기 위해서는 최고의 환경에서 태어났다. 이탈리아 최고의 음악명문가 출신인 것이다. 아버지 미켈란젤로 아바도는 스칼라 극장의 바이올리니스트로 시작해 지휘자이자 교육자가 된 인물로, 밀라노의 베르디 음악원 부원장을 역임했다. 어머니는 피아니스트이자 동화작가였다. 뿐만 아니라 형제들도 모두 상당한 음악인들이었다.

그는 유아기부터 아버지를 따라 스칼라 극장을 밥 먹듯이 드나들었으며 토스카니니, 푸르트뱅글러, 발터 등의 지휘를 직접 보았다. 지금도 사람들과 음악적 토론이 붙었을 때 아바도는 가끔 "난 그의 연주를 직접 보았는데요……."라고 말한다. 그러면 논쟁은 싱겁게 끝나고 만다. 아니 직접 본 사람이 그렇다는데, 전해들은 사람이 무슨 할 말이 있겠는가! 사람들은 아바도만큼 많은 공연을 본 사람은 없을 것이라고들 말한다.

어린 아바도는 여덟 살 때 스칼라에서 안토니오 가르델리의 지휘를 보고는 지휘를 자신의 직업으로 삼기로 결심한다. 그후 아이는 최상의 환경에서 음악과 예술의 모든 것을 학습하게 된다. 아바도가 스칼라에 군림하던 시절, 밀라노에서는 다음과 같은 우스개 이야기가 유행했다.

바이올린을 하는 젊은 음악도가 있었다. 그는 열심히 공부하여 베르디 음악원에 들어갔다. 그곳에서 그는 미켈란젤로 아바도에게 배웠지만 인정받지 못해 괴로운 학창 시절을 보내야 했다. 그의 소망은 빨리 졸업해 스승의 손아귀에서 벗어나는 것이었다.

드디어 졸업한 그는 스칼라에 지원했다. 오디션을 보았는데, 감독인 클라우디오 아바도가 그를 면접했다. 그가 탐탁지 않았던 아바도는 출신학교 추천서를 받아오라고 했다. 그는 베르디 음악원으로 갔다. 음악원장 자리에는 아바도의 형 마르첼로 아바도가 앉아 있었다. 그 바이올리니스트는 마르첼로에게 추천서를 받지 못했다.

그래서 그는 스칼라보다 못한 다른 악단에 원서를 냈다. 그런데 그곳 지휘자를 만나보니, 그는 클라우디오의 사촌동생 로베르토 아바도였다. 결국 오케스트라 일을 포기한 그는 독주를 하려고 피아니스트를 찾았는데, 그녀는 아바도의 누이 마리아 아바도였다.

그는 이번에는 작곡을 해보기로 했다. 곡을 쓴 그는 이탈리아 최대의 악보 출판사인 리코르디를 찾았다. 출판부장을 만났는데, 그녀는 클라우디오의 누이 루치아나 아바도였다. 그는 출판을 포기하고 삼류 음악가의 길을 걸었다.

오랜 음악생활 끝에 늙은 바이올리니스트는 은퇴할 나이가 되었다. 그는 은퇴한 음악가들을 위한 양로원인 '안식의 집'에 들어가 인생을 마감하기로 했다. 그런데 그곳 원장은 미켈란젤로 아바도였다.

한마디로 밀라노에서 음악을 하기 위해서는 아바도가家를 겪지 않을 수 없다는, 그리고 아바도 가문의 지위를 풍자한 이야기다.

베르디 음악원에서 지휘뿐 아니라 피아노와 작곡도 배운 아바도는 나중에 빈에서 명 노교사 한스 스바로프스키에게 지휘를 수학했다. 당시 다니엘 바렌보임, 주빈 메타 등이 그의 동문이었다. 지금 세계 음악계를 리드하는 거장이 된 세 사람은 여전히 각별한 우정을 유지하고 있다. 그들이 당시를 회상할 때 하는 말 가운데 재미있는 것은, 지금은 피아노를 치지 않는 아바도가 당시 그들 중 피아노를 가장 잘 쳤다는 것이다.

아바도는 1958년 25세에 지휘자로 데뷔했고, 1963년에 미트로폴로스 지휘 콩쿠르에서 우승함으로써 이름을 알리기 시작했다. 지휘 실력을 인정받은 그는 불과 32세의 나이로 잘츠부르크 음악제에서 빈 필하모니를 지휘하게 되었는데, 그때 그는 일부러 어렵기로 유명한 말러 교향곡 제2번을 선택하는 호기를 부려 센세이션을 일으켰다.

그는 35세에 세계 오페라의 총본산인 스칼라 극장의 상임지휘자가 되었다. 1971년에는 빈 필하모니의 수석지휘자, 그리고 이어서 런던 심포니의 음악감독, 시카고 심포니의 객원지휘자, 빈 국립가극장의 음악감독까지 최고의 자리들을 거쳐 드디어 베를린에 입성했던 것이다.

우리의 이야기는 다시 그가 베를린 필을 떠난 2002년으로 돌아온다.

베를린 필도 그만두고 대수술까지 받은 일흔 살의 아바도, 이제 누구에게나 그는 각광 뒤로 사라질 것으로 보였다. 그러나 놀랍게도 아바도는 다시 돌아왔다. 인생이 완전히 끝난 줄 알았을 때 가장 멋진 예술가로 돌아온 것이다. 나는 아바도의 전성기가 베를린 필을 사임한 다음부터라고 생각한다. 그는 베를린 필이라는, 최고의 영광이지만 동시에 가장 부담스러웠던 자리를 홀홀 털어버리고 일흔 살의 나이에 다시 시작했던 것이다.

베를린 필에 있을 때부터 아바도는 청소년들로 구스타프 말러 유스 오케스트라를 조직하여 후원했으며, 베를린 필을 사직한 후에는 더욱 이 악단에 심혈을 기울였다. 그는 베를린 시절부터 유럽연합 오케스트라나 유럽 체임버 오케스트라 등을 창설하는 등 젊은이들과 함께하는 작업에 깊은 관심을 보였다. 사실 아바도 같은 대가가 젊은이들을 지휘했을 때 청소년들이 받는 영향은 실로 막대할 것이다. 그것은 우리 미래를 위한 아바도의 절대적인 공적이었다. 그리고 그 역시 젊은이들과 함께하는 일을 더욱 즐거워했다.

그런 아바도의 활동은 2003년에 발족한 루체른 페스티벌 오케스트라(LFO)의 탄생으로 그 정점을 맞이했다. LFO는 구스타프 말러 유스 오케스트라를 모태로 하고 베를린 필의 수석주자들을 각 파트에 앉혀 최고의 오케스트라를 꿈꾸었다. 이 오케스트라는 세계적인 스타급 연주자들까지 끌어들였다. 플루트의 임마누엘 파후드, 클라리넷의 자비네 마이어, 바이올린의 콜야 블라허, 첼로의 나탈리아 구트만 등 독주자로서도 세계 정상급들이 포진했다. 세계적인 스타들로 구성된 사상 최고의 팀으로서, 축구의 레알 마드리드를 방불케 하는 드림팀이 탄생한 것이다.

아바도의 최고의 유산이라고 할 수 있는, 베를린 필과 함께한 베토벤

아바도는 최고의 가극장과 오케스트라의 수장을 모두 역임하는 기록을 세웠다.

의 교향곡 전집을 비롯하여 말러, 슈베르트, 브람스 등의 교향곡 안에서 아바도의 빛나는 예술혼을 접할 수 있다. 그러나 여기서는 특별히 그의 멘델스존을 기억해보려 한다.

펠릭스 멘델스존Felix Mendelssohn-Bartholdy, 1809~1847은 좋은 집안에서 태어나 훌륭한 교육을 받은 것으로 알려져 있다. 그의 환경은 금융가가 되기에도 좋았을지 모르지만, 화가나 작가 또는 음악가가 되기에도 역시 유리한 입장이었다. 이 점은 아바도의 성장과도 흡사한 데가 있다. 사실 멘델스존은 음악사상 가장 부유한 가정에서 자라났다. 그가 어려서부터 뛰어난 음악적 재능을 보였을 때, 부모가 보여준 지원은 상상을 초월하는 것이었다. 주말마다 집에서 콘서트를 기획하여 아들의 신작을 명사들에게 들려주었고, 어린아이가 쓱쓱 그린 습작들도 집에 있는 오케스트라가 즉석에서 연주해주었다.

이러한 멘델스존의 환경을 일부 팬들은 곱지 않은 시선으로 보기도 하는데, 사실 베토벤이나 슈베르트의 환경을 생각하면 공평하지 못하다는 생각이 들기도 한다. 하지만 그런 밝은 환경에서 따뜻한 부모의 전폭적인 지원을 받으며 성장한 만큼, 세상을 따뜻하게 바라보는 시선으로 만들어진 그의 작품들은 아름답기 그지없다.

물론 멘델스존의 작품이 철학적인 깊이가 부족하다는 지적도 일리는 있다. 큰 시련을 모르고 살았던 그의 작품은 철학의 흔적보다는 세상에 대한 밝은 세련미가 넘친다. 그렇다. 세련, 이것은 멘델스존의 예술세계를 대변하는 가장 그럴듯한 단어라고 나는 생각한다. 그 유명한 바이올린 협주곡 E단조를 상기해보라. 이 땅에서 그토록 밝고 따뜻하며 또한 경쾌하고 세련된 음악은 찾아보기 어렵다. 그의 음악세계가 내적인 사유에서는 부족했다고 하더라도 그 세련미만으로도 충분히 칭송받을 가치가 있

멘델스존은 미술에도 조예가 있어 여행 도중 풍경을 그린 수채화들을 많이 남겼다.

지 않을까?

그런 멘델스존의 작품세계에서 가장 주목해야 할 뛰어난 장르가 바로 교향곡이다. 독일 낭만주의 교향곡들은 역시 슈베르트를 시발로 슈만, 브람스, 브루크너, 말러의 5대 작곡가에게 인기와 관심이 집중되고 있지만, 다음 순위는 단연 멘델스존이다.

멘델스존의 교향곡들은 한마디로 간결하고 아름답고 세련되었다. 또한 뛰어난 기법의 유려한 필치는 듣는 이에게 늘 상쾌한 감흥을 불러일으킨다. 멘델스존의 교향곡은 모두 다섯 곡이다. 그중 마지막 세 곡은 표제가 붙어 있어서 호기심을 유발하고 접근하기도 수월한데, 또한 제목에 어울릴 만큼 명곡들이다. 바로 제3번 〈스코틀랜드〉, 제4번 〈이탈리아〉 그리고 제5번 〈종교개혁〉이다.

그중에서도 단연 그 선두에 서는 명작 중의 명작이 교향곡 제4번 A

장조 작품 90 〈이탈리아〉다. 여행을 좋아했던 멘델스존은 스코틀랜드, 잉글랜드, 이탈리아, 프랑스 등 여러 나라를 여행했는데, 그때 받았던 깊은 인상을 작품 속에 담아냈다. 그에게는 20세라는 가장 감성이 넘치는 젊은 나이에 로마에 체류할 기회가 있었다. 그때 그는 아름다운 남국의 매력에 흠뻑 빠져 6개월이나 로마에 머물렀다. 그동안 그는 교황 그레고리우스 16세의 취임식과 사육제 등을 보는 등 놀라운 경험을 했다. 그때의 추억을 되살려 작곡한 것이 바로 이 제4번 교향곡 〈이탈리아〉다.

이 작품에는 이탈리아라는 매력적인 나라를 바라보는 독일인의 시각이 기막히게 투명하게 표현되어 있다. 제1악장이 시작되면 그 유명한 선율에서는 실로 눈부신 이탈리아의 공기가 그대로 튀어나온다. 만일 오디오에 공기청정 기능이 있다면, 그 최고의 소프트웨어는 〈이탈리아〉 1악장일 것이다. 우리는 스피커로 이탈리아의 공기와 찬란한 빛을 즐길 수 있다. 남국의 밝은 태양은 알레그로 비바체의 기막힌 전율로 듣는 이를 휘어잡는다. 그렇다. 비바체라는 용어는 바로 이런 효과를 위해 만들어둔 것이 아닐까? 제2악장은 청결함이 넘치는 로맨틱한 선율이 담백하게 흐른다.

아바도가 지휘하는 런던 심포니 오케스트라의 연주(DG)를 들어보자. 그의 특기라고 할 수 있는 명쾌한 리듬감과 뚜렷한 선율미가 가장 잘 표현되고 있는 곡이 바로 멘델스존이다. 아바도는 이탈리아인으로서 독일에서 활동한 만큼, 거꾸로 독일인이 바라본 고향 이탈리아의 모습을 기막히게 그려낼 수 있었다.

아바도는 베를린 필하모니뿐만 아니라 시카고 심포니, 런던 심포니, 빈 필하모니, 스칼라 극장 오케스트라 등 수많은 오케스트라를 모두 휘저

아바도의 예술적 능력은 그가 베를린 필을 그만둔 이후에 더욱 빛났다.

었던 인물로, 그는 종종 자신이 연주할 곡에 가장 잘 어울리는 색채의 오
케스트라를 선별하여 기용하곤 했다. 아바도는 멘델스존의 교향곡 전집
(DG)에는 런던 심포니를 기용하여 멘델스존이 가진 색채와 리듬감 넘치
는 탄력을 이 악단을 통해 기막히게 표현하고 있다.

　　아바도의 멘델스존 교향곡 전집에 있는 다른 곡들 역시 최고의 멘델
스존 연주다. 교향곡 제3번 〈스코틀랜드〉는 멘델스존의 다른 관현악곡인
서곡 〈핑갈의 동굴〉처럼, 이름 그대로 그가 스코틀랜드를 여행했던 감흥
을 그려낸 명작이다.

　　또한 멘델스존이 남긴 마지막 교향곡인 제5번 〈종교개혁〉은 멘델스
존이 야심차게 시도한 추상적 표제를 위한 표제음악적 교향곡으로, 멘델

스존 최대의 대작이다. 멘델스존은 유대인 가계로서 그의 아버지가 기독교로 개종한 집안 출신이다. 아버지는 유대인 멘델스존가와 구별하기 위해 성에 바르톨디Bartholdy를 붙여서, 그의 성이 멘델스존-바르톨디가 되었다. 그런 만큼 이 집안의 기독교에 대한 애정은 각별했다.

그런데 멘델스존이 21세가 되던 1830년은 바로 루터의 종교개혁 300주년이 되는 해였다. 멘델스존은 그 기념으로 이 곡을 작곡하여, 기독교인으로서의 입장을 천명했던 것이다.

은퇴와 투병과 노쇠 속에서도 다시금 불타오른 아바도의 열정은 과연 어디에서 온 것일까? 그는 죽음 앞에서 미래를 위하여 새로운 사과나무를 심었다. 일흔을 넘긴 병약한 그가 과연 몇 년을 더 살 수 있을까? 그러나 다행히도 우리는 아바도의 짧지만 불꽃처럼 타오르는 찬란한 마지막 행로를 지금 지켜보는 감격적인 행운 속에 살고 있다.

이 봄, 우리와 시대를 함께해온 위대한 거장의 마지막 흔적을 접해보지 않으려는가? 그의 몸은 나날이 쇠약해져가지만, 포디엄에 오르는 그의 명징한 두 눈을 볼 때마다 나는 그가 늙어가고 있는 것이 아니라, 나날이 탈색되듯이 더욱 순수하고 아름다워지고 있음을 느낀다. 그러므로 그의 연주 하나하나가 더욱 소중해지는 것이다.

인간으로서는 불행했던 천재의 길

모차르트 : 바이올린 협주곡 제3번, 제5번 _ 안네 조피 무터

2006년이 되자 새해 벽두부터 전세계가 모차르트를 찬미하기 시작했다. 모차르트의 탄생 250주년인 것이다. 세계 음악계 최고의 인기스타이며 엄청나게 많은 명작을 남긴 볼프강 아마데우스 모차르트Wolfgang Amadeus Mozart, 1756~1791, 2006년 1월 27일은 그가 오스트리아의 잘츠부르크에서 태어난 지 250년이 되는 날이다.

모차르트의 도시라면 두 곳을 들 수 있는데, 당연히 잘츠부르크와 빈이다. 이 두 도시에서는 기다렸다는 듯이 엄청난 축제를 준비했으며, 온 도시는 모차르트의 이름과 얼굴로 가득 찼다. 다른 지역 사람들도 '모차르트의 해'라고 하니 대체 어떤 모차르트 공연들이 있는지 문의하고 찾아보기 시작했다.

물론 가장 들뜬 곳은 잘츠부르크였다. 그렇지 않아도 세계에서 가장 고명하고 권위 있는 잘츠부르크 페스티벌로 매년 여름 세계의 음악팬과

관광객들을 잔뜩 불러모으는 곳이다. 잘츠부르크는 모차르트 탄생 250주년을 맞아서 야심찬 프로그램을 발표했다. 즉, 모차르트가 만든 19개의 오페라를 포함해, 그가 남긴 극장 공연을 위한 음악 22개 전 작품을 모두 무대에 올린다는 것이다. 세계적인 성악가들은 물론이고 많은 지휘자와 연출가들이 작품을 한두 개씩 맡아서 각자 모차르트의 작품을 재연하는 실로 대단한 프로젝트다.

그렇다면 음반계의 움직임은 어떠할까? '모차르트'라고 하면 잊을 수 없는 사상 최대의 음반이 이미 나온 바 있으니, 모차르트 서거 200주년을 기념해 1991년 필립스사가 발행한 모차르트 전집이다. 당시 음반 출반사상 최대의 프로젝트로 나온 이 시리즈는, 그렇지 않아도 릴리 크라우시, 잉그리드 헤블러, 헨릭 쉐링, 아르투르 그뤼미오, 콜린 데이비스, 네빌 마리너 등 최고의 모차르트 전문 연주자들을 보유하고 있던 필립스사가 최고의 연주자들을 총동원하여 만들어낸 CD 180장의 레코드 전집이었다.

군의관으로 복무할 당시 모처럼 서울에 나와 레코드가게에 들어가면 입구에 그 전집들이 떡하니 버티고 있었다. 그러나 군의관 입장에서는 말 그대로 그림의 떡일 뿐이었다. 레코드가게에 들어가거나 나올 때 그 떡 벌어진 박스를 쓰다듬으면서 그걸 사갈 사람에 대한 부러움으로 미소만 지었던 생각이 난다. 그때 모차르트 전집은 CD로 나왔을 뿐만 아니라, 오페라 전곡은 LD로도 나와 군침이 돌게 만들었다.

그리고 이제 15년이 더 흘러서 다시 그의 탄생을 기념한다는 것이다. 내 머릿속에는 아직도 그의 서거 200주년 때의 기억이 생생하다. 당시의 그 수많았던 신문과 잡지 기사들, 연주회들, 음반들……. 그런데 다시 또

신동 모차르트의 탄생은 가족 환경을 빼놓고는 상상할 수 없다.

탄생 250년을 기념하라니, 어쩐지 실제 모차르트와는 관계없는 사람들이 진정 모차르트를 사랑하지도 않는 사람들이 오직 기획만 일삼는 것 같아서 마음 한구석이 씁쓸하다.

사실 어떻게 보면 특별히 "오직 모차르트!"라고 외치는 것은 그렇게 흥이 나는 일도, 축제 분위기와 어울리는 것도 아닐지 모른다. 바이로이트에서 열리는 바그너 축제나 페사로에서 열리는 로시니 축제 정도 되면 진정 그 사람의 음악세계를 좋아하는 마니아들이 모여 자기들만의 공감대를 나누면서 오붓하고 의미 깊은 행사를 치를 수도 있다. 그러나 모차르트라면 좀 이상하지 않은가?

실제로 모차르트 음악은 마니아를 위한 것이라기보다는 음악을 좋아하는 모든 사람의 공통분모 같은 것일지도 모른다. 클래식을 듣는 사람들 중에 모차르트를 싫어하는 사람이 있을까? 그러니 모차르트만을 위한 축제라는 것이 도리어 인위적이라는 느낌을 떨칠 수가 없다.

예를 들어 '홍어 축제'라든가 '순대 마니아 모임'이라면 고개를 끄덕이거나 참여해보고 싶은 마음이 들 것도 같지만, '밥 축제'나 '김치 페스티벌'이라면 어떻겠는가? 김치 페스티벌에 아무리 특이한 김치가 나온다고 해도 특별히 새롭다고 할 만한 것이 있을 수 없으며, 각자 집안에 내려오는 할머니의 김치맛을 따라갈 수 없는 것이다. 그런데 모차르트 축제라는 것은 바로 이 '김치 페스티벌' 같은 느낌이다. 모차르트라면 세상의 모든 클래식팬들이 그 마니아이며, 연주자든 감상자든 모차르트에 대해 한두 마디 말할 게 없는 사람도 드물 것이다.

그러니 15년이 지난 지금 나에게, 그 모차르트 전집을 구할 수 있으니 사라고 한다면, 나의 대답은 "노"다. 이제 나도 나름대로의 모차르트 관觀이 있으니, 권위 있는 전집보다는 내 취향에 따라 한 장씩 음반을 사서 나만의 전집을 만들어가고 싶기 때문이다. 최고급 한식당의 김치보다 내 어머니의 김치가 내게는 더 맛있는 것처럼…….

어쨌든 지금 모차르트 탄생 250년을 기념하여 여러 가지 중요한 행사를 한다니, 각자 집에서 모차르트라는 인물에 대해 생각해보는 기회를 가져보면 어떨까 싶다. 나는 그 '하늘이 내린 음악의 신동'이라는 수식어를 내려놓지 못하는 불쌍한 인물을 떠올리면, 그에게 그 천편일률적인 선입관을 씌운 것이 바로 그 유명한 영화 〈아마데우스〉라는 생각이 든다. 물론 피터 쉐퍼의 원작은 기막히게 완벽했고 밀로스 포먼의 영화도 아주 잘 만들어졌지만, 영화를 보고 나면 마음 한편이 찝찝한 것이 사실이다.

이 영화는 모차르트의 힘들고 괴로웠던 생활인으로서의 모습을 너무나 잘 그려냈고, 그의 인생 곳곳 질곡의 순간에 적절한 음악을 배치함으로써 음악과 인생을 완벽하게 접합시켰다는 엄청난 장점을 갖고 있다. 그러나 이 영화에 대해 가장 섭섭한 점은 모차르트 선생을 너무나 가벼운 사람으로 그렸다는 점이다. 그렇다. 그는 정말 가볍고 웃기는 사람이었으며 재기발랄했고 장난을 좋아했으며 명랑했다. 그러나 영화는 너무 그 면만을 강조했다. 자칫 그의 인생과 예술 전체가 가볍게 그려질까 봐 나는 영화를 보는 내내 가슴을 졸여야 했다.

모차르트는 근엄과 유머라는, 뛰어난 성인 남자가 가져야 할 두 가지 미덕을 다 갖춘 사람이었다. 그의 유머만을 강조하는 것은 이 천재를 다 이해하지 못한 소치다. 그러나 영화에서 묘사된 것처럼 그의 인생은 과연 힘들었다. 무엇보다도 그를 짓누른 것은 그에게 엄청난 투자를 한 아버지의 기대였다. 그 다음으로는 놀라운 명작만을 기다리는 세상의 기대였다.

모차르트는 주변을 사랑하고 싶었지만 그것도 쉽지 않았다. 그가 인기를 얻는 만큼 주변에 그를 따르는 아름다운 처녀도 많았을 것이다. 하지만 아버지는 늘 아들이 '지금 사귀는 처녀보다 더 훌륭한 규수도 만날 수 있는데' 하는 생각에, 아들의 여자 보는 눈을 못마땅해했다. 아버지는 아들을 너무나 사랑한 나머지, 아들의 미래의 행복만을 고려하다가 현재의 행복을 놓치게 만든 것이다.

몇 번의 연애기회가 있었지만 모차르트는 결국 아버지의 눈으로 보면 최악의 아가씨와 결혼하고 만다. 그리고 아버지와 아내 사이에서 그는 불행으로 가는 엘리베이터를 탄다. 모차르트는 고향을 떠나 빈으로 가서 주문에 따라 음악을 쓰기 시작한다. 일을 하지 않으면 수입이 없는 프리랜서가 된 것이다. 그로 인해 그는 건강을 크게 해치게 되는데, 더불어 그

무터는 데뷔 30주년을 맞아 모차르트 바이올린 협주곡과 소나타 전곡을 다시 녹음했다.

의 정신까지도 손상되었음을 영화는 간과했다.

나는 그의 성격에 관해 설명할 때 동정적인 관점에서 고려해보자고 제안하고 싶다. 최근 학자들은 그를 성격이나 행실이 가벼운 사람이 아니라 조울증 환자로 보고 있다. 이는 정신의학계에서 어느 정도 받아들여지고 있는 분위기인데, 모차르트의 행동과 성정性情에 관한 기록들로 유추해볼 때 충분히 가능성이 있는 이야기다.

모차르트의 성급한 성격, 남 앞에서의 튀는 행동, 화려한 연주 스타일, 넘치는 인기, 그리고 젊은 날의 성과 쾌락에 대한 탐닉 등은 분명 조증기에 나타날 수 있는 증상들이다. 그리고 그가 쉽게 의기소침해지고 우울해했으며, 힘든 생활 속에서 마치 세상이 자신에게 등을 돌린 양 괴로워한 것은 울증기의 양태와 비슷하다. 그뿐만이 아니다. 짧은 생애에도 불구하고 그가 이루어낸 그 많은 작품의 양, 빠른 작업속도, 놀라운 집중력과 왕성한 활동력 등 예술적인 부분들도 조증에서 짐작되는 양상들이다.

그렇다면 모차르트는 정말 측은한 사람이다. 조증기의 비범한 생산성은 아버지와 주변의 기대를 한껏 부풀려놓았고, 울증기에 빠지면 생산력의 저하로 비참한 상태에 빠져 생활의 위협까지 받았던 것이다. 우리는 이렇게 의학적인 도움이 필요했던 사람을 놓고, 오직 업적만을 치켜세우거나 또한 마찬가지로 도덕적 결함만을 비난했던 것은 아닐까? 그의 영혼과 정신은 휴식이 필요했지만, 누구도 그것에 대하여 배려하지 않았던 것이다.

모차르트의 탄생 250주년을 맞아 서거 200주년 때 만들어진 필립스 전집이 재발매될 것으로 보인다. 그러나 어떤 회사에서도 그와 유사하게 어마어마한 규모의 새로운 프로젝트는 더 이상 나오지 않을 것 같다. 차라리 잘된 일인지도 모른다.

대신 다시 모차르트를 조명해볼 수 있는 의미 깊고 훌륭한 음반이 나왔는데, 이것은 군계일학처럼 눈에 확 들어온다. 바로 안네 조피 무터Anne-Sophie Mutter가 직접 기획하고 연주한 모차르트의 바이올린 협주곡 전집(DG)이다. 말이 전집이지 단 두 장의 CD로 이루어진 단출한 음반이다.

모차르트는 교향곡, 피아노곡, 오페라 등등의 분야에서 매우 탁월한 업적을 남겼기 때문에 다른 장르에 대한 조명은 소홀해지기 쉽다. 한 예로, 모차르트는 피아노를 잘 쳤던 만큼 바이올린에도 재능이 있었는데 이 사실은 별로 알려지지 않았다. 그는 다른 일로 너무나 바빠서 바이올린을 붙들고 있을 시간조차 없었던 것이다. 그의 아버지 레오폴트가 모차르트에게 보낸 편지 한 통이 그의 빼어난 바이올린 실력을 말해준다.

아들아, 너는 유럽 최고의 바이올린 솜씨를 가지고 있다. 그런데 네가 바이올린곡을 열심히 쓰지 않는 것을 보니 아비가 무척 안타깝구나. 제발 신이 내린 재주를 썩히지 말기 바란다…….

모차르트가 신으로부터 받은 재주가 어디 한두 가지던가? 그는 너무나 바빴지만 또한 효자였기 때문에 아버지의 지적이 있을 때면 바이올린곡을 쓰곤 했다.

모차르트가 남긴 바이올린 협주곡은 모두 다섯 곡이다. 그중에서 제1번 한 곡은 1773년에 작곡되었고, 아버지의 훈계를 받은 직후인 1775년에 나머지 네 곡을 한꺼번에 썼다. 그리고 다시는 이 형태의 곡을 쓰지 않았다. 그러니 우리가 듣는 그의 바이올린 협주곡들은 대부분 1775년, 즉 그가 불과 19세 때 작곡한 것들이다. 하지만 아버지의 눈은 정확했으니, 모차르트의 바이올린 협주곡들의 수준은 과연 놀랍고 완숙미가 넘치는 명곡들이다.

특히 제3번을 비롯하여 제4번 그리고 제5번은 너무나 아름답고 인기도 좋으며 연주횟수도 많다. 모두들 따뜻하고 쾌활한 활기로 가득하다. 모차르트나 우리의 인생이 슬픔과 아쉬움으로 가득 차 있다고 하더라도, 잠시나마 이렇게 따뜻한 봄날 같은 때가 있는 것이다. 봄날의 햇살을 생각하면서 몇 달의 겨울을 견디듯이, 작은 곡이지만 이런 멋진 활력소가 있기에 우리는 살아가는 게 아닐까? 실의나 슬픔에 빠진 사람이라도 모차르트 바이올린 협주곡을 들으면 진정 힘을 얻고 세상의 긍정적인 면을 보게 될 것이다.

그중에서도 가장 아름다우며 나를 늘 기쁨으로 가득 차게 해주는 곡은 제3번 G장조 K.216이다. 제1악장의 약동은 놀랍다. 알레그로로 시작하는 오케스트라의 울림과 함께 통통 튀는 봄의 에너지가 분출한다. 이어 솔로 바이올린이 나오면 땅속에 숨은 마지막 벌레 하나까지도 다 고개를 들고 나와 세상의 아름다움을 찬미한다.

제2악장의 아다지오는 너무나 정적이다. 따뜻한 숲에 나른한 오후가 찾아오고 노곤한 모든 생물이 서로 기대어 꿈에 젖어든다. 바이올린 독주의 아름다움은 우리로 하여금 숨조차 멈추게 한다. 음악평론가 알프레트 아인슈타인은 이 아다지오 악장을 가리켜 "마치 하늘에서 내려온 것 같다"고 말했다.

사실 제4번 D장조 K.218은 좀더 유명했던 곡이다. 1악장 알레그로의 도입부는 엄격한 리듬으로 시작한다. 그러다가 점점 바이올린의 자유분방함이 더해진다. 한동안 이 곡은 바이올리니스트들에게 가장 어려운 곡의 하나였다. 안네 조피 무터는 "이 곡은 마치 오페라 가수들에게 〈마술피리〉 중 밤의 여왕이 부르는 아리아를 연상케 하는 악명 높은 곡이었다"고 말한다. 이 곡은 모차르트 자신이 직접 독주부를 연주하기 위해 만들어진 것이므로, 그의 바이올린 연주 실력이 얼마나 대단했는가 짐작해볼 수 있다.

제5번 A장조 K.219는 다섯 곡의 바이올린 협주곡들 가운데 가장 유명하다. 한때 이 곡의 별명이었던 '터키풍Türkisch'이라는 말은 작곡가의 의지와도 무관하므로 지금은 거의 쓰이지 않는다. 대신 이 음악이 주는 최고의 미덕은 제1악장 알레그로의 시작부터 뿜어져나오는 진정한 활력이다.

이상의 세 곡을 포함하여 모차르트의 바이올린 협주곡들은 그간 전집이 적지 않게 있었다. 유명한 것으로는 모차르트톤의 대명사였던 아르투르 그뤼미오가 연주한 녹음(필립스)을 위시하여 다비트 오이스트라흐(EMI), 기돈 크레머(DG), 이츠하크 펄먼(DG), 그리고 토마스 체트마이어(텔덱) 등이 있는데, 어느 것 하나 빼놓을 수 없는 명반들이다.

그러나 여기서 들어보는 것은 안네 조피 무터의 새로운 음반으로, 모차르트 탄생 250주년을 기념하여 녹음한 것이다. 그녀는 2006년을 맞아 벌써 데뷔 30주년이 되었다. 13세의 나이에 헤르베르트 폰 카라얀의 지휘로, 마치 할아버지 손에 이끌려나온 어린아이처럼 베를린 필하모니와 모차르트의 바이올린 협주곡 제3번을 연주했던 그녀가 벌써 불혹의 나이를 넘겨 30주년을 맞이했다. 아직도 '카라얀이 발굴한 어린 소녀'라는 이미지로 기억하는 팬들도 있겠지만, 그녀는 벌써 자기 인생의 30년을 바이올린과 함께 살아온 것이다.

최근 지휘자 앙드레 프레빈과 재혼한 무터는 보다 성숙한 음악관을 보여주고 있다.

　　그녀는 카라얀의 지휘로 모차르트의 바이올린 협주곡들을 녹음한 이래 이 곡들을 무수히 많이 연주하고 연마해왔다. 그리고 이제 중년에 이르러 어머니가 된 그녀가 30년간 경험한 모든 것을 담아서, 독주뿐 아니라 지휘까지 직접 한다. 사실 어쩌면 그녀가 리드하는 것이 가끔 이 곡을 마주하는 지휘자들보다 모차르트의 향취를 더 잘 나타낼지도 모른다.

안네 조피 무터는 모차르트의 아름다움을 표현하기 위해 런던 필하모니 오케스트라를 선택했다. 그녀는 이 악단에 대해 이렇게 묘사했다.

"이 오케스트라는 벨벳 같은 소리를 내지 않는다. 그들은 자동차로 비유하자면 포르쉐와 같다. 그들의 소리는 젊고 활기차며 다른 이들의 눈치를 볼 것 없이 질주한다."

그것이 자신이 생각하는 모차르트와 같다는 말이다. 그녀는 굳이 원전 연주의 필요성을 느끼지 않는다. 그녀는 거트현을 사용하지 않는다. 매우 발달된 형태의 현대 악기를 두고 굳이 과거의 악기를 고집하지는 않는다고 말한다. 그것이 모차르트의 정신에 맞을 뿐 아니라, 현대 악기를 통해 곡의 섬세한 강약의 표현이 가능하다는 것이다.

그녀는 런던 필하모니는 무척 현대적인 악단이며 실력 또한 최상이라고 말한다. 자신이 그들을 지휘하는 것이 아니라 동급의 실력을 갖춘 음악가들 사이에서 다만 한 파트를 맹렬히 연주하는 느낌을 즐기는 것이다. 이 새로운 바이올린 협주곡 전집은 모차르트 해를 맞이하여 도이체 그라모폰사가 시행하는 최고의 프로젝트다. 이 음반은 가장 현대적이며 가장 우아하고 또한 가장 다이내믹하며 활력이 넘치는 연주를 담고 있다.

모차르트가 인류에게 기쁨을 선사한 지 250년이나 되었다. 이제 우리가 그의 천재성만을 볼 것이 아니라 영광 뒤에 숨겨진 불행한 생활인, 몸도 마음도 병든 인간의 모습을 바라본다면 그의 음악들은 더욱 큰 감동으로 다가올 것이다.

두 사람의 자유로운 완벽주의자

브루크너 : 교향곡 제9번 _ 카를로 마리아 줄리니

블라디미르 호로비츠가 마지막으로 모차르트의 피아노 협주곡을 녹음하는 영상물을 보면, 80세가 넘은 노老 피아니스트가 힘들게 협연하는 모습을 자세히 볼 수 있다. 녹음작업을 하는 동안 그는 나이 탓인지 미스 터치도 많고 속도도 느리다. 스칼라 필하모니 오케스트라의 속도를 노대가는 잘 따라가지 못한다. 그런데 그때 지휘자인 카를로 마리아 줄리니의 행동이 우리의 눈길을 끈다.

녹음 스태프들이 도저히 안 되겠다고 결론을 내리고 녹음을 다시 하기로 한다. 그러자 줄리니는 미안해서 어쩔 줄 몰라하는 호로비츠에게 다가가 이렇게 말한다. "너무 위대하신 분과 오랜만에 연주를 하니, 오케스트라가 긴장을 했는지 자꾸 빨라지는군요. 그러니 오케스트라를 위해 한 번만 다시 해주시겠습니까?"

이 말에 호로비츠는 어린아이같이 머쓱한 표정을 지으면서 선선히

줄리니는 이탈리아 출신답지 않게 사색적이고 진지한 연주를 들려준다.

다시 연주에 응한다. 이 대화는 줄리니의 평소 지휘 모습을 잘 드러낸 일 례일 뿐이다. 줄리니의 지휘는 이런 식이다. 그는 단원들과의 소통을 방 해하는 권위도 카리스마도 원하지 않는다. 그는 지휘 폼도 화려하거나 정 교하지 않다. 다만 자신과 함께 일하는 오케스트라 단원들과 대화를 하려 고 할 뿐이다.

그는 현대의 가장 진지하고 예술가다운 지휘자다. 연습을 할 때도 어 떤 한 부분을 지적하거나 반복시키는 일을 극도로 자제한다. 자신 앞에 앉은 많은 음악가가 자신이 말로는 표현하지 못하는 감성적인 부분을 이 해해주기만을 바란다.

그가 처음 LA 필하모니 오케스트라의 음악감독으로 취임해 첫 리허 설을 시작하기 전에 했던 말은 유명하다. "죄송합니다만, 지금부터 잠시 저는 여러분의 이름을 잊어버릴 것입니다. 대신 여러분의 눈을 기억하겠 습니다."

과거나 지금이나 세계 지휘계를 휘어잡고 있는 막강한 그룹 중 하나 가 바로 이탈리아계 지휘자들이다. 카를로 마리아 줄리니는 현존하는 이 탈리아 지휘자들 가운데서도 가장 위대한 거장이며 진정한 신사다.

그는 위로는 아르투로 토스카니니 · 빅토르 데 사바타 · 툴리오 세라 핀 · 안토니노 보토 등을 계승하는 장자이며, 아래로는 클라우디오 아바 도 · 리카르도 무티 · 주세페 시노폴리 · 리카르도 샤이 등의 든든한 큰형 님이다. 또한 요즘 떠오르고 있는 안토니오 파파노 · 에벨리노 피도 · 다 니엘레 가티 · 다니엘 오렌 등 이탈리아계 지휘자들이 하늘처럼 우러르는 태두와 같은 대가이며, 우리나라의 정명훈에게 지휘를 전수한 스승이기 도 하다.

카를로 마리아 줄리니Carlo Maria Giulini, 1914~2005는 어려서부터 체계적인 음악교육을 받았다. 그러나 그가 로마의 산타 체칠리아 음악원에서 전공한 것은 지휘가 아니라 바이올린과 비올라였다. 그는 오케스트라의 비올라 주자로서 직업생활을 시작했던 것이다. 그의 비올라 실력은 매우 뛰어났던 것으로 알려져 있다.

당시 산타 체칠리아의 아우구스테오 오케스트라의 단원 모집은 까다롭기로 정평이 나 있었는데, 줄리니는 18세 때 12번째 말석末席 비올리스트로 채용되었다. 그런데 시간이 지남에 따라 그의 자리가 점점 앞으로 옮겨지더니, 결국 수석 비올리스트가 되었다.

그의 이 5년간의 오케스트라 생활은 나중에 줄리니의 지휘 스타일을 결정짓게 된다. 특히 비올라는 바이올린과 관악기들의 중간에 위치하여, 앞뒤에서 연주되는 악기들의 소리를 민감하게 공부할 수 있고 또한 단원들이 함께 내는 음악의 조화를 항상 느끼게 된다. 그뿐 아니다. 비올라는 단원들의 입장이나 애로점도 잘 알 수 있는 위치이기도 하다. 또한 오케스트라뿐 아니라 현악 4중주단의 연주에도 열심히 참여했는데, 그의 이런 활동이 모두 지휘자로서의 길에 큰 도움이 되었음은 자명한 일이다.

줄리니는 20대 초반부터 지휘자로서의 활동을 시작했고, 또한 지휘를 본격적으로 공부했다. 그러나 곧 세계대전이 일어나 이탈리아 군대에 육군 장교로 입대한다. 그런데 독일군이 이탈리아반도에 진입해 들어오자, 그렇지 않아도 나치와 파시스트에 환멸을 느끼고 있던 줄리니는 군대를 이탈한다. 스위스 등지에 숨어 탈영자 생활을 하던 그는 전쟁이 끝나자 비로소 지휘자로서의 본격적인 커리어를 시작하게 된다.

그는 로마의 해방 축하 콘서트에서 이전에 자신이 일했던 아우구스

줄리니는 젊어서부터 뛰어난 패션감각으로도 유명했다.

테오 오케스트라를 지휘함으로써, 해방과 함께 지휘자 줄리니의 시대가
왔음을 천명했다. 그리고 로마 RAI(이탈리아 국영방송) 교향악단의 지휘
자가 된다. 지휘자로서의 출발은 비록 늦었지만 이후 그의 길은 탄탄대로
였다.

　　그는 당시 밀라노에 새로이 창설된 밀라노 RAI 교향악단의 초대 지
휘자로 위촉받는다. 그리고 이 악단의 연주를 들은 토스카니니가 줄리니
를 절찬하고, 그를 자신의 후계자로 지도하게 된다. 이렇게 해서 이탈리
아 지휘계의 적자嫡子로 토스카니니에게 직접 세례를 받은 그는 잘 알려
진 라 스칼라 극장의 〈라 트라비아타〉 공연을 지휘한다. 당시의 그 역사
적인 공연은 대연출가 루키노 비스콘티를 비롯하여 소프라노 마리아 칼
라스, 바리톤 에토레 바스티아니니, 테너 주세페 디 스테파노 등이 함께

했으며, 그의 이름을 크게 알리는 계기가 된다.

이후 그는 세계적인 오페라하우스와 오케스트라들의 초청을 받으면서, 오페라와 교향곡 두 분야에서 모두 최고의 위치에 도달한다. 특히 이탈리아 오페라 중에서 그의 〈리골레토〉(DG)와 〈돈 카를로〉(EMI)는 지금도 이 작품에 있어서 가장 완성도 높은 음반으로 손꼽히고 있다.

그럼에도 불구하고 줄리니의 활동은 그렇게 왕성하지도 않았고, 음반이 많은 것도 아니었다. 그리고 잠깐의 경우를 제외하고는 특정한 오케스트라나 오페라하우스의 중요한 직책을 맡지도 않았다. 그가 몰두한 것은 오로지 음악이었다. 그에게 있어서 명예, 권력, 돈, 인사권 같은 것들은 악보를 보면서 위대한 작곡가들의 정신을 탐구하는 데 방해가 되는 것일 뿐이었다. 뉴욕의 메트로폴리탄 극장이 부와 명예가 함께 보장된 예술 감독직을 제안했을 때 그가 거절했던 일화는 바로 그런 그의 진면목을 여실히 보여준다.

줄리니는 하나의 레퍼토리를 연주하기 위해 진지하고 또 성실하게 연구했다. 그리고 그것이 완전히 자기의 것으로 되었을 때에야 비로소 지휘대로 돌아왔다. 이런 연유로 그가 지휘한 음반의 수는 그리 많지 않다. 그는 누구보다도 브루크너나 말러, 슈베르트, 베토벤 그리고 베르디의 작품에 능했지만, 그에게는 '누구의 전집' 같은 것이 남아 있지 않다. 그는 말했다. "예술가라면 일을 많이 하지 않도록 자제해야 한다. 젊었을 때 필요한 것은 공부할 시간이지만, 이제 나에게 필요한 것은 사색할 시간이다."

카라얀이 베를린 필하모니 오케스트라의 지휘자에서 물러날 때, 그는 자신의 자리를 이어받을 후계자로 '최고의 실력가'라는 이유를 들어 줄리니를 지목했다. 카라얀이 "자신을 계승해줄 수 있느냐?"고 세계의 모

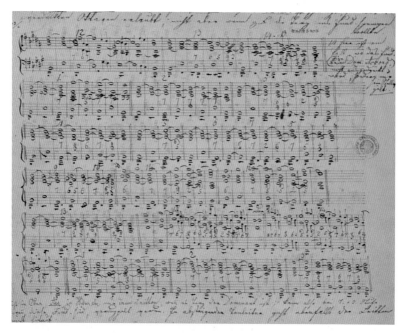

브루크너의 교향곡 9번 자필 악보는 신중한 그의 성격을 잘 보여준다.

든 지휘자가 갈망하는 영광스런 자리를 놓고 그에게 전화했을 때, 줄리니
는 "저는 당신처럼 그 많은 연주회를 다 소화할 수 없습니다"라면서 깨끗
이 그 자리를 거절했다.

줄리니의 음반이나 연주활동들을 잘 살펴보면 1967년을 경계로 하
여 전·후로 크게 나뉜다. 즉, 많은 오페라에 몰두했던 전반기와 거의 교
향곡에 심취했던 후반기로 구별된다. 젊어서 그토록 뛰어난 오페라 해석
자였던 그가 언젠가부터 더 이상 오페라를 지휘하지 않고 오직 교향곡에
만 전념했던 것이다.

그것은 바로 '연출가의 시대'로 불리는 최근 오페라하우스들의 사정
과 무관하지 않다. 즉, 과거에는 지휘자가 오페라의 모든 것을 결정할 수

있었으나, 언젠가부터 연출가들의 권한이 커지면서 지휘자의 해석이 침범을 받게 되었다. 그래서 항상 완벽한 작품을 만들려 했던 그는 자신이 모든 것을 할 수 없는 오페라하우스를 떠나고 말았다.

그리하여 젊었을 때 최고의 오페라 지휘자 중 한 사람이었던 그가 60대가 넘어 자신의 만년을 오직 오케스트라에만 바쳐 가장 위대한 교향곡 지휘자로 우뚝 서게 되었다. 그는 이제 토스카니니에 비견되는 이탈리아의 거장이며, 토스카니니와 푸르트벵글러의 장점을 모두 공유한 낭만음악의 명해석자로 기록되고 있다.

그가 남긴 뛰어난 음반은 물론 한두 가지가 아니다. 특히 그를 대표할 만한 작품으로는 브루크너의 교향곡 제7번(EMI)·제8번(DG)·제9번(EMI와 DG), 브람스 교향곡 제1번부터 제4번까지의 전곡(모두 DG), 말러 교향곡 제9번(DG), 드보르자크 교향곡 제8번과 제9번(모두 DG) 등을 들 수 있을 것이다. 물론 그외에 협주곡도 많이 녹음했는데, 베토벤과 모차르트의 곡이 많은 편이다. 자유로우면서도 완벽한 성격의 소유자인 줄리니는 그중에서도 브루크너의 음반들에서 높은 명성을 이루었다.

안톤 브루크너Anton Bruckner, 1824~1896는 19세기 후반의 중요한 교향곡 작곡가 중 한 사람이다. 그는 열광적이면서 진지했고, 열정적이고 세속적이면서도 동시에 종교적인 심성의 소유자였다. 또한 자유로우면서도 완벽을 추구했는데, 이 점에서 줄리니와 유사하다고 할 수 있다.

브루크너는 철저하게 완벽주의자였다. 그를 처음으로 유명하게 만든 교향곡 제4번 〈낭만적〉의 경우 작곡에 무려 6년을 소비했다. 그는 최고의 작품이 아니면 발표하려고 하지 않았으며, 모든 작업에 신중에 신중을 기했다.

안톤 브루크너.

그는 평생을 독신으로 살았는데, 이 또한 그의 완벽주의의 산물이었다. 젊은 시절 그는 보다 완벽한 여인을 기다리면서 결혼을 미루었다. 그러나 자신의 마음에 드는 여성이 나타났을 때는, 그녀가 궁핍한 그를 거절했다. 그리고 그가 결혼할 만한 경제적 여유가 생겼을 때는, 그의 나이가 너무 많았다.

독실한 가톨릭신자로서 교회음악과 오르간을 위해 살려고 했던 그는 바그너의 음악을 들은 후 충격적인 감동을 받고 바그너다운 장대한 관현악을 작곡하기로 결심한다. 브루크너는 바그너풍의 관현악을 교향곡 분야에서 실현하려고 했다. 그리하여 그는 베토벤과 슈베르트를 잇는 오스트리아 최고의 교향곡 작곡가가 되었다. 그중에서도 브루크너의 최고의 작품은 최후의 세 교향곡, 즉 제7번, 제8번, 제9번이다.

교향곡 제9번 D단조는 베토벤을 의식한 브루크너가 베토벤의 제9번 교향곡처럼 최대의 작품을 쓰려고 의도했던 작품이다. 그러나 가장 장중하고 숭고한 정신을 나타내는 이 곡은 제3악장을 끝으로 미완성으로 남고 말았다. 그는 마지막 악장을 장대한 푸가로 완성하려고 했지만, 신은 그에게 더 이상의 시간을 허용하지 않았다. 미완성으로 남은 이 곡은 그러나 그것만으로도 마치 그의 진지한 인생을 마무리하듯 숭고하다.

본인의 의도와는 무관하게 그의 마지막 곡이 되고 만 제9번 교향곡 제3악장의 감동적인 아다지오. 아무리 잘난 인간이라 하더라도 결국은 신 앞에 무릎을 꿇는다는 것을 웅변이라도 하듯, 아다지오의 겸손하고 깊이 있는 울림은 듣는 이의 마음 깊은 곳을 요동치게 하기에 충분하다.

줄리니는 이 교향곡 제9번을 두 번이나 녹음했는데, 녹음이 많지 않은 그로서는 아주 예외적인 경우에 해당한다. 첫 번째 녹음은 1976년 시카고 심포니 오케스트라와의 녹음(EMI)인데, 줄리니 특유의 투명함이 낭랑하게 연주되며 브루크너의 청명한 신앙심이 잘 나타난 명반이다. 줄리니는 1988년에 이 곡을 한 번 더 빈 필하모니와 녹음(DG)했다. 이 최근의 음반에서는 브루크너다운 장대한 관현악의 음장감이 큰 스케일로 압도적으로 표현되었다. 74세라는 나이가 믿기지 않는 이 녹음은 줄리니의 만년을 장식하는 명반으로 남을 것이다.

브루크너의 교향곡에 대해서는 흔히 어렵다거나 지루하다는 선입관을 갖고 있다. 그러나 음악을 듣는 데는 순서가 없을지도 모른다. 아니 순서를 따지는 것이 더 이상할 것이다. 단 한 번만이라도 집중해서 이 음반을 들어보면, 철저한 구성미로 조형된 교향곡의 아름다움에 마음껏 빠져볼 수 있을 것이다.

이것은 위대한 한 사람의 예술가가 생애를 정리하듯이 조탁한 작품을, 또 한 사람의 예술가가 평생을 준비하여 그려낸 곡이다. 이것이 클래식을 듣는 기쁨이 아닐까!

딜레탕트가 그려낸 호화로운 그림책

림스키 코르사코프 : 교향적 모음곡 세헤라자데 _ 발레리 게르기예프

충격이었다. 그것은 어린 시절의 아련한 추억과 함께 이제는 다 잊혀져버린 먼 이야기 '아라비안나이트'의 부활이요, 동시에 기억의 저편이 갑자기 내 앞에 다가와 우뚝 선 느낌이었다. 추억의 동화와 함께 나의 기억도 되살아났다.

그동안 내가 들었던 〈세헤라자데〉는 어떤 것이었던가? 아마도 에르네스트 앙세르메 아니면 헤르베르트 폰 카라얀 또는 '리빙 스테레오 시리즈'의 프리츠 라이너였으리라. 내 머릿속에 그 곡은 상당히 감각적이며 말초적이었다는 막연한 기억만 남아 있다. 다만 그렇고 그런 곡으로 나의 기억 저편으로 사라졌던 것이다. 그러나 이번에 새롭게 들은 그 〈세헤라자데〉는 완전히 다른 음악이 되어, 내 정수리 속으로 송두리째 들어왔다.

나는 도쿄에 내리자마자 다음날 공연의 티켓을 사기 위해, 호텔도 들

르지 않고 신주쿠에 새로이 세워진 거대한 공연공간 '오페라 시티'로 달려갔다. 박스 오피스에서 몇 장 남지 않은 티켓을 겨우 손에 넣은 나는 득의양양해졌다. 밖으로 나오다가 갑자기 느긋해져서는 오페라 시티의 세련되고 넓은 복도를 천천히 걸어가면서, 실내를 장식한 현대적인 조각품들을 감상하고 있었다.

그런데 복도의 어디선가에서 음악이 들려왔다. 바이올린을 비롯한 현악기들의 소리였다. 나는 나도 모르게 그 신비로운 소리를 따라 끌려가고 있었다. 긴 복도를 지나자 작은 로비가 나타났다. 오페라 시티 안에 있는 다섯 개의 공연장 중 하나인 콘서트홀에서는 오케스트라의 연주가 진행되고 있었다. 그 멋진 사운드에 끌려 서둘러 벽의 포스터를 찾아보니, 곡목이 림스키 코르사코프의 〈세헤라자데〉라고 적혀 있었다.

그러나 공연은 일찌감치 매진이었고, 이미 시작된 공연장의 문은 닫혀 있었다. 콘서트홀 로비에는 사람이 거의 없었다. 짙은 감색 투피스를 단정히 입은 안내 여직원들은 모두 공연장 안으로 통하는 문 앞에 마련된 자신들의 의자에 앉아 열심히 책을 읽고 있었다. 나에게 주의를 주는 사람은 아무도 없었다. 하는 수 없이 로비의 벤치에 앉아 음악을 들었다. 자리를 뜰 수가 없었다. 그 곡을 거기서 다 들었다.

이 곡이 이런 음악이었던가? 그 공연은 발레리 게르기예프가 이끄는 키로프 오케스트라의 내일 연주였다. 러시아 사람들, 아니 상트페테르부르크 사람들이 연주하는 〈세헤라자데〉는 처음 들어보았다. 그것은 갑자기 뒤통수를 얻어맞은 것처럼 충격적이었다. 서구인들이 연주하는 감각적인 곡이 아니었다. 비록 문틈과 로비의 스피커로 들리는 연주였지만, 그건 가슴속까지 뒤흔드는 강렬하고 원색적인 관현악이었다. 그때부터 〈세헤라자데〉는 완전히 새로운 모습으로 나에게 다시 다가왔다.

니콜라이 림스키 코르사코프.

러시아 민족음악의 기초를 세운 '러시아 5인조' 중에서 막내로 합류한 사람이 바로 니콜라이 림스키 코르사코프 Nicolai Rimsky-Korsakov, 1844~1908다. 우리가 흔히 보는 그의 사진은 다섯 사람 중에서 가장 수염이 많고 나이가 지긋한 모습이지만, 그는 5인조 중 가장 어렸으며 불과 17세의 해군사관학교 생도 신분으로 이 그룹에 들어온 사람이었다.

림스키 코르사코프는 5인조 중 유일하게 귀족 출신으로서, 집안에 있던 음악교사들을 통해 여섯 살 때부터 피아노를 배웠고 아홉 살 때부터 작곡을 시작했다. 어려서부터 음악에 탁월한 자질을 보였지만, 귀족집안에서 음악이란 다만 상류층으로서의 교양일 뿐이었다. 당시 러시아 귀족들이 장래를 위해 흔히 군사학교에 진학했듯이, 그도 12세의 나이에 해군사관학교에 진학했다.

그렇게 해군 제복을 입고 사춘기를 보내던 그가 러시아 5인조의 리더였던 발라키레프를 만난 것은 17세 때였다. 당시 5인조는 이 큰형님의 이름을 따서 주로 '발라키레프 그룹'이라고 불리고 있었다. 림스키 코르사코프의 재능을 보고 감탄한 발라키레프는 아직 어리고 학생임에도 불구하고 당장 자신들의 그룹에 합류시켰다. 그가 음악을 전공하지 않았다는 것은 아무런 문제가 되지 않았다. 그리하여 림스키 코르사코프 자신도 러시아 국민음악가의 한 멤버로서 사명감을 갖게 되었고, 이때부터 본격적으로 음악활동을 하면서 악기나 이론 등의 공부에도 더욱 매진하게 되었다.

학교를 졸업하고 해군 장교가 되었을 때, 림스키 코르사코프는 이미 기성 음악인이었다. 군 당국에서도 그가 자질을 충분히 발휘할 수 있도록 해군 군악대의 지휘자로 임명했다. 군악대 시절, 림스키 코르사코프는 지휘뿐 아니라 군악대를 위해 취주악곡吹奏樂曲들을 직접 작곡하기도 했다. 이때의 관악기에 대한 실제적인 현장체험이 나중에 그의 관현악곡들을 더욱 빛나게 만든 개성의 밑거름이 되었음은 당연한 사실이다.

또한 그는 해군 장교로서 3년간이나 원양 항해에 참여하기도 했는데, 이때 접한 이국에서의 많은 경험들 역시 작품에 나타나게 된다. 즉, 관현악곡 〈스페인 카프리치오〉나 〈세헤라자데〉 그리고 오페라 〈금계金鷄〉와 〈사드코〉 등에서 나타나는 독특한 이국적인 분위기는 모두 이때 그가 직간접적으로 경험한 것들이었다.

림스키 코르사코프의 일생에서 가장 놀라운 사건은, 그가 27세 때 상트페테르부르크 음악원의 교수로 초빙된 것이다. 상트페테르부르크 최고의 음악교육 기관에서 정규 음악학교 출신도 아닌 그를 교수로 모시고자 한 것은, 이 귀족적이고 화려한 딜레탕트 사나이에게 금빛 날개를 달아주는 것이었다. 이를 계기로 그는 부족했던 대위법이나 화성학 같은 이론을 더욱 공고히 공부하고, 완전한 프로페셔널로 거듭나게 되었다.

그는 일반 음대 교수들 이상의 열정에 특유의 폭넓은 교양과 시야로 이후 35년간 후학교육에 매진했다. 그를 통해 러시아 관현악의 독특하고 빛나는 개성이 계승, 발전된 것이다. 그의 문하생들 중 유명한 사람만 꼽아도 콘스탄티노비치 글라주노프, 이고리 스트라빈스키, 세르게이 프로코피예프 등 즐비하다.

이런 림스키 코르사코프의 개성이 가장 잘 나타나 있는, 빛나는 관현악곡이 바로 교향적 모음곡 〈세헤라자데Scheherazade〉 op.35이다. 〈세헤라자데〉는 유명한 '아라비안나이트'를 음악으로 표현한 것이다.

　이 곡을 쓸 당시 림스키 코르사코프는 이미 몇 개의 이국적인 작품들을 다룬 상태였다. 선배인 보로딘이 사망하면서 미완성으로 남긴 오페라 〈이고리 공公〉을 완성했고, 또 자신의 이름으로 〈스페인 카프리치오〉를 만들었다. 그는 그런 작품들에서 고조되었던 동방적인 분위기와 필력의 여세를 몰아 〈세헤라자데〉에 착수했다. 그의 나이 45세로 가장 원숙하고 안정된 시기였다.

　교향적 모음곡으로 제목이 붙은 이 작품의 표제는 '세헤라자데', 즉 아라비아의 유명한 이야기 '아라비안나이트(천일야화)'를 구술했다는 여인의 이름이다. 이야기는 이러하다.

　아라비아의 왕인 술탄 샤리아르는 왕비가 부정을 저지른 것을 알고 큰 충격을 받는다. 왕비를 처형하고도 분노를 삭이지 못한 왕은 그때부터 모든 여성을 복수의 대상으로 삼게 된다. 그는 매일 새로운 처녀와 혼례를 치르고 초야를 보낸 후, 다음날 아침이 되면 죽여버리는 엽기행각을 저지른다. 그것은 바로 자신이 위선과 거짓말로 가득 찬 존재라고 믿는 여성이 자신을 속이기 전에 미리 제거해버리는 행위였다. 그는 매일 밤 새로 결혼을 했고, 수많은 신부가 죽어나갔다. 이제 나라에 남은 마지막 신붓감은 대신의 두 딸 세헤라자데와 두냐자데뿐이었다.

　먼저 언니인 세헤라자데가 신부가 되었는데, 그녀는 유달리 총명하고 지혜로웠으며 아는 것 또한 많았다. 그녀는 첫날밤에 왕의 기분을 맞춰가면서, 왕에게 재미있는 이야기를 들려주기 시작했다. 그녀가 해준 이야기는 왕으로서는 지금까지 들어본 적이 없는 기기묘묘한 것이었다. 이

게르기예프가 이끄는 키로프 극장 오케스트라는 세계에서 가장 인기 있는 악단의 하나다.

야기의 신비함에 빠진 왕은 다음날 그녀를 죽이지 않고 하루를 더 함께하면서 이야기를 계속하라고 한다. 이리하여 하루하루 길어진 그녀의 이야기가 천 일이나 이어지게 된 것이다.

자신과 동생의 목숨을 걸고 이야기를 해야 했던 세헤라자데는 자료를 모아주던 여동생과 함께 당시 구전되던 수많은 시와 민요들을 모두 동원하여, 그것들을 임의로 뜯어내고 다시 맞추면서 이야기의 소재를 계속 확보했다. 천 일 동안이나 이야기를 들으며 세헤라자데의 처형을 미루어 온 술탄은 결국 잔혹한 처음의 계획을 포기한다. 그리하여 영리한 왕비

세헤라자데 자매는 죽음을 면했다. 그녀가 천 일 동안 술탄에게 들려주었던 이야기가 바로 오늘날 우리가 듣는 '천일야화'다.

이 이국적이고 신비한 이야기를 소재로 림스키 코르사코프는 교향적 모음곡을 만들었다. 마치 교향곡처럼 4악장으로 이루어져 있는데, 각 악장에는 다음과 같은 부제가 달려 있다.

제1악장: 바다와 신밧드의 배
제2악장: 카란다르 왕자의 이야기
제3악장: 젊은 왕자와 공주
제4악장: 바그다드 축제─바다─청동 기사의 난파─종결

이 부제들은 1888년 상트페테르부르크의 키로프 극장(마린스키 극장)에서 극장 오케스트라로 초연될 때, 직접 지휘를 맡았던 림스키 코르사코프가 리허설 도중 오케스트라 단원들에게 직접 들려준 이야기에 근거하고 있다. 그후 출판을 할 때 작곡가는 부제들을 지워버렸다고 하는데, 그럼에도 사람들은 여전히 관행처럼 이 부제에 의거하여 곡을 감상한다.

제1악장에서는 먼저 샤리아르 왕의 주제가 장대한 관현악으로 나타난다. 왕비를 죽임으로써 자신의 분노를 보상받으려는 왕의 무서운 권위가 연주된다. 이어서 가냘프고 아름다운 바이올린 솔로로 세헤라자데의 주제가 나타난다. 이 왕과 세헤라자데의 두 주제는 전 악장을 통해 나타나면서 전체적인 통일성에 기여한다. 그리고 이제 이야기가 시작된다. 모든 이야기는 밤에 시작해서 아침이면 끝나는 구조를 이루고 있다.

제2악장에 나오는 카란다르 왕자는 인도의 석가모니처럼 재물과 지위를 버리고 정신적인 고양을 위해 도를 닦는 사람이다. 왕자의 주제는 유머러스하다. 그는 다양한 재주와 위트를 가진 인물인 것이다.

제3악장은 아름답고 젊은 커플의 이야기다. 두 사람의 사랑이 관능적인 음악으로 아름답게 펼쳐진다. 이야기의 마지막은 매번 화자인 세헤라자데의 주제로 끝맺는다.

제4악장에서는 바그다드의 축제장면이 자세하게 묘사된다. 그리고 이야기는 바다로 옮겨진다. 항해를 하던 신밧드의 배는 바위에 부딪혀 부서지고, 여기서 천 일이나 이어오던 이야기는 끝이 난다. 마지막 왕의 주제는 훨씬 장대하게 연주되고, 세헤라자데의 승리를 찬미하듯 음악은 화려하게 피날레를 장식한다.

〈세헤라자데〉의 음반은 상당히 많이 나와 있다. 가장 유명한 것은 에르네스트 앙세르메가 지휘하는 스위스 로망드 오케스트라의 음반(데카)이며, 유진 오르만디가 지휘하는 필라델피아 오케스트라(소니), 카라얀이 지휘하는 베를린 필하모니 오케스트라(DG), 토머스 비첨이 지휘하는 로열 필하모니 오케스트라(EMI)의 음반도 모두 뛰어나다. 우리나라의 정명훈이 이끌던 바스티유 오페라 오케스트라의 음반(DG)도 박력과 긴장감이 일품인 명반이다. 그러나 도쿄에서 이 곡에 대한 나의 인상을 일거에 바꿔준 것은 지휘자 발레리 게르기예프였다. 도쿄 연주 직후에 다행히도 게르기예프가 그 키로프 오케스트라와 〈세헤라자데〉 음반(필립스)을 냈다.

이 녹음은 과연 지금까지의 〈세헤라자데〉의 느낌을 단박에 뒤바꿔놓을 만큼 새롭고 주목할 만한 음반이다. 이것은 연주뿐 아니라 녹음의 탁월함으로 림스키 코르사코프 관현악의 진수를 들려준다. 바로 림스키 코르사코프에 의해 이 곡을 초연했던 키로프 오케스트라는, 이것은 자신들의 곡이라는 자긍심으로 자신만만하게 연주한다. 그들은 〈세헤라자데〉의

게르기예프는 지성과 감성 그리고 카리스마를 모두 갖춘 최고의 스타일리스트다.

화려한 색채와 관능적인 피아니시모 그리고 극적인 클라이맥스 등을 호사스런 양장본의 그림책을 그려내듯이 선명하게 묘사하고 있다. 그리고 이 모든 것을 가능하게 한 것은 바로 발레리 게르기예프 한 사람의 감각이었다는 느낌이 강렬하게 다가온다.

〈니벨룽의 반지〉 공연을 위해 내한했던 게르기예프와 〈라인의 황금〉 공연이 끝난 후 시내의 한 레스토랑에서 늦은 저녁식사를 하게 되었다. 사진으로 무수히 보아온 그의 이미지는 털이 수북하고, 대머리에, 신경질적인 눈매 그리고 괴팍한 성격일 것이라는 정도였다.

그런데 조금 늦게 도착한 그는 처음부터 좌중을 편안하게 해주었다. 그는 배가 고프다면서 나오는 요리 하나하나를 접시를 비우다시피 해치웠다. 자리에 함께한 러시아 가수들, 매니저들, 관계자들이 정신없이 떠드는 가운데서도 그의 한마디 한마디는 감각으로 빛났으며 지성이 번뜩였다.

나는 그의 다방면에 걸친 해박함, 예술에 대한 정열, 좌중을 휘어잡는 카리스마에 감탄했다. 그러나 무엇보다도 놀란 것은 요리 하나, 와인 하나, 물 하나, 마주한 사람의 액세서리 하나뿐 아니라 한국의 음식, 문화, 경제, 전자산업 등에 대해 더 이상 예리할 수 없을 만큼 통달한 그의 감각이었다. 그는 한 음 한 음을 놓치지 않듯이 모든 감각을 갖춘 최고의 예술인이었다. 나는 그의 〈세헤라자데〉가 왜 그렇게 찬란한지 비로소 알 것 같았다.

건반에서 춤춘 빈사의 백조

쇼팽 : 왈츠집 _ 디누 리파티

1950년 9월 16일, 중부 프랑스의 프
랑슈 콩테 지방에 자리잡은 브장송. 숲과 계곡으로 둘러싸인 이 아름답고
작은 도시에서는 브장송 음악 페스티벌이 열리고 있었다. 이 페스티벌은
그야말로 프랑스 시골에 숨어 있는 작은 식당처럼 소박한 외관에 비해 그
맛은 매우 훌륭한, 아담하지만 격조 높은 음악제였다.

그해 페스티벌의 백미는 루마니아 출신의 피아니스트 디누 리파티의
리사이틀이었다. 그는 당시 불과 33세였으나, 세계적인 대가들과 어깨를
나란히 할 정도의 높은 음악성으로 이미 사상 최고의 천재 음악가라는 평
을 받고 있었다. 그러나 사실 그의 연주회는 주변 사람들이 모두 말리고
있는 상태였다. 리파티는 이곳에 도착하기 얼마 전 백혈병이라는 치명적
인 진단을 받았던 것이다. 몸상태가 최악이었음에도 불구하고 리파티 자
신은 음악회를 강행하려고 했다. 그는 특유의 의지와 고집으로 어떻게든

청중들과의 약속을 지키고자 했다.

그의 아내 마들렌은 나중에 자신이 직접 쓴 회고록에서 당시의 상황을 다음과 같이 회상했다.

그는 매우 아픈 상태였습니다만, 연주 계약을 이행하기로 결정했습니다. 의사도 그를 말렸지만, 그의 결심 앞에서는 아무 소용이 없었습니다. 그 와중에 그가 감행한 그 콘서트는 음악을 진정으로 사랑하는 자기 마음을 나타내는 것이었으며, 자신의 연주를 듣고 싶어하는 관객들에게 기쁨을 주고 싶어한 그의 소망이었습니다……

결국 진통제 등 여러 가지 주사를 맞고 겨우 차를 탄 리파티는 연주장으로 갔다. 그가 무대에 모습을 드러냈을 때, 홀 안은 박수로 뒤덮였다. 그가 죽어간다는 사실을 연주자 자신도, 관계자들도, 관객들도 모두 알고 있었던 것이다.

피아노에 앉은 그는 초인적인 집중력을 발휘했다. 끝까지 연주를 마치려는 그의 의지는 얼마나 강렬했으며, 음악에 대한 그의 집념은 얼마나 뜨거웠던가! 혼신을 다해 몰입하는 그의 연주에 관객들은 점점 그가 얼마나 병약한 상태에서 연주하는지를 잊어버릴 정도였다.

바흐의 파르티타 제1번과 모차르트의 피아노 소나타 제8번이 먼저 연주되었다. 이 두 곡은 그가 평소에 특히 사랑하던 곡이었다. 그리고 슈베르트의 즉흥곡 두 곡이 뒤를 이었다. 그때까지는 무난히 진행되었다. 그리고 그날의 하이라이트이자 대미를 이루는 것은 역시 리파티 최고의 애주곡이었던 쇼팽의 왈츠 연주였다. 쇼팽이 쓴 왈츠 중 번호가 붙은 곡은 모두 열아홉 곡인데, 이중 열네 곡을 한자리에서 모두 연주하는 것이다.

리파티는 늘 반듯한 신사였으며
놀라운 예술혼을 발휘했다.

　　리파티의 왈츠 연주는 특이한 것으로 유명하다. 그는 쇼팽이 원래 붙였던 번호에 의거하지 않고, 자신이 나름대로의 규칙에 의해 새로 순서를 만들었다. 그동안 그의 연주회에서는 항상 이렇게 자신만의 순서로 왈츠를 연주하곤 했다. 물론 그날도 리파티가 붙인 고유의 순서에 의해 연주가 진행되었다. 먼저 5번에서 시작해 6번, 9번, 7번, 11번, 10번……. 이런 순서대로 리파티는 자신이 고른 곡을 연주해나갔다.

　　그리고 리파티는 열세 번째로 〈화려한 대왈츠〉라는 부제가 붙어 있는 왈츠 제1번을 연주했다. 이제 남은 것은 단 한 곡, 왈츠 제1번에 이어 부제가 붙은 또 하나의 왈츠인 제2번 〈화려한 왈츠〉뿐이었다.

　　그런데 왈츠 제1번을 마친 리파티는 힘든 표정을 지으면서 연주를 멈추고는 한참을 가만히 앉아 있었다. 관객들도 물론 모두 숨을 죽이고 그런 리파티를 주시하고 있었다. 얼마가 지났을까? 이윽고 리파티는 다시 그의 흰 손을 건반 위에 천천히 올려놓았다.

　　그런데 그의 손에서 울려나온 곡은 쇼팽의 왈츠 제2번이 아니었다.

그것은 바흐의 칸타타 〈주 예수는 나의 기쁨〉이었
다. 이 아름답고 영롱한 음악은 연주장 안을 가
득 채웠다. 이 곡의 피아노 편곡 연주를 듣고
싶다면 타티아나 니콜라예바의 바흐곡집(멜
로디아)을 들어보기 바란다. 정말 눈물이 날
정도로 아름답다.

프레데리크 쇼팽.

　　관객들은 이 뜻밖의 사태에 놀라면서도
바흐 음악의 아름다움에 넋을 잃었다. 사실 이
칸타타를 너무나 사랑했던 리파티는 그간 자기
리사이틀의 처음이나 마지막 부분에서 이 칸타타의
피아노 편곡을 연주하곤 했다. 그런데 이번에는 왈츠의
중간에 이 곡을 연주한 것이다.

　　그건 무슨 뜻이었을까? 자신이 마지막 남은 한 곡 제2번을 칠 수 없
다고 이미 생각했던 것이리라. 그런데도 그는 초인적인 힘, 아니 천상의
도움을 받는 것처럼 바흐를 연주한 것이다. 마치 죽어가는 백조의 모습을
그린 발레극 '빈사의 백조'에서처럼 자신의 마지막을 마무리하듯 거친
숨을 헐떡이면서…….

　　그날 그 자리에 있었던 사람들은 리파티가 치는 마지막 곡, 마지막임
을 알리는 〈주 예수는 나의 기쁨〉을 들으면서, 이 천재와의 영원한 작별
에 모두 가슴이 찢어지는 듯한 슬픔을 느꼈다고 전한다. 마들렌은 그때를
이렇게 회상한다. "그에게는 열네 곡 중 마지막 한 곡을 칠 힘이 남아 있
지 않았습니다. 쇼팽도 그것은 용서해주었으리라 믿습니다……."

　　그는 쓰러졌다. 자신의 마지막 리사이틀이 있은 지 2개월 후인 그해
12월 2일, 리파티는 33세의 짧은 생을 뒤로하고 영원히 세상을 떠났다.

디누 리파티Dinu Lipatti, 1917~1950는 루마니아의 부쿠레슈티에서 태어났다. 네 살 때부터 피아노를 배운 그는 누구보다도 일찍 천재적인 자질을 나타내, 어린 나이에 부쿠레슈티 국립음악원에 특별 입학하였다. 그리고 겨우 17세의 나이로 빈 국제 콩쿠르에 출전한다. 리파티는 거기서 놀라운 연주를 선보여 관객들의 찬탄을 자아냈지만, 결과는 2등이었다. 그런데 당시 심사위원 중 한 명이었던 명피아니스트 알프레드 코르토는 리파티의 1등을 강력하게 주장했고, 자신의 의견이 받아들여지지 않자 심사위원직을 사퇴했다.

파리로 돌아간 코르토는 리파티를 프랑스로 초청했고, 이에 부응해 파리로 간 리파티는 코르토에게 피아노를 배우게 된다. 뿐만 아니라 코르토의 주선으로 천재만이 누릴 수 있는 최고 수준의 교육을 받는다. 피아노뿐만이 아니라 샤를 뮌슈에게 지휘를, 나디아 블라제와 이고리 스트라빈스키에게 작곡을 배운 것이다.

그리하여 리파티는 19세에 파리에서 데뷔 리사이틀을 갖는데, 그의 데뷔 연주는 놀라운 반응을 불러일으켰다. 마치 100년 전 이곳에서 쇼팽이 그랬듯이, 이 아름다운 동구 청년은 예술의 도시 파리를 정복해버린 것이다. 이어서 그는 전 유럽의 주요 도시들에서 리사이틀을 갖게 되었다.

그러나 그에게는 운이 따르지 않았다. 제2차대전이 발발하여 루마니아로 돌아가게 된 것이다. 전쟁을 시작으로 하여 그때부터 그에게 닥친 것은 전부 시련의 연속이었다. 전쟁기간 동안 루마니아에서 지내던 그는 나치가 루마니아를 침공하자, 하는 수 없이 약혼녀 마들렌과 함께 스위스로 떠난다. 그리고 제네바를 제2의 고향으로 택해 그곳에서 거주한다. 그는 제네바 음악원 교수로 초빙되어 학교에서 재직하던 중 종전을 맞이한다.

전쟁이 끝나자 리파티는 기다렸다는 듯이 활동을 재개하고, 1946년부터 1950년까지 짧고 빛나는 제2의 활동기를 갖는다. 그는 이미 30세에 '완전히 완성된 피아니스트'라는 평가를 받았다. 우리가 접하는 그의 음반들 대부분은 이때 녹음된 것들이다. 그러나 그때 이미 그의 몸속에는 백혈병이 퍼져가고 있었다.

그가 녹음을 선호하여 많은 음반을 남긴 것이 다행이라면 다행이다. 특히 루체른 페스티벌에서 카라얀과 협연한 모차르트의 피아노 협주곡 제21번 C장조와 슈만의 협주곡 A단조(모두 EMI), 그리고 그가 마지막 연주회에서는 다 치지 못했지만 다행히도 미리 녹음을 남겨놓은 쇼팽의 왈츠 전곡집(EMI) 등은 아직도 음반사상 불후의 명연으로 남아 있다.

리파티의 연주는 특히 투명하며 뛰어난 서정성을 갖고 있어, 듣는 이를 아련한 시정에 젖게 하는 마력이 있다. 게다가 높은 품격이 담겨 있어 항상 영롱하고 고귀한 아름다움이 묻어난다. 이 점은 테크닉을 떠나서 다른 연주자와도 차별되는 리파티만의 특징이다.

우리가 잘 알고 있듯이, 프레데리크 쇼팽Frédéric Chopin, 1810~1849은 수많은 피아노곡을 남겼다. 특히 기존의 춤곡들을 피아노곡으로 전용한 것은 쇼팽의 독특한 개성이자 업적이라고 할 수 있다. 폴로네즈와 마주르카 그리고 왈츠가 바로 그것들이다.

특히 왈츠는 남녀가 손을 잡고 추는, 독특하면서도 대중적인 춤이었다. 당시로서는 처음으로 남녀가 서로 몸을 붙이고 춤을 추는 것이어서, 풍속을 해칠 수 있다는 위험성을 내포한 기능성 음악이었다. 이렇게 예술적인 것과는 거리가 멀었던 형식을 쇼팽은 완벽한 연주용이자 감상용 장르로 탈바꿈시킨 것이다.

쇼팽의 왈츠를 들으면서 춤을 출 수는 없다. 아니 억지로 춤을 출 수

아련한 시정이 넘치는 리파티의 연주는 왈츠에 특히 어울린다.

야 있겠지만, 그 아름다움은 우리로 하여금 도리어 발을 멈추고 귀를 기울이게 한다. 그러니 쇼팽의 왈츠는 플로어가 아니라 다만 피아노 위에서 춤추는 것이며, 마음으로 춤을 추고 싶은 피아니스트가 검은 구두를 신은 발 대신 자신의 하얀 손가락으로 심장의 감흥을 분출하는 작업인 것이다.

왈츠라면 우리는 먼저 요한 슈트라우스 일가의 곡들을 연상하는데, 이 유명한 장르에서 좋은 감상용 왈츠를 찾기가 쉽지 않은 것은 정말 뜻밖의 일이다. 그러니 쇼팽이 쓴 왈츠들은 이 장르를 참으로 품격 넘치게 발전시킨 놀라운 업적이라고 아니 할 수 없다. 정말 쇼팽의 왈츠는 요한 슈트라우스류의 그것과는 질과 격이 다르다. 그 짧은 피아노곡들은 화려한 외향과 더불어 내면의 기품을 갖추고 있으며, 더불어 그 속에는 아련한 애수마저 품고 있는 쇼팽의 '연가곡'이라고 할 수 있다.

전곡이 모두 아름다운데, 역시 한꺼번에 들을 때 그 맛은 더욱 각별하다. 개별적으로 보자면 〈강아지 왈츠〉라고 하는 제6번과 〈이별의 곡〉으로 알려져 있는 제9번이 대중적으로는 가장 유명하다. 그러나 제1번 〈화려한 대왈츠〉와 제2번 〈화려한 왈츠〉 그리고 전곡 중에서 가장 우수하다고 평가되는 제5번을 특별히 추천하고 싶다.

리파티의 음색은 쇼팽의 왈츠에 너무나 잘 어울린다. 리파티가 브장송에서 펼쳤던 마지막 연주회는 다행히도 음반(EMI)으로 남아 있다. 그 음반으로 우리는 그때의 가슴 저리는 마지막 순간을 함께 느껴볼 수 있다. 이 음반에는 앞서 말한 것처럼 마지막 제2번이 빠져 있고, 오래된 실황인 만큼 당연히 음질도 좋지 않다. 그러나 감동만큼은 그 어느 음반보다도 뛰어나다. 만일 리파티의 전곡을 듣고 싶다면 1950년의 녹음(EMI)을 들으면 된다.

음질이 좋은 다른 명반으로는 상송 프랑수아(EMI)와 아르투르 루빈스타인(BMG)의 녹음이 뛰어난데, 두 판 모두 열네 곡만 담고 있다. 쇼팽의 왈츠 중 번호가 붙은 열아홉 곡이 모두 수록된 것으로는 블라디미르 아슈케나지의 녹음(데카)이 대표적인 명연이다.

왈츠라는 장르를 우아하고 기품 있는 것으로 격상시킨 쇼팽에 대해 슈만은 이렇게 평했다.

쇼팽의 왈츠는 몸뿐이 아니라 마음이 함께 추는 곡이다. 만일 실제 그것으로 춤을 춘다면, 상대 여성이 최소한 백작부인 정도는 되어야 할 것이다.

쇼팽과 상드가 함께 피아노를 치는 모습을 그린 터너의 그림으로 쇼팽이 지워졌다.

그가 몸을 던진 강물

슈만 : 교향곡 제4번, 제3번 라인 _ 빌헬름 푸르트뱅글러, 헤르베르트 폰 카라얀

독일 서북쪽에는 '루르'라는 지방이 있다. 여기가 바로 '라인 강의 기적'이라며 우리 교과서에 자주 언급되던 독일 공업부흥의 산실産室이다. 이곳의 도시들은 대부분 이름 그대로 라인 강의 하류에 자리잡고 있는데, 그중에서도 본·쾰른·뒤셀도르프 등은 아름답고 유서 깊은 도시들이다. 우리에게는 뒤셀도르프라면 공업도시, 본이라면 과거 서독을 이끌었던 정치도시라는 이미지가 먼저 떠오른다. 하지만 실제로 가보면 울창한 숲과 그 사이의 멋진 건물들이 인상적인, 참으로 머물고 싶은 은은한 지방이다.

본의 유명한 대학교를 방문하면, 캠퍼스 뒤로 라인 강을 따라 아름다운 산책로가 펼쳐진다. 그 산책로를 따라 내가 여행중의 망중한을 즐기던 그 즈음에, 독일의 수상까지 지냈고 책을 쓸 당시에는 외무부 장관이었던 요쉬카 피셔의 『나는 달린다』라는 책이 독일과 한국을 통틀어 화제가 되

었다. 그 책에는 피셔 장관이 바쁜 정치일정의 와중에도 늦은 밤이고 이른 새벽이고 라인 강변을 열심히 달려서, 37킬로그램을 감량했다는 이야기가 실려 있다. 실제로 적지 않은 사람들이 강변을 달리는 모습을 볼 수 있다.

하지만 여기에 와서 며칠 전 내린 비로 물이 잔뜩 불어난 도도한 라인 강을 바라볼 때, 가장 먼저 떠오르는 것은 이 강에 투신한 예술가 로베르트 슈만Robert Schumann, 1810~1856이었다.

그는 그 누구보다도 섬세하고 교양이 풍부했으며 고귀한 예술혼의 소유자였지만, 또한 가장 불행했던 남자다. 그는 네 번이나 자살을 기도했으며, 결국 마지막 2년 반을 정신병원에서 보내다 46세의 아까운 나이로 생을 마감했다. 라인 강을 볼 때마다, 아름다움에 대한 갈망과 일상의 고통을 작품에 담아낸 슈만을 그려본다.

슈만의 출생과 어린 시절을 살펴보면, 그가 정신병을 가질 수밖에 없었던 많은 요소들을 발견하게 된다. 어머니가 그를 임신했을 때, 그녀는 이미 다섯 아이를 낳은 뒤였으며 폐경기가 가까운 상태였다. 게다가 슈만에 앞서 낳은 아이가 태어나자마자 죽어, 어머니는 심한 우울증으로 몸은 지치고 마음은 위축된 상태였다.

그러나 슈만에게 처음으로 음악을 경험하게 해준 것도 역시 어머니였다. 아마추어였지만 노래를 잘 불렀던 어머니는 어린 슈만에게 음악의 아름다움을 가르쳐준 최초의 연주자였다. 하지만 그는 두 살 때 어머니와 헤어져야 했다. 어머니는 당시 창궐한 콜레라에 걸려 격리되었고, 슈만은 시장市長 집에 맡겨졌다. 그런데 콜레라가 멈춘 뒤에도 슈만은 어머니와 재회할 수 없었다. 그때 이미 어머니는 정신병을 앓고 있었던 것이다.

슈만이 어린 시절 겪은 상실의 경험은 평생 그의 비극적인 인생을 규정했다.

시장 부인은 애정을 가지고 슈만을 돌보았다. 어린 슈만 또한 양어머니가 된 시장 부인에게 애착을 보였지만, 그들의 관계도 2년 반 만에 끝난다. 슈만은 생모뿐 아니라 양어머니도 그리워했지만, 두 어머니 모두와 함께 살지 못했다. 그는 그들을 그리워했고, 또한 그들로부터 받은 상실감으로 괴로워했다.

그후 슈만은 제대로 된 교육을 받지 못한 채 불규칙하게 음악을 공부했다. 대인관계에 문제가 있었던 슈만은 거의 독학으로 공부를 한 셈이었다. 그는 어려서부터 다른 사람들과 함께 있을 때보다는 혼자 있거나 환상에 빠져 있을 때 편안함을 느꼈다. 그는 이미 아홉 살 때부터 신경쇠약, 불안, 초조 등의 증세를 보였다. 슈만은 사춘기에도 중요한 대상을 상실하는 경험을 한다. 누나가 물에 빠져 자살하고, 이듬해에는 가장 든든한 후원자였던 아버지마저 세상을 떠난 것이다. 아버지가 죽은 후 슈만은 더욱 조용한 청년이 되었다. 그는 음악을 전공하고자 했지만, 뒤늦게 곁으로 돌아온 어머니의 강요를 뿌리치지 못한 채 법대로 보내졌다.

슈만은 대학에 들어가기 전부터 작가로서의 자질을 보여 많은 글을 쓰기도 했다. 그렇게 예술적 재능이 뛰어났던 슈만이 자신과 맞지 않는 법률공부를 멀리한 것은 당연한 일이었다. 결국 그는 법대를 포기하고 피아니스트가 된다.

슈만이 스승 프리드리히 비크의 딸 클라라를 만난 것은 그녀가 여덟 살 때였다. 클라라는 이미 피아노에 대단한 재능을 보인 신동이었으며, 슈만은 18세의 불행한 법대생이었다. 그들의 관계는 처음부터 서로에 대한 이끌림과 경쟁의 뒤섞임이었다. 그들은 점차 서로에게 이성을 느끼게 되었고, 슈만은 25세 때 그녀에게 구애했다. 그러나 그때 슈만은 오른손에 이상이 생겨 피아노를 포기해야 했으며, 대신 작곡이나 비평으로 진로를 바꾸고 있었다. 반면 비크는 딸을 유럽 최고의 스타로 만들려고 했기 때문에 장래가 불투명한 슈만이 촉망받는 딸에게 접근하는 것을 꺼려했다.

당시의 법으로는 21세 이전에 혼인하고자 하는 여성은 부모의 동의를 받아야 했으므로, 비크의 반대는 결정적이었다. 결국 슈만과 비크는 법정에서 결혼 여부를 가려야 했다. 그때 비크가 내세운 반대 이유는 슈만의 알코올 남용, 목표의 잦은 변경, 정신병 등이었다. 그것들이 비크에 의해 과장된 것이라 하더라도, 슈만의 정서적 불안과 정신병적인 소지를 보여주는 증거들임에는 틀림없다. 그 재판 과정에서 효심으로 혼란에 빠진 클라라는 점점 아버지 편을 들게 된다. 그리하여 슈만의 스트레스는 극도로 가중되었다. 결국 그는 클라라와 결혼하지만, 그때는 이미 몸과 마음이 지칠 대로 지친 다음이었다.

결혼한 이후 슈만은 작곡과 비평으로 명성을 쌓아갔지만, 그에게 삶이란 항상 긴장되고 피곤한 투쟁이었다. 클라라가 피아니스트로서 이름을 크게 떨쳤을 때에도, 슈만으로서는 다만 기쁠 뿐만 아니라 부담스럽기도 했다. 결국 슈만은 몇 번의 정신병 발작을 일으킨다. 병의 실체는 조울증으로, 지속적인 반복을 일삼는 정신병이다. 그가 발작을 일으킬 때마다 클라라는 그를 극진히 보살폈지만, 두 사람에게 모두 힘든 시간이었다.

음악가로서의 명성이 확고해진 40세 때 슈만은 라인 강변의 아름다운 도시 뒤셀도르프의 시립교향악단 음악감독으로 초빙되었다. 그 소식에 부부는 진정 행복해했다. 그들은 과거의 불행과 짐을 털어버리고 새출발하는 기분으로, 뒤셀도르프로 이사했다. 그러나 이곳 시민들의 환영에도 불구하고 슈만은 적응하지 못했다. 그는 이 지방의 독특한 기질에 대응하지 못했고, 또한 지휘자와 행정가로서의 미숙한 업무가 그를 괴롭혔다. 그는 혼자서 일하는 체질이었던 것이다. 결국 슈만은 아름다운 라인 강변에서 조울증이 다시 재발하고 말았다.

그는 네 번이나 자살을 기도했다. 어느 겨울, 그는 자신의 악보를 정리한 후 클라라에게 스스로 정신병원에 들어가겠다고 말한다. 그리고 다음날 그는 결국 반쯤 얼어 있는 라인 강에 몸을 던진다. 그러나 그는 극적으로 구조되어 본의 정신병원에 수용된다. 슈만은 거기서 2년 반을 지낸 후, 병원에서 46년간의 힘들었던 일생을 마감했다.

운전을 하며 라인 강변을 따라 곧게 난 아우토반을 달리면, 주변의

슈만과 아내인 클라라
슈만.

짙푸른 침엽수림이 거대하게 다가온다. 이때 아우토반에 가장 잘 어울리
는 음악은 슈만의 교향곡이다. 독일을 여행할 때 가장 편리하고 편안한
방법이 자동차를 렌트하여 다니는 것이다. 경제적이고 운전하기도 편리
한 것은 독일의 국민차인 폴크스바겐의 '골프'나 '폴로' 같은 소형차다.

　일주일 동안 빌리면 기차보다 싸게 다닐 수 있고, 연료비도 생각보다
저렴하다. 그리고 무엇보다도 독일 전역을 거미줄처럼 연결하는 고속도
로인 아우토반은 전구간이 통행료가 없다. 게다가 아우토반에는 휴게소
가 잘 마련되어 있으며, 저렴하고 깨끗한 모텔도 갖추어져 있어서 여러
가지로 편리하다.

　차를 빌린 다음에는 레코드가게에 들어가 카세트테이프를 산다. 보
통 소형차에는 CD데크 같은 것이 없기 때문이다. 우리나라 클래식 시장
에서는 벌써 없어진 카세트테이프지만 여기서는 여전히 쉽게 구할 수 있

다. 그때 늘 손이 가는 테이프는 바그너의 〈방황하는 네덜란드인〉(나도 방황하는 중이니 얼마나 잘 어울리는 제목인가!)이나 〈리엔치〉 등의 서곡집, 그리고 브람스나 슈만처럼 제대로 된 독일 낭만주의 관현악곡들이다. 그 중에서도 슈만의 교향곡 제3번 〈라인〉과 교향곡 제4번이 내가 가장 즐겨 찾는 자동차 애청 테이프다.

오토매틱도 아닌 차로 시내를 달릴 때는 익숙지 않아 쿨럭쿨럭거리기 십상이다. 그러나 일단 아우토반에 올라가면 미끄러지듯이 달린다. 굳이 메르세데스나 포르쉐가 아니라도 즐겁다. 도도한 라인 강변의 아우토반을 완만하게 커브 돌 때 스피커에서는 마침맞게 〈라인〉이 나오기 시작한다. 제1악장이 시작될 때 모든 악기의 강주強奏로 시작되는 1주제는 참으로 감동적이다. 그 힘차고 강건한 음향은 "이것이 독일의 낭만정신이다"라고 부르짖는 것만 같다.

많은 사람들이 고전파에서 낭만파에 이르는 독일 교향곡을 좋아하지만, 대부분의 취향은 베토벤이나 브람스 등에 집중되어 있다. 그래서인지 교향곡의 두 거장 사이에 자리하는 슈만이나 멘델스존의 교향곡에 대해서는 관심이나 이해가 부족한 편이다. 그러나 슈만의 교향곡이야말로 가장 독일적인 음악이며, 독일에서 치열한 삶을 살다 간 한 불행한 인간이 자신이 발을 딛고 있는 대지를 진솔하게 그려낸 서사시다.

슈만은 평생 네 개의 교향곡을 작곡했는데, 하나같이 뛰어나다. 그의 교향곡들은 베토벤의 형식을 답습한 것 같지만, 내용은 다르다. 낭만파의 중요한 특징이 개성이라고 한다면, 슈만은 낭만파로서 합격이다. 그만의 감성과 자유분방함이 잘 나타나 있다. 나는 슈만의 교향곡이야말로 독일과 가장 잘 어울린다고 느낀다. 독일의 넓은 초원에, 광활한 침엽수림에,

아우토반에, 도도한 강물에……. 독일의 푸르고 맑은 공기를 바라볼 때면, 내 귓전에는 늘 슈만의 교향곡이 울린다. 이것은 도이칠란트의 풍경화다.

교향곡 제3번 E플랫장조 〈라인〉 op.97은 슈만 자신이 행운의 땅(결국 불행의 땅이 되었지만)으로 생각한 뒤셀도르프의 음악감독으로 취임하여, 감사와 흥분으로 넘치는 마음을 담아 만든 뒤셀도르프 시대의 첫 번째 대곡이다. 1851년 뒤셀도르프 교향악단에서 바로 자신의 지휘로 이 곡을 초연했을 때, 슈만은 얼마나 고무되어 있었던가?

제2악장은 온화하게 움직이는 민속풍의 스케르초이며, 제3악장도 유려하다. 제1악장의 장대한 느낌은 제4악장에서 다시 재연되는데, 4악장은 쾰른 대성당의 대주교가 추기경으로 승격된 것을 기념하는 의미가 담겨 있다고 한다. 그런 만큼 그 높은 쾰른 대성당을 연상시키는 장려하고 웅장한 관현악은 압도적이다.

교향곡 제4번 D단조 op.120은 원래 슈만의 교향곡들 중에서 두 번째로 작곡되었던 곡이다. 그런데 1841년 라이프치히의 게반트하우스에서 이 곡을 초연했을 때, 반응은 예상보다 좋지 못했다. 그리하여 이 악보는 빛을 보지 못한 채 12년을 책상 속에 묻혀 있었다. 슈만은 나중에 원래의 악보를 수정 · 보완하여 출판했다. 그래서 마지막 제4번의 순서를 부여받은 것이다.

이 곡은 교향곡 제1번 〈봄〉이나 제3번 〈라인〉처럼 친근한 부제가 붙어 있지는 않지만, 많은 음악팬들이 사랑하는 명작 중의 명작이다. 그가 처음 작곡할 때 '교향적 환상곡'이라는 제목을 붙이려고 한 데서 알 수 있듯이, 30세의 청년 슈만의 열정이 넘치는 가장 낭만적인 교향곡이다.

푸르트뱅글러가 떠난 지 오래되었지만 많은 팬들은 아직도 그의 지휘를 기억하고 있다.

특히 마니아들이 이 곡을 즐겨 찾는다.

네 악장은 모두 쉬지 않고 연이어 연주하도록 되어 있어서, 마치 풍경을 그린 장대한 교향시를 듣는 것 같다. 제1악장은 느린 총주總奏로 장엄하게 시작하는데, 그 감동은 마치 라인 강물처럼 도도하게 흐른다. 제3번 〈라인〉의 강물이 진짜 강의 물이라면, 4번의 강물은 내 마음에 흐르는 강물인 듯하다. 그것은 점차 빨라지면서 다양한 풍경을 그려낸다. 다시 느리게 시작되는 제2악장은 '로만체'라고 표시되어 있듯이, 지극히 사랑스럽고 환상적이다. 너무나 로맨틱하여 어떤 이들은 심성을 가장 흥분시키는 대목이라고 말한다.

교향곡 제4번 음반 중 운전할 때 가장 즐겨 듣는 것은 빌헬름 푸르트벵글러Wilhelm Furtwängler, 1886~1954가 베를린 필하모니를 지휘해 연주한 녹음(DG)이다. 음악사상 가장 위대한 지휘자 중 한 사람이며 가장 낭만성이 풍부했던 그인 만큼, 이 연주에서 그는 이 곡의 감동을 매우 직관적으로 잘 전달하고 있다.

이 명연은 슈만이 가지고 있던 내면의 뜨거운 열정을 대규모 오케스트라가 고스란히 받아서 강물로 다 떠내려보내듯이 넘실넘실 춤추는데, 진지함보다는 환상적인 낭만성을 잘 그리고 있다. 이 녹음은 푸르트벵글러가 서거하기 1년 전인 1953년의 것으로, 그가 남긴 수많은 음반들 중에서 자신도 가장 만족했던 음반 가운데 하나인 최고의 녹음이다. 반세기가 지났지만 음질도 좋다.

교향곡 제3번 〈라인〉은 헤르베르트 폰 카라얀이 베를린 필하모니와 녹음한 음반(DG)의 맛이 최고다. 북독일적인 큰 스케일을 유감없이 드러내는 이 음반은 라인 강의 서경敍景이 유장한 흐름으로 장대하고 미끈하게

다가온다.

독일을 여행할 때는 꼭 자동차가 아니더라도, 열차에서도 이 두 음반이 필수다. 이 두 장만 있다면 독일의 풍광은 두 배 세 배의 감동으로 가슴에 스민다. 물론 슈만의 다른 교향곡, 즉 제1번 〈봄〉과 제2번도 명곡인만큼, 네 곡을 한꺼번에 다 담은 명반들도 매우 좋아서 즐겨 찾는다.

전집 중에는 먼저 카라얀이 베를린 필하모니를 지휘한 슈만 교향곡 전집(DG, 2CD)이 슈만의 정신을 제대로 담아낸 카라얀의 걸작품 중 하나다. 이와 쌍벽을 이루는 슈만 전집은 레너드 번스타인의 녹음(DG, 2CD)이다. 그가 1984년 빈 필하모니와 함께했던 슈만 교향곡 전작 사이클 콘서트의 실황녹음이다. 실황인 만큼 슈만의 낭만성과 번스타인의 정열이 하나로 응축된 명연이다. 또한 바이에른 방송 교향악단을 지휘한 라파엘 쿠벨리크의 전집(소니) 역시 가장 안정적이고 균형 잡힌 녹음이라는 평가를 받고 있다.

목숨을 끊기 전 자신의 광기가 잠시 가라앉을 때마다 썼던, 그리고 아직 활기와 의지가 남아 있던 순간에 쓴 바로 그 작품들, 교향곡 제4번과 제3번 〈라인〉. 슈만의 교향곡은 나에게 항상 불행했던 한 예술가의 상징이다.

독일을 떠나 돌아올 때는 나와 함께 곳곳을 돌아다닌 그 테이프를 신세진 호텔이나 극장 직원에게 선물한다. 다음에 올 때 또 만나면 도로 빌려달라고 말하면서……. 물론 다시 찾아서 받는 일은 거의 없다. 나그네라는 단어에 기약이라는 말은 어울리지 않는다. 그냥 나는 또 내가 가고 싶은 길을 갈 뿐이다. 다만 그곳이 어디든 떠난다는 것은 늘 슬프고 헤어진다는 것은 아쉬운 법. 동전을 던지면 다시 올 수 있다는 로마의 트레비

분수처럼, 나는 또다시 라인 강가에 올 수 있을 것이라고 나만의 미신을 믿어보는 것이다.

지금도 슈만의 교향곡 제4번이나 제3번을 들으면, 도도한 라인 강의 물결과 북독일의 평원을 가로지르는 늘씬한 아우토반이 내 눈앞에 펼쳐진다.

나만의 추천음반

바그너 | 베젠동크 가곡집

바그너 | 〈베젠동크 가곡집〉 외 오르페오
소프라노: 율리아 바라디 / 지휘: 디트리히 피셔 디스카우 / 베를린 도이치 심포니 오케스트라

〈베젠동크 가곡집〉 연주의 신기원을 이룩한 음반이다. 율리아 바라디는 원래 바그너 악극의 수많은 여주인공을 불렀다. 따라서 바그너에 관한 한 그녀의 이해는 단연 탁월하다. 커다란 통에서 울려나오는 듯한 볼륨감 넘치는 음성은 듣는 이의 가슴을 때린다. 또한 그녀의 음악적 동반자이자 가곡 해석의 권위자인 남편 피셔 디스카우의 배려 넘치는 지휘도 훌륭하다.

바그너 | 〈베젠동크 가곡집〉 필립스
소프라노: 제시 노먼 / 지휘: 콜린 데이비스 / 런던 심포니 오케스트라

또 하나의 뛰어난 〈베젠동크 가곡집〉이다. 지금은 최고의 성악가지만 1975년 녹음 당시에는 겨우 30세밖에 안 되었던 노먼이, 이 깊이가 필요한 작품에 도전했다는 것은 그녀의 뛰어난 음악성과 조숙한 진지함을 말해준다. 역시 깊이 있는 음악을 만드는 지휘자 데이비스의 해석과 당시 최고의 전성기를 구가하던 런던 심포니의 관현악도 좋다.

바그너 | 〈베젠동크 가곡집〉, 슈트라우스 | 네 개의 마지막 노래 DG
소프라노: 셰릴 스튜더 / 지휘: 주세페 시노폴리 / 드레스덴 슈타츠카펠레

스튜더는 독일과 이탈리아 오페라 모두에서 자신만의 경지를 이룬 소프라노다. 특히 바그너나 R. 슈트라우스 등 몇몇 독일 작품에 대한 그녀의 열정은 고스란히 가곡으로도 이어진다. 이 음반은 〈베젠동크 가곡집〉뿐만 아니라 R. 슈트라우스의 가곡들을 담고 있다. 시노폴리가 지휘하는 드레스덴 슈타츠카펠레의 관현악도 무척 뛰어나다.

페르골레시 | 스타바트 마테르

페르골레시 | 〈스타바트 마테르〉 나이브
소프라노: 젬마 베르타뇰리 / 콘트랄토: 사라 밍가르도 / 지휘: 리날도 알레산드리니 / 콘체르토 이탈리아노

최근 이탈리아에서 많이 생겨난 젊은 고음악 단체들 가운데 콘체르토 이탈리아노의 활약은 눈부시다. 그들의 연주는 늘 주목을 받는다. 리더 알레산드리니의 탁월한 감각은 투명하기 그지없는 음색과 생동감 넘치는 리듬으로 페르골레시의 이 명곡을 또다시 명연으로 완성했다. 밍가르도와 베르타뇰리 두 여성 성악가의 음성도 아름답다.

페르골레시 | 〈스타바트 마테르〉 DG
소프라노: 마가레트 마샬 / 메조소프라노: 루치아 발렌티니 테라니 / 지휘: 클라우디오 아바도 / 런던 심포니 오케스트라

〈스타바트 마테르〉의 모범적인 명연으로, 아바도의 대표작 중 하나로 꼽힌다. 이탈리아 최고의 지휘자 가운데 한 명인 아바도는 자기 특유의 섬세하면서도 진지한 해석으로 런던 심포니와 함께 이 곡을 조화롭게 들려준다. 테라니의 독특한 음색 또한 이 연주의 매력을 한층 고조시킨다.

페르골레시 | 〈스타바트 마테르〉 프랑스 아르모니아 문디
보이소프라노: 세바스티안 헤니히 / 남성 알토 · 지휘: 르네 야콥스 / 콘체르토 보칼레

〈스타바트 마테르〉의 원전 연주를 듣기 원한다면 이 음반을 권하고 싶다. 이런 스타일의 고음악 원전 연주에서 야콥스의 업적은 이미 탁월하다. 여기서도 그는 콘체르토 보칼레와 함께 감미료가 느껴지지 않는 순수한 소리를 들려준다. 이 음반의 또 하나의 특징은 두 성악 파트를 모두 남성 가수들이 부른 것인데, 둘 다 무척 뛰어나다.

브람스 | 클라리넷 5중주곡

브람스 | 클라리넷 5중주곡, 현악 5중주곡 EMI
클라리넷: 자비네 마이어 / 알반 베르크 4중주단

명반이 많은 이 작품에서 비교적 최근에 나온 이 녹음은, 우리 시대 뛰어난 연주자들의 성실한 해석과 진지한 자세가 듣는 이를 감동으로 몰고 가기에 부족함이 없다. 알반 베르크 4중주단의 학구적인 연주에, 감각적이고 세련미가 더해진 마이어의 클라리넷은 매우 균형 잡힌 조합을 보여준다. 브람스의 현악 5중주곡 제2번 op.111도 함께 수록되었다. 음질도 빼어나다.

브람스 | 클라리넷 5중주곡, 모차르트 | 클라리넷 5중주곡 웨스트민스터
클라리넷: 레오폴트 블라흐 / 빈 콘체르트하우스 4중주단

이 곡의 전설적인 명반이다. 녹음(1951)된 지 50여 년이 지났지만 여전히 올드팬들의 향수를 자극한다. 전체의 감상을 리드하는 것은 최고의 클라리네티스트 블라흐다. 그의 부드럽고 세련된 빈풍의 음색에 과장 없이 절제된 해석은 과연 클라리넷의 정수를 들려준다. 이 곡과 모차르트의 5중주곡은 모두 지금도 각 곡의 최고 연주로 꼽힌다.

브람스 | 클라리넷 5중주곡, 모차르트 | 클라리넷 5중주곡 DG
클라리넷: 카를 라이스터 / 아마데우스 4중주단

또 하나의 명반으로 이 분야의 오랜 스테디셀러다. 라이스터는 블라흐를 잇는 다음 세대의 클라리넷 명인이다. 그는 회색빛의 은은한 음색으로 유명한데, 그것은 브람스에 잘 어울린다. 이 연주는 격정과 슬픔으로 빠지지 않고 잘 조율되어 속으로 삼키는 은근한 우울함이 뛰어나다. 함께 녹음된 모차르트의 클라리넷 5중주곡도 무척 아름답다.

라벨 | 〈왼손을 위한 협주곡〉 외 뱅가드 클래식
피아노: 레온 플라이셔 / 지휘: 세르지우 코미시오나 / 볼티모어 심포니 오케스트라

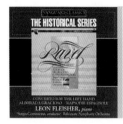

한 손을 못 쓰게 된 플라이셔의 상징적인 의미가 큰 음반이다. 그는 이 음반에서 실로 치열한 연주를 들려준다. 이를 통해 음악 이상의, 예술을 향한 한 음악인의 열정이 소중하게 느껴진다. 그외에 코미시오나의 지휘로 라벨의 빼어난 관현악곡 〈어릿광대의 아침노래〉와 〈스페인 랩소디〉도 들을 수 있다.

라벨 | 〈왼손을 위한 협주곡〉 외 EMI
피아노: 상송 프랑수아 / 지휘: 앙드레 클뤼탕스 / 파리 음악원 오케스트라

20세기 후반 최고의 피아니스트였으나 40대의 한창 나이에 세상을 떠난 프랑수아가 남긴 대표적인 명반이다. 그는 다방면에 다재다능했지만 특히 프랑스 음악에서 타의 추종을 불허하는 에스프리를 발휘했다. 따라서 그가 라벨 연주에서 보여주는 감각이 각별하다. 역시 최고의 프랑스 음악 해석자인 클뤼탕스는 라벨의 관현악곡 〈밤의 가스파르〉도 지휘해 수록했다.

라벨 | 〈왼손을 위한 협주곡〉 외 오르페오
피아노: 백건우 / 지휘: 게리 베르티니 / 슈투트가르트 방송 교향악단

또 하나의 좋은 라벨 음반이 바로 백건우의 것이다. 오랫동안 파리에서 살아온 그에게서 프랑스적인 감각과 정신을 느끼게 되는 것은 당연한 일이다. 그는 비교적 초기 시절에 라벨의 음악세계에 심취했었는데, 그 산물로 몇 개의 라벨 음반이 나와 있다. 여기서 그는 라벨의 독특한 세계를 자신만의 접근법으로 훌륭하게 그려낸다.

브루흐 | 콜 니드라이

브루흐 | 〈콜 니드라이〉 외 킹레코드
콘트라베이스: 게리 카 / 피아노: 하먼 루이스

〈콜 니드라이〉는 원래 첼로와 오케스트라를 위한 곡이지만, 콘트라베이스 최고의 명인 카가 자신의 악기로 연주한 귀중한 녹음이다. 오케스트라 파트도 피아노가 대신 맡고 있다. 카는 첼로를 위한 이 곡을 콘트라베이스 특유의 저음 효과를 최대한으로 발휘해 원곡과는 또 다른 중후하고 심오한 분위기로 완성하고 있다.

브루흐 | 〈콜 니드라이〉, 랄로 · 생 상스 | 첼로 협주곡 DG
첼로: 피에르 푸르니에 / 지휘: 장 마르티농 / 라무뢰 오케스트라

〈콜 니드라이〉는 거의 모든 첼리스트들이 녹음했기 때문에 많은 명반이 남아 있다. 하지만 그중에서도 첼로 고유의 음색과 서정성을 가장 잘 담아낸 연주라면 푸르니에의 것을 빼놓을 수 없다. 푸르니에는 이 곡이 가진 비장감을 절대 과장하지 않고 우러나는 대로 자연스럽고 담담하게 표현하고 있다. 그외에도 랄로와 생 상스의 협주곡들이 함께 실려 있다.

게리 카 명연집 - 바흐 | 무반주 첼로 모음곡 전곡 킹레코드
콘트라베이스: 게리 카

카가 오랫동안 자신의 과제로 삼은 작업이 바흐의 무반주 첼로 모음곡을 콘트라베이스로 연주하는 것이었다. 그는 1997년에 제1~3번을 녹음하고, 최근에 제4~6번을 녹음함으로써 드디어 전곡을 완성했다. 첼로곡으로도 최고의 위치에 있는 이 곡을 콘트라베이스로 전곡을 다 녹음해낸 기념비적인 음반이다.

베토벤 ┃ 3중 협주곡, 브람스 ┃ 2중 협주곡 EMI

바이올린: 다비트 오이스트라흐 / 첼로: 므스티슬라프 로스트로포비치 / 피아노: 스비야토슬라프 리흐테르
지휘: 헤르베르트 폰 카라얀 / 베를린 필하모니 오케스트라

협연자가 세 명이나 필요한 만큼 각 연주자의 역량이 중요할 수
밖에 없는데, 그런 점에서 이토록 화려한 진용을 갖춘 녹음은
전무후무하다고 할 수 있다. 게다가 카라얀의 지휘와 베를린 필
하모니의 연주인 만큼, 1969년 녹음한 이래 그 위치를 빼앗긴
적이 없는 이 곡 최고의 명반이다. 팽팽한 대결구도 속에서도
네 사람은 카라얀을 중심으로 완벽한 조화를 이루고 있다.

베토벤 ┃ 3중 협주곡, 합창 환상곡 EMI

바이올린: 이츠하크 펄먼 / 첼로: 요요 마 / 피아노 · 지휘: 다니엘 바렌보임 / 베를린 필하모니 오케스트라

현대의 거장들이 모여서 만든 또 하나의 명반이다. 역시 베를
린 필하모니의 연주로 콘서트 실황녹음이다. 바렌보임은 피아
노와 지휘를 동시에 맡아 오케스트라 전체를 조율한다. 펄먼
역시 자기 특유의 비르투오소적인 면모를 유감없이 발휘한다.
그러나 이 음반의 가장 큰 매력은 요요 마인데, 특히 첼로가
돋보이는 명연은 그의 카리스마를 보여준다.

베토벤 ┃ 3중 협주곡, 슈만 ┃ 피아노 협주곡 EMI

피아노: 마르타 아르헤리치 / 바이올린: 르노 카푸숑 / 첼로: 미샤 마이스키 / 지휘: 알렉산드르 라비노비치
이탈리안 스위스 방송 관현악단

최근에 새로 나온 주목할 만한 3중 협주곡이다. 늘 최고급의
연주만을 들려주는 아르헤리치가 처음으로 3중 협주곡을 녹
음했다. 바이올린은 최근에 무섭게 떠오른 신예 르노 카푸숑
이 맡았고, 첼로는 아르헤리치와 오랫동안 호흡을 맞춘 마이
스키가 연주했다. 라비노비치의 지휘도 좋다. 전체적으로 열
정이 분출하는 신선한 기운이 넘친다.

크리스마스 캐럴집

레온타인 프라이스와의 크리스마스 데카
소프라노: 레온타인 프라이스 / 지휘: 헤르베르트 폰 카라얀 / 빈 필하모니 오케스트라

오페라 최고의 프리마 돈나였던 프라이스가 34세의 젊은 나이에 녹음한 고품격 크리스마스 캐럴집이다. 그녀의 진가를 너무나 잘 알고 있던 카라얀이 빈 필하모니를 지휘하여 그녀의 노래를 환상적으로 도와준다. 천상에서 울리는 그녀의 음성은 〈고요한 밤〉 〈거룩한 성〉 등의 캐럴에서 광채를 발하고, 슈베르트와 구노의 〈아베마리아〉도 명연이다.

레온타인 프라이스—베르디와 푸치니 아리아집 BMG
소프라노: 레온타인 프라이스 / 지휘: 아르투로 바실레, 올리비에로 데 파브리티스 / 로마 오페라 오케스트라

프라이스의 진정한 매력을 알고 싶다면, 가곡이나 흑인영가도 좋겠지만 역시 한 번쯤은 그녀의 오페라를 들어보아야 한다. 이 음반은 그녀의 가장 대표적인 아리아들을 모아놓은 것으로, 최근에 리빙 스테레오의 복원판과 SACD로도 나왔다. 여기에는 그녀의 대표작인 〈아이다〉 〈일 트로바토레〉를 비롯해 〈토스카〉 〈투란도트〉 등의 아리아가 수록되어 있다.

칸타테 도미노 프로프리우스
소프라노: 마리안느 멜내스 / 오르간: 알프 린다로 / 지휘: 토슈텐 닐손 / 스톡홀름 오스카슈 모테트 합창단

프라이스 다음으로 크리스마스에 들을 만한 뛰어난 음반이다. 세계 각국을 대표하는 성가들을 중심으로 구성되어 있으며, 중간중간 오르간 독주곡들이 있어 경건한 분위기를 풍긴다. 우리 민요 〈아리랑〉도 맬컴 서전트 경이 편곡해 〈자장가〉라는 제목으로 수록했다. 전체적으로 단정하면서도 풍성한 울림이 뛰어난 음향으로 성스러움을 고조시킨다.

러시아 로망스

박경숙이 연주하는 러시아 로망스 굿 인터내셔널
첼로: 박경숙 / 피아노: 니나 코간

우리나라의 첼리스트 박경숙이 모스크바에서 러시아의 로망스들을 첼로로 녹음한 음반이다. 러시아 로망스는 러시아의 정서를 표현한 노래곡이지만, 코간이 편곡한 곡들의 정서를 박경숙은 훌륭하게 그려내고 있다. 〈나는 당신을 사랑했습니다〉나 〈오직 그리움을 아는 자만이〉 등 유명한 로망스 외에 라흐마니노프의 첼로 소나타도 녹음되어 있다.

보칼리제, 러시안 로망스 DG
첼로: 미샤 마이스키 / 피아노: 파벨 길리로프

러시아 출신의 첼리스트 마이스키가 조국의 러시아 로망스를 자신의 첼로 선율로 담아냈다. 박경숙의 음반보다 나중에 나왔다. 〈보칼리제〉를 비롯해 〈오직 그리움을 아는 자만이〉 〈눈물〉 등 러시아 특유의 서정미가 짙게 풍기는 곡들을 러시아를 떠난 지 오래된 마이스키가 고향을 회상하며 연주하고 있다.

러시안 로맨틱 송 프랑스 아르모니아 문디
소프라노: 카이아 우르브 / 기타: 헤이키 매틀리크

러시아 로망스는 원래 노래곡인 만큼 성악으로 부르는 것이 오리지널이라고 할 수 있다. 여기서는 소프라노 우르브가 기타 반주로 러시아 로망스들을 아주 서정적으로 노래하고 있다. 〈날 욕하지 말아요〉 〈나에게 요구하지 마세요〉 〈두 번의 작별〉 등 우리에게 친숙하지 않은 곡들이 대부분이지만, 러시아적인 정서는 우리에게도 잘 맞는다.

멘델스존 | 〈무언가〉 DG(2CD, 2for1)
피아노: 다니엘 바렌보임

바렌보임은 유명한 지휘자일 뿐만 아니라 탁월한 피아니스트이기도 하다. 그가 남긴 많은 음반 중에서도 꼭 기억할 만한 녹음의 하나가 바로 이 〈무언가〉다. 바렌보임은 지휘자뿐 아니라 뒤 프레 같은 첼리스트나 성악가들의 반주자로도 매우 뛰어났는데, 이런 경험은 이 '말 없는 노래'에서 탁월한 피아니즘으로 구현된다. 멘델스존의 낭만성이 생생하기 그지없다.

멘델스존 | 〈무언가〉 EMI
피아노: 발터 기제킹

〈무언가〉의 전곡을 담지 않고 불과 17곡을 수록하고 있지만, 이 작품의 연주를 언급할 때 빼놓을 수 없는 전설적인 명연이다. 2차대전 전 소위 신즉물주의의 대표적인 예술가였던 기제킹은 자신만의 초월적인 연주로도 깊은 예술성을 확립했다. 이 녹음은 벌써 50년이 지났지만(1956) 그의 음악성은 지금도 위대한 빛을 발한다. 다른 소품들이 함께 수록되었다.

멘델스존 | 〈무언가〉 하이페리온(2CD)
피아노: 리비아 레브

레브는 하이페리온 레이블로 이미 적지 않은 독주곡 음반을 출반한, 이 회사의 대표적인 피아니스트다. 그녀는 여성 특유의 섬세한 뉘앙스와 감각적인 터치로 곡을 표현해내, 쇼팽이나 드뷔시 같은 곡에서 인상적인 개성을 드러낸다. 이 음반에서도 에스프리가 넘치는 멋진 풍경화를 그려낸다.

라미레스 | 〈미사 크리올라〉 필립스
테너: 호세 카레라스 / 지휘: 호세 루이스 오체호 / 라레도 합창단, 빌바오 합창협회 외

제3세계에서 자국의 정서를 실어 만들어낸 소중하면서도 유명한 미사곡 〈미사 크리올라〉의 세계 최초의 녹음이다. 남아메리카의 다양한 악기가 모두 동원되어 그들만의 독특한 라틴음악세계와 신앙세계를 구축하였다. 세계적인 테너 카레라스가 기꺼이 테너 독창부를 맡아 화제가 되기도 했다.

라미레스 | 〈미사 루바〉 〈미사 크리올라〉 〈미사 플라멩카〉 외 필립스(1CD, 1DVD)
테너: 호세 카레라스 / 지휘: 호세 루이스 오체호, 귀도 하첸 외

〈미사 크리올라〉 음반의 세계적인 대성공 이후에 나온 확대 보완판인 셈이다. 여기서는 〈미사 크리올라〉 외에도 아프리카 스타일의 미사곡 〈미사 루바〉와 〈미사 플라멩카〉 등 자국어로 된 세 개의 제3세계 미사곡이 담겨 있다. 각 민족의 다양한 음악세계를 미사곡이라는 형태 속에서 만날 수 있다. 제작 과정을 담은 DVD도 포함되어 있다.

더 베리 베스트 오브 호세 카레라스 EMI
테너: 호세 카레라스

카레라스의 매력은 무엇인가? 그는 파바로티나 도밍고의 아류가 아니다. 그는 무척 독특한 자신만의 예술세계를 가진 가장 매력적인 성악가였으며, 또한 백혈병을 극복해낸 인간승리의 표상이었다. 이제 그의 음악인생도 끝나가는 시점에서 젊은 날 그의 진수를 접해본다. 이 음반에는 1975년부터 85년까지 그의 전성기의 매혹이 담겨 있다.

슈베르트 | 현악 4중주곡 제13번 〈로자문데〉, 제14번 〈죽음과 소녀〉 EMI
알반 베르크 4중주단

이 음반은 〈죽음과 소녀〉의 정신에 가장 근접한 연주이며, 가장 철학적인 동시에 격정적이다. 이 곡에 관해서는 오래된 명반들이 많지만, 우리 시대 최고의 4중주단의 가장 대표적인 음반을 추천한다. 비교적 최근 것으로 음질이 뛰어나며, 마치 현장에서 듣는 듯 강렬한 감흥을 느낄 수 있다. 〈로자문데〉도 최고 수준의 명연이다.

슈베르트 | 현악 4중주곡 제14번 〈죽음과 소녀〉, 슈만 | 피아노 5중주곡 엘라투스
보로딘 4중주단 / 피아노: 스비야토슬라프 리흐테르

보로딘 4중주단은 최고의 4중주단 가운데 하나임에 분명하지만, 그들의 음반은 여전히 서방에는 잘 알려져 있지 않다. 그들의 빼어난 실력과 깊은 음악성을 가감없이 보여주는 연주가 바로 이 음반이다. 그들 특유의 강렬함과 자유분방한 낭만성이 넘치는 명연이다. 함께 수록된 슈만의 피아노 5중주곡에는 스비야토슬라프 리흐테르가 가담했는데, 이 역시 명연이다.

슈베르트 | 현악 4중주곡 제14번 〈죽음과 소녀〉, 피아노 5중주곡 〈송어〉 DG
아마데우스 4중주단 / 피아노: 에밀 길레스 / 콘트라베이스: 라이너 제페리츠

비교적 오래되었지만 여전히 명반의 자리에서 인기를 구가하고 있는 음반이다. 아마데우스 4중주단은 품격이 넘치고 절대로 흐트러지지 않는 교과서적인 연주를 펼치고 있는데, 세심함과 낭만성이 모두 뛰어나다. 함께 수록된 〈송어〉도 명연인데, 피아노의 에밀 길레스와 콘트라베이스의 라이너 제페리츠가 함께 참여했다.

말러 | 교향곡 제2번 〈부활〉 DG

소프라노: 라토니아 무어 / 메조소프라노: 나디아 미카엘 / 지휘: 길버트 카플란
빈 필하모니 오케스트라, 빈 악우협회 합창단

평생을 이 한 곡의 연구와 지휘에 몰두해온 카플란이 말러가 지휘했던 정상의 오케스트라와 녹음하게 되었을 때, 카플란 자신보다 더 흥분한 사람은 없었을 것이다. 그런 만큼 자신의 모든 것을 담아낸 이 음반은, 그가 비록 아마추어라고 해도 한 인간의 집념과 열정이 모두 실려 있는 감동적인 명연이다.

말러 | 교향곡 제2번 〈부활〉 DG

소프라노: 바버라 헨드릭스 / 메조소프라노: 크리스타 루드비히 / 지휘: 레너드 번스타인
뉴욕 필하모니 오케스트라, 웨스트민스터 합창단

최고의 말러 스페셜리스트로 손꼽히던 번스타인은 여러 장의 〈부활〉 녹음을 남겼지만, 역시 이 음반이 그중 최고다. 이미 뉴욕 필하모니에서 물러나 있던 번스타인은 자신의 땀이 배어 있는 이 악단과 함께 최고의 연주를 들려준다. 실황녹음인 이 음반에서 그는 거장다운 당당한 행보로 듣는 이를 압도하는데, 협연한 두 여성 성악가도 최고의 기량을 뽐낸다.

말러 | 교향곡 제2번 〈부활〉 EMI

소프라노: 엘리자베스 슈바르츠코프 / 메조소프라노: 힐데 뢰슬 마이단 / 지휘: 오토 클렘페러
필하모니아 오케스트라, 합창단

번스타인의 음반과 쌍벽을 이루는 〈부활〉의 명반이다. 클렘페러 역시 다수의 〈부활〉 녹음을 남겼는데, 이것이 단연 대표작이다. 그는 이 녹음에서 자신만만하고 다이내믹하며 거대한 스케일을 내세워 가장 장대한 교향곡을 펼친다. 특히 최고급 소프라노인 슈바르츠코프의 음성이 이 연주의 가치를 더욱 높여준다.

바그너 | 〈무언의 반지〉 텔락
지휘: 로린 마젤 / 베를린 필하모니 오케스트라

바그너의 악극 〈니벨룽의 반지〉는 워낙 길기 때문에 줄이거나 관현악 부분만을 연주하는 것이 오랜 관행으로 이어져왔다. 그러나 마젤은 자신이 스스로 악극의 주요 부분을 편곡해 70분짜리 새로운 관현악곡으로 재탄생시켰다. 이 음반은 마젤이 직접 베를린 필하모니를 지휘한 것으로, 쏟아지는 관현악의 폭포수에 온몸을 내맡기고 맘껏 취할 수 있다.

마젤이 지휘하는 바그너 BMG
지휘: 로린 마젤 / 베를린 필하모니 오케스트라

위의 음반과는 달리, 원래의 바그너 관현악 악보들로 연주한 음반이다. 이 음반에서도 마젤이 지휘하는 베를린 필하모니의 미끈한 사운드를 마음껏 즐길 수 있다. 〈반지〉 중에서는 〈지크프리트 목가〉와 〈지크프리트의 라인 여행〉 두 부분만 수록되었는데, 〈리엔치〉 서곡이나 〈로엔그린〉 제3막 전주곡, 〈파우스트〉 서곡 등이 더욱 매력적이다.

바그너 | 〈무언의 반지〉 CBS
지휘: 조지 셀 / 클리블랜드 오케스트라

'무언의 반지'라는 같은 제목을 달고 있지만, 마젤의 편곡이 아니라 지휘자 셀이 자기 나름대로 악극 〈반지〉의 하이라이트를 재구성해 만든 것이다. 1960년대의 셀과 클리블랜드 오케스트라가 그러했듯이, 장대한 관현악의 폭풍에 멋진 음향이 더해져 무척 아름답고 새로운 〈무언의 반지〉가 탄생했다. 〈반지〉의 일곱 대목 외에 〈트리스탄과 이졸데〉 등도 들어 있다.

차이콥스키 | 〈로코코 주제에 의한 변주곡〉 외 DG
첼로: 미샤 마이스키 / 오르페우스 체임버 오케스트라

마이스키가 평소 사랑하는 작은 곡들로 꾸며진 음반인데, 첼로의 매력을 잘 알 수 있는 좋은 선곡으로 구성되었다. 그중에서도 탁월한 곡은 역시 〈로코코 주제에 의한 변주곡〉으로, 그의 비르투오소적인 기교와 모국에 대한 열정이 살아 꿈틀댄다. 〈안단테 칸타빌레〉〈플로렌스의 추억〉〈예브게니 오네긴〉 중 렌스키의 아리아 등 주옥같은 곡들이 함께 수록되었다.

차이콥스키 | 〈로코코 주제에 의한 변주곡〉, 슈만 | 첼로 협주곡 외 테스터먼트
첼로: 모리스 장드롱 / 지휘: 에르네스트 앙세르메 / 스위스 로망드 오케스트라

프랑스가 낳은 최고의 첼리스트 장드롱은, 우아한 톤과 냉철한 보잉에 내면에서 우러나는 깊이 있는 에스프리로 지금까지도 첼리스트들의 모범이 되고 있다. 이미 반세기가 지난 이 녹음은 장드롱의 귀한 자료 가운데 하나인데, 그 특유의 톤이 매혹적이다. 특히 〈로코코 주제에 의한 변주곡〉이 뛰어나고, 슈만의 첼로 협주곡과 소품들이 함께 수록되어 있다.

차이콥스키 | 〈로코코 주제에 의한 변주곡〉, 생 상스 | 첼로 협주곡 제1번 EMI
첼로: 장한나 / 지휘: 므스티슬라프 로스트로포비치 / 런던 심포니 오케스트라

자랑스러운 우리 젊은이 장한나의 1995년 데뷔 앨범인 이 음반에서는 그녀의 음악성을 높이 샀던 로스트로포비치가 직접 지휘하여 장한나에 대한 막강한 지지를 보여주었다. 어린 나이가 믿기지 않는 노련한 음색과 열정은 그저 감탄스럽다. 〈로코코 변주곡〉이 대표곡이지만 생 상스의 협주곡도 좋다. 게다가 포레의 〈엘레지〉와 브루흐의 〈콜 니드라이〉까지 실려 있다.

모차르트 | 〈신포니아 콘체르탄테〉 외 데카(2CD)
바이올린: 이고리 오이스트라흐 / 비올라: 다비트 오이스트라흐 / 지휘: 키릴 콘드라신 / 모스크바 필하모니 오케스트라

러시아가 낳은 최고의 바이올리니스트인 다비트 오이스트라흐가 자신의 아들이자 제자인 이고리와 함께 만든 명연주(2CD)다. 아들에게 바이올린을 주고 비올라로 물러난 다비트의 사랑은 부자의 뛰어난 하모니로 승화되었다. 콘드라신의 지휘도 전체적인 융합을 잘 이끌어간다. 브루흐의 〈스코틀랜드 환상곡〉과 힌데미트의 바이올린 협주곡도 수록되어 있다.

모차르트 | 바이올린 협주곡 전집, 〈신포니아 콘체르탄테〉 DG(2CD)
바이올린 · 지휘: 안네 조피 무터 / 비올라: 유리 바슈메트 / 런던 필하모니 오케스트라

2006년 모차르트의 탄생 250주년을 맞아, 이제는 대가의 위치에 오른 무터가 야심차게 녹음한 모차르트의 바이올린 협주곡 전집(2CD)이다. 다섯 곡의 바이올린 연주는 모두 뛰어나고, 런던 필하모니의 음색도 빼어나게 청아하다. 여기에 또 하나의 압권이 있으니, 바로 〈신포니아 콘체르탄테〉다. 최고의 비올리스트 바슈메트가 무터와 뛰어난 조화를 이루고 있다.

모차르트 | 바이올린 협주곡 전집, 〈신포니아 콘체르탄테〉 DG(2CD, 2for1)
바이올린: 기돈 크레머 / 비올라: 킴 카슈카시안 / 지휘: 니콜라스 아르농쿠르 / 빈 필하모니 오케스트라

우리 시대 최고의 바이올리니스트인 크레머는 이미 오랫동안 모차르트 바이올린 협주곡에 천착했는데, 그 파트너는 주로 아르농쿠르였다. 이 음반은 그들 오랜 콤비의 면모를 엿볼 수 있는 전집(2CD)으로, 고급스런 음색의 또 다른 근원은 빈 필하모니의 명연이다. 〈신포니아 콘체르탄테〉에서는 크레머의 오랜 음악동료인 카슈카시안이 함께 호흡을 맞춘다.

브람스 | 비올라 소나타 제1번, 제2번 BMG
비올라: 유리 바슈메트 / 피아노: 미하일 문티안 / 콘트랄토: 라리사 디아드코바

브람스 비올라 소나타의 위상을 세계에 알린 명음반이다. 우리 시대 최고의 비올리스트 바슈메트의 탁월한 실력과 감성은 브람스의 명작을 훌륭하게 그려냈으며, 문티안의 피아노도 좋다. 이 음반의 또 하나의 장점은 브람스가 쓴 또 다른 두 곡이다. 콘트랄토와 비올라와 피아노를 위한 두 개의 노래 op.91 역시 기막힌 명곡으로, 콘트랄토 디아드코바가 노래한다.

브람스 | 바이올린 소나타와 비올라 소나타 전집 DG(2CD, 2for1)
바이올린 · 비올라: 핀커스 주커만 / 피아노: 다니엘 바렌보임

바이올리니스트 주커만과 피아니스트 바렌보임이 함께 연주한 브람스 바이올린 소나타 전집(2CD)이다. 이 음반에는 브람스의 비올라 소나타들도 함께 수록되어 있다. 주커만은 유명한 바이올리니스트이자 또한 빼어난 비올리스트이기도 하다. 열정적인 연주에서 그의 바이올린뿐 아니라 비올라에 대한 애정이 묻어난다.

브람스 | 비올라 소나타, 슈만 | 〈옛이야기 그림책〉 샨도스
비올라: 노부코 이마이 / 피아노: 로저 비뇰레스

우리 시대 또 한 명의 탁월한 비올라 연주자, 노부코 이마이. 샨도스의 대표적인 아티스트인 그녀는 브람스의 비올라 소나타들을 진지하면서도 여성 특유의 아름다움으로 그려내고 있다. 이 음반에는 또한 슈만의 귀한 비올라곡 〈옛이야기 그림책〉—피아노와 비올라를 위한 네 개의 소품 op.113도 수록되어 있다.

림스키 코르사코프 | 교향적 모음곡 〈세헤라자데〉 필립스
지휘: 발레리 게르기예프 / 키로프 오케스트라

게르기예프는 오페라를 비롯해 수없이 많은 음반을 녹음해왔지만, 그중에서도 순수한 관현악곡으로 자신과 자신의 악기인 키로프 오케스트라의 진수를 보여주는 음반이 바로 이 〈세헤라자데〉다. 그는 이 녹음에서 마치 화가가 캔버스에 마음껏 물감을 칠하듯, 자신의 색채를 화려하게 표현하면서 러시아 관현악의 새로운 마력을 전해준다.

림스키 코르사코프 | 교향적 모음곡 〈세헤라자데〉 외 DG
지휘: 정명훈 / 바스티유 오페라 오케스트라

정명훈의 가장 뛰어난 음반 가운데 하나이며, 그런 만큼 많은 극찬을 받았다. 그는 전체적인 숲을 확실하게 보면서도 나뭇가지 하나 꽃잎 하나까지도 세밀화를 그려내듯이 정교하고 극명하게 살리는 감각을 보여준다. 특히 관악기와 타악기의 정교한 연주는 그저 놀라울 따름이다. 그외에도 스트라빈스키의 〈불새〉 등 몇 곡이 함께 수록되어 있다.

림스키 코르사코프 | 교향적 모음곡 〈세헤라자데〉 외 데카(2CD, 2for1)
지휘: 에르네스트 앙세르메 / 스위스 로망드 오케스트라

앙세르메는 이 곡을 몹시 좋아하여 천 번 이상 연주했다고 전해진다. 1960년에 녹음된 이 연주는 그중에서도 가장 교과서적인 위치를 지켜왔다. 그의 연주는 무척이나 강렬하고 때로는 낭만적이지만 그래도 감정 과잉에 빠지는 법 없이 전체적인 밸런스를 유지하고 있다. 이 음반에는 〈사드코〉 〈눈 아가씨〉 등 림스키 코르사코프의 귀한 곡들이 함께 수록되어 있다.

쇼팽 | 왈츠집

쇼팽 | 왈츠집 EMI
피아노: 디누 리파티

젊은 날에 요절한 비극의 피아니스트 리파티의 마지막 연주 실황이다. 1950년 브장송 페스티벌 실황은 비록 음질이 좋지는 않지만, 장내에서 전해오는 공기는 듣는 이로 하여금 가슴을 부여잡고 눈물을 짓지 않을 수 없게 만든다. 그가 끝내 마지막 곡을 치지 못했기 때문에 열세 곡의 왈츠만 수록되었다. 마지막 곡 대신 연주한 바흐 곡도 아쉽게 녹음되지 못했다.

쇼팽 | 왈츠집 EMI
피아노: 디누 리파티

리파티는 브장송 페스티벌에서 왈츠 전곡을 완성하지 못했지만, 다행히도 그 직전에 자신이 사랑하는 왈츠곡을 스튜디오 녹음으로 남겨놓았다. 물론 여기에는 왈츠 열네곡이 수록되어 있으며, 리파티 자신이 정한 특유의 순서에 의해 연주되었다. 이 또한 모노지만 브장송 실황보다는 듣기가 편하며, 무엇보다도 리파티 특유의 영롱한 서정성을 느낄 수 있다.

쇼팽 | 왈츠집 외 BMG
피아노: 아르투르 루빈스타인

루빈스타인도 리파티 이상으로 쇼팽의 왈츠곡에 애착을 가졌던 연주자다. 그는 생전에 왈츠곡을 무척 즐겨 연주했다. 그런 만큼 이 연주에는 대가의 실력뿐 아니라 예술에 접근하는 그의 자세와 예술관까지 묻어 있다. 이 음반은 매우 색채적이고 시정으로 넘치는데 전곡을 다 마칠 때는 감동이 물밀듯 밀려온다. 열네 곡의 왈츠곡 외에 즉흥곡 등이 실려 있다.

슈만 | 교향곡 제4번 DG
지휘: 빌헬름 푸르트벵글러 / 베를린 필하모니 오케스트라

1953년에 녹음한 이 음반은, 그 많은 푸르트벵글러의 음반들 중에서도 지휘자 자신이 가장 만족했던 몇 개에 꼽히는 대단한 것이다. 과연 여기에는 대가의 자신감 넘치는 행보를 따라 슈만의 교향악세계가 성큼성큼 도도한 물결로 흐르고 있다. 일견 듣기 어려울 수도 있는 곡이지만 집중해서 감상한다면 감동에 푹 젖을 수 있는 명반이다.

슈만 | 교향곡 제1~4번 전곡 DG(2CD)
지휘: 헤르베르트 폰 카라얀 / 베를린 필하모니 오케스트라

카라얀이 완성한 일련의 교향곡 전집 시리즈들 중에서 베토벤이나 브람스만큼 중요한 명연이 바로 이 음반이다. 단 두 장에 모두 수록된 이 전집에서 카라얀은 슈만의 낭만성에 초점을 맞추고 있다. 듣는 이도 이들과 함께 북독일로 여행을 떠나는 듯한 느낌이 든다. 특히 제1번 〈봄〉과 제3번 〈라인〉에서는 유려함이 넘치고, 제4번에서는 탄탄하고 진지함이 배어나온다.

슈만 | 교향곡 제1~4번 전곡 DG(2CD, 2for1)
지휘: 레너드 번스타인 / 빈 필하모니 오케스트라

번스타인이 빈으로 와서 빈 필하모니와 함께한 연주들 중에는 슈만도 들어 있다. 또한 다행히도 전곡이 음반으로 나와 있다. 번스타인은 특유의 환상적인 낭만성과 거침없는 박력을 여기에 모두 쏟아내고 있는데, 그중에서도 최고의 연주는 단연 제4번이다. 지휘대에서 펄쩍펄쩍 뛰는 그의 모습이 선한, 현장감 넘치는 명실황이다.

내가 사랑하는 클래식 2

초판 1쇄 발행일 2006년 4월 17일
초판 17쇄 발행일 2021년 11월 11일

지은이 박종호

발행인 박헌용, 윤호권
발행처 ㈜시공사 **주소** 서울시 성동구 상원1길 22, 6-8층(우편번호 04779)
대표전화 02-3486-6877 **팩스(주문)** 02-585-1755
홈페이지 www.sigongsa.com / www.sigongjunior.com

글 ⓒ 박종호, 2006

ISBN 978-89-527-4568-2 03810

*시공사는 시공간을 넘는 무한한 콘텐츠 세상을 만듭니다.
*시공사는 더 나은 내일을 함께 만들 여러분의 소중한 의견을 기다립니다.
*잘못 만들어진 책은 구입하신 곳에서 바꾸어 드립니다.